ニック・メイソンの第二の人生

スティーヴ・ハミルトン
越前敏弥＝訳

角川文庫
19825

どんな人間でも、ある程度長いあいだ、ひとつの顔を自身に向け、もうひとつの顔を世間に向けていれば、どちらが真実の顔か、しまいにわからなくなるものだ。

――ナサナエル・ホーソーン『緋文字』

だれだって秘密をかかえてるさ
そう、どうにも向きあえない何かを
隠しとおすのに全人生を賭《か》けるやつもいて
どこへ出向くときもそいつを持ち歩く

――ブルース・スプリングスティーン〈闇に吠える街〉

主な登場人物

ニック・メイソン　警官殺しの罪で服役中、出所と引き換えに謎の任務に就く。
ダライアス・コール　暗黒街の大物。連邦刑務所に収監中。
マーコス・キンテーロ　コールの連絡役。
ダイアナ・リヴェリ　レストラン〈アントニアズ〉のオーナー。
エディー・キャラハン　メイソンの幼なじみ。かつての窃盗仲間。
フィン・オマリー　メイソンの幼なじみ。かつての窃盗仲間。
ジミー・マクマナス　留置所でフィンと知り合ったならず者。
ジーナ　メイソンの元妻。
エイドリアーナ　メイソンの九歳の娘。
フランク・サンドヴァル　シカゴ市警察殺人課の刑事。
ゲイリー・ヒギンズ　サンドヴァルの元相棒。
ブルーム　麻薬事件を扱うＳＩＳ（特別捜査課）の部長刑事。

ニック・メイソンの第二の人生

1

ニック・メイソンの自由は一分とつづかなかった。

このときはわからなかったが、五年と二十八日間を中で過ごし、ようやく門をくぐってからの自由な歩みを、メイソンはのちに振り返って心に刻むことになる。だれからも脅されない、見張られない、いつどこへ行けとも言われない。あの瞬間、どこへだって行けた。気の向くまま、どこへでも。だがそこに黒いエスカレードが待っていて、メイソンが三十歩進んで助手席のドアをあけたとき、自由は消え去った。

メイソンはたしかに契約を交わしていた。こういう場合、何が自分を待ち受けているかを、たいていの人間は知っている。契約条項に目を通し、どんな仕事かを理解し、求められている内容を熟知しているものだ。しかし、メイソンは何も見たり読んだりしていなかった。文書にいっさい残さず、どこにも署名しない、口約束だけの契約であり、その後の見通しはまったくわからないままだった。

手続きやら交代やらで昼が過ぎ、午後の遅い時刻になっていた。テレホート連邦刑務所からの出所は、日々おこなわれている。急いだあげくに待たされたり、看守たちが最後までもたついたりは、刑務所ではあたりまえのことだ。出所者はメイソンのほかにふたりいて、どちらも早く出たくてうずうずしていた。ひとりはまったく見覚えのない男だった。区分けの多い刑務所ではよくあることだ。もうひとりのほうはどこかで見覚えがあった。以前いた収容区でいっしょだったのだろう。

「あんた、きょう出るのかい」その男は驚いたように言った。何年食らっていたかをこんな場所で教えることもないのだが、大きな秘密にしておくほどでもない。相手はこちらの刑期が長いと見ていたらしい。あるいは、だれかからそう聞いたのか。メイソンは気にしなかった。無言で受け流し、出所証明書へ目をもどした。

メイソンが記入を終えると、職員がプラスチックのトレーをカウンター越しによこした。入所したときに着ていた服が載っている。一生ぶんの時間が過ぎた気分だ。あのときもこの部屋に来て、服を脱いでトレーに入れろと言われた。黒いジーンズと、ボタンダウンの白いシャツ。いまになってカーキの服を脱ぐのは妙な気分で、この色が自分の一部のように感じる。それでも、昔の服はまだ体に合っていた。

三人そろって外へ出た。コンクリートの塀、鋼鉄の扉。二重の金網塀の上には螺旋《らせん》形の有刺鉄線がめぐらされている。すべてをあとにして、熱い路面へと歩を進め、門がきしみをあげて開くのを見守った。その先にはふた組の家族が待っていた。妻がふたり、子供が五人。全員がそこに何時間も立っていたように見える。子供たちは色とりどりの文字が記された手作りの小さな看板を掲げ、父親を歓迎していた。

ニック・メイソンを待つ家族の姿はなかった。そして看板も。

メイソンはインディアナの熱い日差しを首の後ろに浴びながら、数秒間まばたきをした。きれいにひげを剃《そ》った顔は色白で、背丈は六フィートを少し超える。体は筋肉質で締まっていて、ミドル級並みに細い。右の眉《まゆ》に沿って古い傷が走っている。

黒いエスカレードが歩道脇でエンジンを吹かしているのが見えた。車が動かないので、メイソンはそちらへ歩いていった。

車の窓には色がついている。助手席のドアを自分であけるまで、中の人間が見えなかった。開いてはじめて、運転席にいるのが黒っぽいサングラスをかけたヒスパニックの男だとわかった。一方の腕をハンドルにかけ、もう一方をギアレバーに置いている。袖《そで》のない無地の白いTシャツ、ジーンズにワークブーツ、細い金鎖のネックレス。濃い色の髪を後ろに流して黒いゴムバンドで結んでいる。目が慣れるにつれ、メイソンはその男の髪に交じる灰色の筋と顔の皺《しわ》を見てとった。自分より十歳、あるいは十二、三歳は年長だろう。だが、岩のようにがっしりとした男だ。両腕には指までびっしりとタトゥーが施され、右の耳にリングが三つある。左の耳は見えないが、それはこちらへ顔を向けないからだ。

「メイソンだな」男は言った。質問ではなく、断定だった。

「そうだ」メイソンは言った。

「乗れ」

メイソンは心のなかで言った。出てから五分、早くも自分のルールをもう破ろうとしている。ルールその一。〝知らないやつとはぜったいに組むな。組めば刑務所かあの世が待っている〟。一度組んで、すでに刑務所へ送られた。もう一度組んであの世へ送られるのはご免だ。

とはいえ、きょうはほかに選ぶ道がない。メイソンは車に乗ってドアを閉めた。男はまだ顔を向けない。ギアがはいり、車はなめらかに加速して刑務所の駐車場を出ていった。

メイソンは車内をざっと見た。小ぎれいに片づいている。革張りの座席、カーペット、窓。手入れのよさは認めざるをえない。ショールームからたったいま出てきたような車だった。

あらためて男のタトゥーに目をやった。刑務所の染料のようには見えない。蜘蛛《くも》の巣の柄ではない。針のない時計の柄でもない。年月を経ていくぶん色が薄れているが、時間と金をつぎこんで腕のたしかな職人に彫らせたものだ。右腕全体にアステカの格子模様があり、蛇と豹《ひょう》と墓石、それに意味不明のスペイン語の文字があしらわれている。いやでも目につくのが、肩に彫られた緑と白と赤の三文字だった。ＬＲＺ。ラ・

ラーサ。シカゴの西側を牛耳るメキシコ系のギャング団だ。またひとつルールを破った、とメイソンは思った。ルールその九。〃ギャング団とはけっして組むな〃。やつらは血の誓約で忠誠を尽くす。だが、おまえに尽くすわけじゃない。

沈黙の一時間が過ぎた。男はメイソンに一瞥《いちべつ》もくれなかった。ラジオのスイッチを入れたらどうなるかと、メイソンは考えずにはいられなかった。あるいは、何か口に出して言ったらどうなるか。しかし、黙しつづけることにした。ルールその三。〃よくわからないときは口を閉じていろ〃。

US四十一号線の出口をつぎつぎと通過したあと、車はようやく脇へ寄った。一瞬、メイソンは何から何まで仕組まれているのではないかと思った。いつも最悪のことを考えるのは刑務所暮らしで染みついた癖だ。刑務所から二時間ばかり走ったインディアナ州西部のどこかで、車はひどくさびれた出口へ向かうのだろう。農場地帯を数マイル進んだあたりで、男は助手席にいるメイソンの頭に銃弾を撃ちこむ。死体は道路の側溝へほうりこめばいい。だが、刑務所の庭にいたときにいつでも始末できたはずなのに、わざわざそんな手間をかけるとも思えない。それでも、車が減速したとき、体がこわばるのがメイソンにはわかった。

車はガソリンスタンドに停まり、男は外へ出てガソリンを入れはじめた。メイソンは助手席から小さな雑貨店を見やった。若い女がガラスのドアから出てくる。二十歳ぐらいだろう。タンクトップにショートパンツというでたちで、ビーチサンダルを履いている。こんな恰好《かっこう》の生身の女を、メイソンは五年間見たことがなかった。

男が帰ってきて、車のエンジンをかけた。発進して幹線道路へもどり、北に向かって走る。スピードメーターは七十マイルを指している。暗い雲が空に集まりはじめた。イリノイの州境に着くころには雨が降っていた。男はワイパーを作動させた。さっきより道が混雑し、雨で滑りやすくなった路面にほかの車のライトが反射した。

高いビルが雲に隠れてよく見えないが、たとえ空が真っ暗で、街路まで雲が垂れこめていたとしても、メイソンはここがどこなのかを悟っただろう。

わが家に着いたも同然だった。

だが、まずはじめにキャルメット川の長い橋を渡った。クレーン、跳ね橋、送電線。港はその向こうだ。あの夜、あの港で人生のすべてが変わった。そこからテレホート刑務所に行き着き、コールという男に出会った。どういうわけか、思いがけない速さで昔へとさかのぼっている。

メイソンは通りの番号が減っていくのを目で追った。八十七番ストリート、七十一番ストリート。ここはサウスサイドだ。雨はまだ降り、車はまだ進んでいる。ガーフィールド・アベニュー。五十一番ストリート。喧嘩《けんか》をしたくなったら、どこでもいいからこのあたりのバーにはいり、常連客たちに向かって、カナリーヴィルは五十一番より向こうか、それとも四十九番より向こうかと尋ねるといい。そこで立ったまま、相手が気炎をあげるのをながめていると、やがてこぶしが飛んでくるだろう。

　車は大きな鉄道操車場を過ぎた。おびただしい数の貨物車両が、動く機会を待っている。それから、昔住んでいた地区の東端を走る高架線路が見えた。四十三番ストリートを過ぎるとき、メイソンは深く息をついた。何もかもが一気によみがえる。よいことも悪いことも混じった、ほとんど脈絡のない記憶の洪水だ――エディーの父親が連れていってくれたコミスキー・パークの旧球場、自分が最初に盗んだ車、一度だけマイケル・ジョーダンをじかに見たバスケットボールの試合、はじめて留置場で過ごした夜、カナリーヴィルに住むジーナ・サリヴァンと出会ったパーティー、わが家を買った日、わが家と呼べるただひとつの場所……すべてがシカゴという街に包まれて、まさにここにある。路地も大通りも、自分の体内を走る血管のようなものだった。

　ホワイトソックスの新球場に照明がついているが、雨脚がまだ強いから試合は無理だろう。エスカレードはダウンタウンを過ぎてシカゴ川を渡った。シアーズ・タワーが――どんな新しい名前に変わろうが、自分にとってはこれからもずっとシアーズ・タワーだ（二〇〇九年にウィリス・タワーに改名された）――空に君臨し、急に割れた雲間からこちらを見おろしている。ふたつのアンテナ塔が悪魔の角に見えた。

車はついに幹線道路をおりて、ノース・アベニュー沿いにノースサイドを突っ切っていき、やがてミシガン湖の岸辺が見えてきた。青灰色の湖が果てしなくひろがり、雨雲と混じりあっている。道を折れてクラーク・ストリートへはいったとき、メイソンは思わずことばを発しそうになった。なんのためにわざわざノースサイドまで来たんだ？　カブスの試合でもあるのか？　勝つことを祈ってやるよ。

メイソンはカブスが大きらいだった。ノースサイドにまつわるすべてがきらいだった。ほんとうに何もかもだ。子供のころ、ノースサイドは自分が持っていないもの、将来もけっして持てないものの象徴だった。

これが最後とばかりに車は道を折れ、昔見たような通りへはいった。リンカーン・パーク・ウェスト。高級アパートメントが四ブロックつづき、建物からは庭園や温室植物園やその先の湖が一望できる。アパートメントにはさまれてタウンハウスも何軒かあるが、じゅうぶんな高さがあり、通りを見おろして行き交う人間をくまなく観察できる。車はスピードを落とし、あるタウンハウスの真正面に車を停めた。ブロックの端にあるその家は、ずっしりとした正面扉と広いガレージの上に三つの階がそびえ、上階の窓はことごとく鉄の格子細工で覆われていた。側面にバルコニーつきの屋上があり、そこから交差路も公園も湖も見えるはずだ。このあたりなら五百万ドルだろうか。いや、もっとするかもしれない。

男が沈黙を破った。「おれの名前はキンテーロだ」テキーラのボトルの底から聞こえるような声で発音した。キーン・ティ・ロ。

「コールの手下なのか」

「よく聞け」キンテーロは言った。「これから言うのは全部大事なことだ」

メイソンはキンテーロのほうを見た。

「用があったら」キンテーロは言う。「おれに連絡しろ。何かあったら、おれに連絡しろ。よけいなことを考えるな。自分でなんとかしようとするな。おれに連絡しろ。ここまではわかったな」

メイソンはうなずいた。

「あとは、暇なときに何をしようがかまわない。五年も塀のなかにいたんだから、飲みに出かけるもよし、女と寝るもよし、好きにしろ。だが、揉《も》め事《ごと》はぜったい起こすな。なんであれ、しょっぴかれたら、おまえは問題をふたつかかえることになる。しょっぴかれた事件そのものと……このおれだ」

メイソンは首をめぐらして窓の外を見た。

「なぜここへ来たんだ」

「ここがおまえの住む場所だ」

「リンカーン・パークはおれみたいなやつが住むところじゃない」

「携帯電話を渡そう。これでおれの呼びだしに応《こた》えろ。どんなときもだ。昼であれ夜であれ。忙しいってのはなしだ。つながらない、ってのもなし。この電話に出るのはおまえだけだ。そして、おれの指示どおりのことをしてもらう」

メイソンは座席にすわったまま一考した。

「電話はこのなかにある」キンテーロは座席の後ろへ手を伸ばし、大きな封筒を取りだした。「玄関と裏口の鍵《かぎ》、それに暗証番号もだ」

メイソンは封筒を受けとった。意外に重い。

「現金一万ドルと、ウェスタンにあるシカゴ第一銀行の貸金庫の鍵もある。そこに毎月一日に一万ドルがはいる」

メイソンはもう一度相手の顔を見た。

「それだけだ」キンテーロは言った。「電話を手放すな」

メイソンは助手席のドアをあけた。おりようとしたとき、キンテーロに腕をつかまれた。体がこわばる――刑務所暮らしで染みついたもうひとつの癖だ。だれかにつかまれたときは、どの指から折ってやるかをまず決める。

「もうひとつ言っておく」キンテーロはしっかり腕をつかんで言った。「これは自由じゃない。移動だ。そのふたつを取りちがえるな」

キンテーロは手を放した。メイソンは外へ出てドアを閉めた。雨はやんでいる。歩道に立ち、キンテーロの車が路肩から離れて夜のなかへ消えていくのを見守った。封筒に手を入れて鍵を取りだす。それから玄関扉をあけ、中へ進んだ。

タウンハウスの入口は天井が高く、頭上に吊《つる》された照明器具は無数のガラスの小片をあしらった現代アートそのものだった。床には大きなタイルがダイヤ模様に配され、階段は磨きあげられたサクラ材でできている。しばしそこに立っていると、耳障りなブザーの音が聞こえた。壁のセキュリティパネルを見て、封筒から暗証番号のメモを取りだし、キーボードに打ちこむ。音がやんだ。

右手のドアは二台収納用のガレージに通じていた。片方のスペースに黒いマスタングが見える。これがどういう車か、メイソンはよく知っていた。一九六八年型ファストバック390GT。スティーヴ・マックイーンが映画〈ブリット〉で乗った車の真っ黒な型だ。こういう車を盗んだことは一度もなかった。名車は解体屋に持っていけないからだ。どんなに乗りたくても、こういう車を盗んで自分で乗るのはまずい。素人はそうやって捕まる。

ガレージのもう一方のスペースは空いていた。タイヤの跡がかすかに見える。ここにもう一台あるということだ。

別のドアをあけると、設備のそろったジムがあった。軽いものから最大五十ポンドまで、ダンベルがひと組ずつきれいに並んでいる。ラックつきのベンチプレス、ルームランナー、クロストレーナー。部屋の一角の高い場所にテレビが取りつけてある。別の一角にはサンドバッグがぶらさがっている。奥の壁は全面が鏡だ。メイソンは二十フィート離れた場所で自分の顔を見た。この顔で世界じゅうどこへでも行けるとコールは言っていたが、リンカーン・パークのタウンハウスにたどり着くとは思いもしなかった。

長い階段をのぼると、タウンハウスの主要階らしきところへ着いた。小ぎれいで現代風のキッチンには、つややかな花崗岩《かこうがん》のカウンター、アイランド型調理台とバイキングのレンジがあり、その真上にレストラン仕様の排気口フードが配されている。バーカウンターの向こうには大きな空間がひろがり、見たこともないほど巨大なテレビが鎮座していた。スクリーンはけさ目覚めた監房の床より大きいにちがいない。テレビの前には黒い革張りのソファーがU字形に並べられ、その中央に重厚なナラ材のコーヒーテーブルが据えてあった。ここなら一ダースの人間が悠々とすわれる。無人で静かなのが罪深く思えた。

正式な食堂もあり、テレビを観ていた一ダースの人間がじゅうぶん席につけそうな長いテーブルが置かれている。そこを出てつぎにはいったのはビリヤード・ルームだった。正真正銘のビリヤードのための部屋で、赤いフェルト張りの台にはポケットの下にそれぞれネットがついている。壁の羽目板は黒っぽい。ステンドグラスでできた一対のティファニーのランプが上から吊されている。部屋の奥の隅にダーツのコーナーがあり、別の隅にはクッションのきいた革の椅子が二脚と、高さ三フィートに及ぶ葉巻用保湿ケースが置かれていた。ガラス越しに見える葉巻の品ぞろえに目をやりながら、テレホート刑務所では一本の煙草が十ドルで売れたことをメイソンは思いだした。一カートンあれば、人を殺すことだってできる。

さらに階段をのぼって、最上階へ行った。長い廊下の両側に寝室が並んでいる。いちばん奥のドアまで行き、ノブをまわしてみた。鍵がかかっていた。

階下へおり、キッチンの奥に別のドアを見つけた。先へ進むと、そこもまた豪華な寝室だった。鉄枠のベッドに黒いリネンがかけられ、その上にショッピングバッグがいくつも載っている。メイソンは手早く中身を検《あらた》めた。ズボン、シャツ、靴、靴下、下着。ベルト、財布、男が必要としそうなもの一式。ショッピングバッグのほとんどはノードストロームかアルマーニのものだ。モンロー・ストリートにあるオーダーメイドの店、バラニの袋もひとつあった。タグの表示をすばやく見る。どれも自分に合うサイズだった。

わが新たな友キンテーロがこんなことをするとは思えない。

キッチンへもどって、冷蔵庫をあけた。五年間、刑務所の食べ物しか口にしていなかったので、サーモンと調理ずみの冷えたロブスターと熟成ステーキ肉に目をまるくした。何から食べればいいのかわからない。そのとき、下段のビールボトルが目にはいった。あれこれとラベルを見たが、ほとんどが名前を聞いたこともない地ビールだった。やがてグースアイランドのボトルが見つかった。

メイソンはボトルをあけ、ビールを喉《のど》に流しこんだ。ポーチでくつろいだ夏の夜の記憶がよみがえる。エディーやフィンと野球の実況中継に耳を傾けていた夜。妻の話を聞き、娘がホタルをつかまえるのを見守っていた夜。

テイクアウトの容器が目に留まった。中身は椎茸《しいたけ》入りソースのたぐいがかかったテンダーロインステーキで、細いパスタが添えられていた。メイソンは抽斗《ひきだし》を探ってナイフやフォーク類を見つけ、フォークを一本つかんでキッチンの真ん中に立ったまま、冷えきった料理を食べた。テレホートの囚人たちは今夜何を食べたのだろうか。

水曜の夜なら、と思いをめぐらす。ふつうはハンバーガーだ。いや、あいつらがハンバーガーと呼んでいるものだ。

食べ終わると、黒革のソファーまで歩き、リモコンを見つけてテレビをつけた。ソファーにもたれて両足をテーブルに載せ、さらにビールをあおる。ホワイトソックスの試合が雨で遅れていたのがわかり、最後のイニングを観る。ソックスが勝った。それから数分間、替えてもいいというだけの理由でチャンネルをつぎつぎと替えた。刑務所の共有スペースのテレビでこんなことをしようものなら、暴動が起こるだろう。

メイソンはテレビを消した。

冷蔵庫へもどって、グースアイランドのビールをもう一本とってから、大きなガラスの引き戸をあけ、キッチンから外へ出た。外と言っても、通りを見おろすほどの高さがある。パティオには、巨大なコンクリートの床をくりぬいたかに見えるプールがあり、ブルーストーンに囲まれた水は、水中照明のせいで暗いなかでもアクアマリン色に輝いていた。テーブルと椅子、それに簡単なバーカウンターがついたグリルコーナーがあり、いつでも外でパーティーができる。

メイソンは手すりまで進んで、公園を見渡し、その先のミシガン湖のはるかな水平線に目を向けた。水上のボート五、六艘《そう》の明かりが見える。車が通りを走る低い音が遠くから聞こえる。どこへ出かけるにしろ、街で遊ぶには申し分のない夏の夜だった。

湖を渡ってくる風のせいで、少し寒気を覚えた。十六時間前、メイソンは最大級の警備に包まれた刑務所の監房で目を覚ました。そしていま、リンカーン・パークのタウンハウスでグースアイランドの瓶ビールを飲みながら、湖をながめている。

振り返ろうとしたそのとき、視線が上へ動き、監視カメラをとらえた。小さな赤い光が点滅している。ほかの三方の柱にもそれぞれ同じカメラがあった。だれかがどこかで自分を見ている。

これがいまの自分の人生だ。息を殺し、これからどんな犠牲を払うのかと身構えている、そんな人生だ。どれだけ待てば変化が起こるのだろう。どれだけ経《た》てば電話が鳴るのだろう。

ようやく寝室へ行ってベッドにはいり、長々と天井を見つめた。疲れている。しかし、体は看守の消灯の号令を待っている。監房の扉に錠がかかる金属音を待っている。そのあとの号笛も。五年のあいだ、毎晩、さびしげに遠くで響くその音を聞いてから寝ついたものだ。

メイソンは眠らずに横たわったまま、待っていた。

そんな音は聞こえなかった。

2

ニック・メイソンがダライアス・コールの名前をはじめて耳にしたのは、テレホート連邦刑務所で二十五年の刑期をつとめだして四年経ったころだった。

そこは六つの異なる収容区にきびしく分離された重警備の施設で、迷宮さながらの翼棟が連なり、特徴のない灰色の壁が永遠に延びているかのようだった。敷地全体は螺旋《らせん》形有刺鉄線の載った高い金網に囲まれている。周囲は無人地帯だ。その外側にまた同じ金網。隅々に監視塔がそびえている。

そこには、この国で有数の凶悪犯を含む千五百人が収容されていた。連続殺人犯、イスラムのテロリスト。四人の子供をレイプして殺した男。その手の犯罪者はみなそこへ送られ、ある収容区の者はそこで死ぬことになっている。ティモシー・マクベイ（一九九五年のオクラホマシティ連邦政府ビル爆破事件の主犯）と同じく台に縛りつけられ、塩化カリウムを注射される。現在、テレホートは連邦政府による死刑が執行される唯一の刑務所である。

いつ起きていつ寝るかは、看守が指示する。監房から出るときも、三十秒経ってもどるときも、看守が指示する。看守は予告なしに身体検査をしてよい。監房にはいりこみ、寝台をひっくり返し、あらゆる持ち物を細かく調べてよい。そのあいだ、服役囚は外の通路でじっと立ち、壁に顔を向けているしかない。

それがニック・メイソンの人生だった。

ダライアス・コールにはじめて会ったその日、メイソンは外にいた。ピクニック・テーブルの上に腰かけて、ヒスパニックの服役囚たちが野球をするのをながめていた。抗《あらが》わない人間を打ちのめすには申し分のない夏の日だった。メイソンは、みずから入念に築きあげた数々のルールに従ってずっと生きてきた。どんな場合にも使えるように――つつがなく過ごし、投獄されないために――長年にわたって磨きをかけたルールだ。けれどもここにはいってからは、無駄なものがそぎ落とされ、いまやとにかく生き残ることだけがルールだった。一日一日をしのぎ、どうにか正気を保ち、塀の向こう側で暮らせたらどんなに幸せかなどと考えるな。過去のことも、残してきた人々のことも考えるな。あの港での夜のことも、ここへ送られたいきさつも。未来のことも、きょうみたいな日が果てしなく待ち受けていることも考えるな。

実のところ、新たな刑務所版ルールその一はこうだ――〝きょうをなんとかしろ。あすは存在しない〟。

毎朝六時に点呼があった。通路の突きあたりでブザーが鳴り響き、それから看守がやってきて、各房にふたりずついるかどうかを確認する。七時までのあいだに服役囚がするのは、起きあがって着替えることだけだ。やがて監房の扉があく。そして朝食の列に並ぶ。後ろのほうについたら、そそくさと食べなくてはいけない。作業が八時にはじまるからだ。メイソンの担当は洗濯場だった。仕事としては簡単なほうだろうが、ほかの服役囚の不潔な服にさわるのはいやでたまらない。午前の作業は四時間つづく。そして正午に昼食で、どん尻《じり》になったらまた大あわてだ。それからの一時間は講座に参加するか、カウンセリングを受けるか、自分の房で何もせず過ごすかだ。二時になると、ようやく屋外へ出ることを許される。

毎日、この瞬間のためにメイソンは生きていた。灰色の壁と人工光から逃れて外へ足を踏みだし、日差しを顔に浴びられるひとときだ。外へ目をやって、遠くの木々をながめてもいい。草の上で脚を伸ばしたり歩いたりしながら、昔はあたりまえだった単純なことを思い返す。あるいはただ、テーブルの前にすわって息をつくだけでもかまわない。

ほかの服役囚たちは手紙を持って外へ出ることが多かった。家から来た便りを腰かけて読み、ときには近くの者たちにまわしさえする。それも過ごし方のひとつだ。

メイソンは手紙を持って出ることはなく、他人の便りを読みたいとも思わなかった。週に六日、郵便物の手押し車が行き過ぎるのをながめて五年が経ち、何も期待しない術《すべ》を身につけていた。だれかが手紙をつかみとって開封するのを見ても、何も感じない。

　これもまた、刑務所暮らしで得たきびしい教訓だった。飛び立とうと思わなければ、けっして落ちることはない。

　この日の午後、ある男が妻からの手紙を手に持って、自分自身にまつわる楽しげな話を読みあげていた。メイソンのいる場所は野球の試合が見えるほど運動場に近かったが、後ろのテーブルに集まった白人たちともあまり離れていなかった。わざわざ考えるまでもない。敷地内はつねに三つの世界に分かれていた。昼のこの時間には、白人がテーブルの周辺に、黒人がトレーニング場に、ヒスパニックが運動場に陣どっていて、自分のグループを離れることはない。境界の外へ迷い出ると、一度目は警告される。二度目は何があっても自分のせいだ。

　ひとりの看守が近づいてきた。わが物顔で歩きまわろうとするものの、少しばかり無理がある連中のひとりだ。かろうじて五フィート半の背丈しかないから、毎日制服を着るたびに虚勢をまとう必要があるのだろう。

「メイソン」看守は言った。

　メイソンは顔を向けた。

「わたしといっしょに来ないか。おまえに会いたがってる人がいる」

　メイソンは動かなかった。

「さあ行くぞ。立つんだ」

「だれと会うのか教えてくれ」

看守は一歩近づいた。腕を胸の前で組んでいる。メイソンのほうはピクニック・テーブルの上に腰かけたままだった。互いに見つめあう。

「ミスター・コールに会いにいく」看守は言った。

「立って、さっさと歩け」

「ミスター・コールはここの職員なのか」

「いや、服役囚だ」

これがどういうことであれ、刑務所の正規の手続きによるものではない。

「やめておくよ」メイソンは言った。「悪気はないと伝えてくれ」

看守は困惑のていで立っていた。〝ノー〟への対処は考えていなかったらしい。

「そんな態度はまずいな」そう言ってズボンを引きあげる。そして歩き去った。

おそらくこれで終わりではない、とメイソンは知っていた。だから、そのあと監房のすぐ外の通路で人影を見かけても驚かなかった。驚いたのは、その人影の正体があの身長五フィート半の看守ではなく、はじめて見た服役囚ふたりだったことだ。両方とも黒人で、どちらもベアーズのインテリア・ラインマンのような体つきだった。合わせて六百ポンドはあろう受刑服姿の男ふたりが入口に立ちふさがって、日食よろしく明かりをさえぎっている。

メイソンは平然とふるまうことに決めた。刑務所版ルールその二。〝弱みを見せるな。恐れを見せるな。何も見せるな〟。

「何か用かい」メイソンは言った。寝台に腰かけたまま、動かずにいた。「道に迷ったのか」

「メイソン」左の男が言った。「ミスター・コールがおまえと話をなさりたい。これは命令だ」

メイソンは立ちあがった。ふたりの男は静かで落ち着いた態度を崩さない。

通りすがりにほかの服役囚すべての視線を惹《ひ》きつけながら、メイソンはふたりにはさまれて歩いていった。三人が監房区の端に着くと、看守は一瞥しただけで連絡通路へ通した。三人だけになった数秒間、メイソンは不安を感じた。ふたりの男がいつ立ち止まって自分を八つ裂きにするかわからない。だが、ふたりは両側をひたすら歩きつづけた。メイソンは口をきかなかった。外にいたときのルールで、中でも同じくらい役立つものがある。ルールその三。〝よくわからないときは口を閉じていろ〟。

三人は別の看守の前を通り過ぎた。着いた場所は重警備区と呼ばれていて、いわゆる大物の犯罪者が収容されている隔離棟だ。一般の服役囚からは引き離したほうがいいが、中にいる者同士は隔てる必要はないとされている。見たところ、すべてがほかより少し新しい――鉄格子ではなくガラス張りの監房が並び、上階の中央監視室から共有区分を見おろせる。テーブルでトランプをする者や、テレビを観ている者がいる。人種ごとに自然に分かれてはいなくて、それがメイソンの目には奇妙に映った。白人も黒人もヒスパニックも、みないっしょに坐《ざ》する光景は、一般の服役囚の収容区では断じて見られないものだ。

メイソンは二階のいちばん奥の房へ連れていかれた。近づいてまず目にはいったのは、監房内の大量の本だった。ふたつの寝台の一方にうずたかく積まれている。もう一方の寝台はていねいに整えられ、この刑務所で見たこともない上等な赤い毛布で覆われていた。

最初に見えたのは、男の禿《は》げあがった頭だった。その男はドアに背を向けて立ち、鏡を見ている。五十歳かもしれないし、六十五歳かもしれない、そんな風貌《ふうぼう》だ。髪が一本もないから推定がむずかしい。顔は頭と同じくらいなめらかで、皺《しわ》ひとつない。もっとも、長い年月を屋内で陽光を浴びずに過ごすのだから、それはここの終身刑の服役囚には珍しいことではない。目だけは歳を隠せず、男はふちなしの小さな読書用眼鏡を鼻に載せていた。

ダライアス・コールの年齢があいまいだとしても、ひとつ確実なのは黒人ということだった。芯《しん》まで真っ黒で、モハメド・アリの左ジャブや、暑い夏の夜、ヘチェッカーボード・ラウンジ〉でマディ・ウォーターズが聞かせたリフを思わせた。

「ニック・メイソン」コールの声は柔らかで静かだった。ほかの場所なら、平和を愛する男の声に聞こえたことだろう。

メイソンは監房を見まわしながら、つぎつぎと規則違反のものに目をやった。コードのついた白熱電球のランプ。ノートパソコン。電熱板に置かれたティーポット。

「わたしはダライアス・コール」コールは言った。「知っているかね」

メイソンは首を横に振った。

「シカゴから来たんだろう？」

メイソンはうなずいた。

「それなのに、この名前に聞き覚えがないのか」

メイソンはまた首を振って、わからないと伝えた。

「わたしの名前は、知らないことになっている」コールは言った。「わたしにまつわることは、何ひとつ知らない。それが最初にきみが学ぶべき教訓だ、ニック。強い自我は銃弾より速く人を殺す」

「失礼ながら」メイソンは言った。「きょうはあなたの授業を受けにきたつもりはありません」

メイソンはふたりの男に鷲《わし》づかみにされるのを待った。突然、両肩をすさまじい力で押さえられる感覚がすでに想像できる。ところが、コールは微笑んで片手をあげただけだった。

「ここでは、自分なりの処世術がある。それはわかっている。わたしの前では、それを捨て去ってもいい」

コールは机から椅子を引きだして、房の中央に置いた。メイソンをじっくり観察する。

「わたしはあの看守に毎週金を払っていて、やつは仕事をこなすだけでいい。しかし、きみのせいでやつはいい笑い物だ。本人が根に持たないと思うかね」

メイソンは肩をすくめた。「看守はなんだって根に持つものです」

「きみは妙に思ったにちがいない。だから拒絶した。まったく興味が湧かなかったのか」

メイソンは息をつきながら、頭のなかでことばをまとめた。「もし会うことを承知したら、何か頼まれるに決まってる。それをことわれば、あなたの顔をつぶす、それも面と向かってそうすることになる。あなたを敵にまわしてしまうんですよ」

コールはすわったまま身を乗りだし、じっと耳を傾けている。

「もし頼みに応じたら、それがろくでもないこと、ご免こうむりたいことである恐れはじゅうぶんにある。それでも、とにかく引き受けざるをえない気がする。そうなると、さらに敵ができるんです。たぶん、たくさんの敵が」

コールはうなずきはじめた。

「だから、自分にとって」メイソンは言った。「あなたからの呼びだしに対する唯一の正しい答は――」

「唯一の正しい答は」コールはさえぎって言った。「わたしに会わないことか」

コールはまだうなずいている。笑みを浮かべたままだ。「きみはもともとマリオンへ行くはずだったんだよ」と言う。「ここへ来るように、わたしが取り計らった」

メイソンは相手のことばを理解しようとつとめた。マリオンはもうひとつの連邦刑務所だ。連邦刑務所での服役がシカゴで決まった場合、行き先はマリオンかテレホートのどちらかになる。

「送っていけ」コールはそう言って、ふたりの男に合図をした。「用はすんだ。きょうのところはな」

メイソンが連れもどされていくときも、コールは笑顔だった。

3

刑務所の時間に体がまだなじんでいるので、メイソンは早くに目を覚ました。起きて外へ出たあと、手すりにもたれて静かな公園をながめ、水面からのぼる太陽に目をやった。すぐ近くの監視カメラを見あげる。レンズはまばたきひとつせずにこちらを凝視していた。

寝室へもどり、浴室にはいった。シャワールームは床から天井までタイル張りで、湖岸地帯の自然石が使われている。メイソンはシャワーから湯を出し、しぶきの下に立った。五年ぶりに、好きなだけ湯を使っていい。好きなだけここに立っていていい。肌が赤くなるまで体を打たせていると、立ちこめる湯気で何も見えなくなった。凝り固まった筋肉がほぐれていくのがわかる。やがて、刑務所で身についた反応がまたひとつよみがえり、魔法を解いた。唐突に訪れるこの不快な感覚は、けっして消えることがないだろう。つねに背後が気になる――シャワーを浴びていても。

いや、シャワーを浴びているときは特に。

メイソンは湯を止め、水滴がしたたるまま、しばらく立っていた。ガラス戸をあけ、タオルを求めて湯気のなかを手探りで進む。

「これがほしいんでしょ」と声が響いた。女が顔をそむけてタオルを差しだしている。

メイソンはタオルをつかんで腰に巻いた。女はメイソンと同じ歳恰好《かっこう》で、しなやかな長身の持ち主だった。黒いビジネススーツに珊瑚《さんご》色のシャツといういでたちだ。黒っぽい髪はピンで留めてある。あまり化粧をしていない。一見したところ、その必要もなさそうだった。

メイソンは髪のしずくを振り払った。「だれだ」

「ダイアナ・リヴェリよ。わたしのこと、だれからも聞いてないの？」

「ああ」

ダイアナは首を左右に振り、手を伸ばして換気扇のスイッチを入れた。「やっぱりね」

「廊下の突きあたりの部屋だな」メイソンは言った。「鍵《かぎ》がかかってた」

「そうよ」メイソンがドアをあけようとしたと知って、ダイアナは少し不快そうだった。「あそこがわたしの部屋」

ルームメートがいたのか、とメイソンは心のなかでつぶやいた。

「ベッドに置いてあった服だが」メイソンは言った。「きみが買ってくれたんだな。そんな必要はないのに」

「実は必要があるの。とにかく、よろしくね」

まだ訊《き》きたいことがあったが、ダイアナはもう歩き去りかけていた。メイソンは体を拭《ふ》き、新しい服を着てみた。ジーンズと簡素な白いドレスシャツだ。

キッチンへもどってもう一度あたりを見ると、配膳室《はいぜん》があった。その奥にまた別のドアがある。あけてその先へ足を踏み入れるや、室温が急に落ちたのがわかった。明かりをつけ、壁沿いに木の格子が並んでいるのに気づく。ひとつひとつにワインボトルがおさまっていて、少なくとも三百本はあるにちがいない。ほかには、一ダースのシャンパンが卓上の小さなガラス扉つき冷蔵庫にあり、そばにワインオープナーとデキャンターが置かれていた。

メイソンの最初の同房者は、厨房《ちゅうぼう》作業でくすねた果物に砂糖とトーストを加えてビニール袋に入れ、しっかりつぶしてから一週間あたたかい場所に置いて、刑務所特製ワインを作ったものだ。あの世界からここまで、たったの二十四時間。メイソンはかぶりを振って明かりを消し、キッチンへもどった。

アイランド型調理台の下の棚からフライパンを探しだし、冷蔵庫から卵とチーズを持ってきて、それから玉ねぎと唐辛子を刻んだ。ダイアナが階段をおりてきた。

「オムレツを食べるか」メイソンは尋ねた。

ダイアナは調理台の反対側に腰かけ、散らかったありさまをながめた。「いいけど、そのフライパンじゃだめ。オムレツを作るならオムレツパンを使わなくちゃ。それに、とんでもなく熱くなってる」

メイソンがフライ返しでオムレツの端を返すと、すでに焦げていた。「料理はしばらくぶりでね」

ダイアナは目をそらし、ほつれた髪を耳の後ろへやった。

「どこで働いてるんだ」メイソンは尋ねた。

「ラッシュ・ストリートでレストランをやってる。〈アントニアズ〉って店よ。今夜、食べにきて。自分の仕事場を見てちょうだい」

メイソンは手を止めた。「どこが仕事場だって？」

「あなたは副支配人よ」ダイアナは言った。「オムレツをフライパンから出して。というより、スクランブルエッグね。あなたがなんと呼ぼうと」

メイソンは中身をすくって皿に載せた。

「料理はしなくていいから」ダイアナは言った。「悪く思わないでね」

「副支配人に向いてるとは思えないな。おれにレストランの何がわかる」

エディーならなんとかやってのけるだろうな、とメイソンは思った。子供のころからずっと、出たとこ勝負が抜群にうまいやつだった。何度いっしょに仕事をしたことだろう。エディーはどこかのだれかになりきって、うまく切り抜けたものだ。

「だれかに見せなきゃいけないときに備えて、給与明細書を渡すつもりよ。国税庁だかなんだかのためにね。それ以外は、あなたの副支配人としての正式な職務内容には、だれも口を出さないことになってるの」

メイソンはオムレツをひと口食べた。「キンテーロについて教えてくれないか」

「わたしたち、同じ部屋で一分も過ごしてないでしょう？　そんな関係を保つのも悪くないと思う」

メイソンはダイアナを見やった。きのうまで服役していた男がきょう自分の家のキッチンにいるという事実をなぜ淡々と受け止められるのか、理解できなかった。

おれがはじめてじゃないのかもな、と思った。定期的に用心棒が交代するように、つぎつぎと入れ替わっているのかもしれない。

「きみはどんな事情で」メイソンは言った。「なぜここにいるんだ」

「言ったでしょ、レストランを切りまわしてるって」

「コールの店か」

ダイアナはためらった。「正式にはちがう。書類の上ではね」

「いつからの知りあいだ」

ダイアナはまたためらった。ルールその七の熱烈な信奉者かもしれないな、とメイソンは思った。〝私生活と仕事は無関係にしろ〟。ウランの濃縮版とイランの指導者が無関係である程度に。

「ダライアスのことは昔から知ってる」ようやくダイアナは言った。「父が最初の仕事仲間だったから。父のレストランだったのよ」

「お父さんはいまどこに？」

「死んだの」ダイアナは目をそらした。「まちがった相手にまちがったことを言ったせいでね。そいつと関係者全員をダライアスが始末してくれたのよ」

メイソンはダイアナをじっくり見た。いまダイアナはほかのことを、レストランの仕事や衣類の準備とは次元のちがう話をしている。コールのタウンハウスに住んでいるのだから、深い仲にちがいない。だからダライアスというファーストネームで呼んでいる。

「ここに住んでたんだな」もはや質問ではなかった。「やつがテレホートへ行ってからずっと」

一流の女だ、とメイソンは思った。自分の魅力をよくわかっている女、体と頭で知りつくしている女だ。なんでもできて、ほしいものや人間もいくらでも手に入れられる。

それなのに、ここにとどまっている。

ダイアナは目を合わせて言った。「この話はやめましょう。仕事へ行かなくちゃ」

割り切るしかないのはメイソンにもわかった。ほかのいっさいを脇へ置かないと、すべきことに集中できない。これまでのメイソンにとって、それは車を盗むことであり、麻薬の売人からあがりを奪うことであり、しまいには、建物に押し入ってドリルで金庫をあけることだった。だがそれが終わって家に帰れば、仕事のことは忘れる。金があり、時間があれば、つぎの仕事がはじまるまで暮らしていける。

メイソンはダイアナのなかに同じものを見た。仕事に集中し、ほかのすべてを切り離さざるをえない事情を。父親が殺されて、コールがその件を〝始末〟した。コールとここで暮らし、コールが去って何年も経《た》ったのに住んでいる。毎朝起きて仕事へ行く。

ダイアナは自分の仕事をする。

メイソンは自分の仕事がわからなかった。

「おれが何をするのか教えてくれないか」メイソンは言った。「レストランできみの邪魔をせずにいること以外に」

「それはあなたとダライアスの問題よ」ダイアナは言った。

「刑務所は大きらいだが、少なくともあそこでは先々の予想ができた。一分たがわずだ。ここでは、つぎに何が起こるのか見当もつかない」

メイソンはコールと交わした二十年間の〝契約〟について考えたが、内容を知るのはコールひとりだとあらためて思い知らされた。

「そのときが来たら」ダイアナは言った。「指示に従うだけよ。それ以上でも、それ以下でもない。そうするしかないのよ」

「外のカメラだが」メイソンはプールのほうへ顎《あご》を向けた。「気にならないのか」

ダイアナは外へ目をやり、肩をすくめた。「あることとさえ、もう忘れてる」

「おれをどこに住まわせてもよかったのに」メイソンは言った。「なぜここなんだ。なぜきみといっしょなんだ。きみがおれを見張れるようにか？　それも仕事なのか？」

「わたしを見張ることも、あなたの仕事のひとつかもね」ダイアナはハンドバッグを引き寄せて鍵《かぎ》を取りだし、階下へ歩いていった。

4

一度の訪問も一本の電話もなく五年が過ぎたあと、ニック・メイソンには、かつて捨てた人生がいまも同じ場所にあるという確信さえなかったが、いずれにせよたしかめる必要があった。

部屋にある服を探ったすえ、ジーンズと白のドレスシャツ、それに黒のスポーツジャケットを身につけた。階下のガレージへ行くと、マスタングにはキーが差してあった。車は五年運転していない。ガレージの扉をあけ、ギアをリバースに入れて、バックで通りへ出た。それから南へ向かった。

シカゴで育った者なら、この街がミシガン湖岸から三方へひろがったさまざまな共同体の寄せ集めだと知っている。それぞれの地区には、独自のリズムと様式、そして食べ物がある――ストリーターヴィルの深皿焼きのピザ、エイヴォンデールのピエロギ、ラ・ヴィリタのガラガラヘビの素揚げなどだ。

そしてニック・メイソンのように、正式には〝ニュー・シティ〟と呼ばれる地域で育った者なら、そこがバック・オブ・ザ・ヤードとカナリーヴィルという異なったふたつの地区から成ることを知っている。バック・オブ・ザ・ヤードにはポーランド系の苗字を持つ子供たちがいて、ユニオン・ストック・ヤードで精肉業者として働いていた人々の孫にあたる。ストック・ヤードの反対側がカナリーヴィルで、アイルランド系の子供たちがいる地区だ。たとえばエディー・キャラハン。フィン・オマリー。そして、半分がアイルランド系で半分が不明なニック・メイソンという名の子供もいた。

三人のなかでは、エディーがいちばん頭がよかった。背が低く、赤毛で、顔にそばかすがあり、フットボールのフルバック並みのがっしりした体の持ち主だ。ここぞというときは驚くほど速く走った。ときどき、カナリーヴィルの子供らしくない話し方をした。そしてほとんどの時間、両親がそろって家にいた。

フィンは長身だが栄養不足に見え、何かに取りつかれたような目が一部の少女たちを惹《ひ》きつける一方、ほかの者たちを不安にさせた。母親は街角の食料雑貨品店で働き、父親はたいがい、行方不明か、ハルステッド・ストリート沿いにあるバーのどれかにいるかのどちらかだった。

ニックの母は小さなアパートメントをつぎつぎ住み替え、聖ゲイブリエル教会からの慈善に頼ることもあった。ニックには、母に会いにきた男たち数人の記憶がわずかにあったが、懸命に思いだそうとしても、父として覚えている男はひとりもいなかった。ときにはそのことを悩んだものの、やがてかまわなくなった。どうせ、このあたりをぶらついていたかどうかもはっきりしない、地元のしがない男だろう。バーで出くわした年かさの男の顔が、血のつながりを感じさせるほど似ていたらどうしようか、と思い迷ったこともある。その後に何が起こるかはまったく見当がつかなかったが、よいことではないのはたしかだった。

ひとつ年上ということもあり、フィンが三人のうちでいちばん早く酒を飲みはじめ、最初に女と寝、最初に車を盗んだ。警察に捕まり、監房に入れられて仕事中の母親を迎えにこさせたのも、フィンが最初だった。

フィンのあとを追ってニックとエディーが車の泥棒稼業に手を染めると、ふたりにはまぎれもない才能があることがわかった。フィンがけっして持ちえないものだ。たとえば、ふたりはフィンよりはるかに慎重だった。我慢強さも上だった。少しでも不審なことがあれば立ち去るべきだと知っていた。そうしたことを理解すれば、あとはたやすい。家宅侵入とはわけがちがう。人身侵害のたぐいでもない。相手は車輪のついた冷たい金属にすぎなかった。

とりわけエディーは、技術面に強くなった。いくつかの車種の電気回路図を解読し、メインヒューズと点火回路と始動モーターにつながる導線を判別できるようになった。ワイヤーハーネスからその三本を引き抜いて切断すれば、もう営業中だ。

ニックとエディーが車の買い手を見つけるのには、さほど苦労はなかった。たしかな腕があり、客の要望どおりのものを探しだす手間をいとわなければ、進んで金を出す人間に事欠くことはない。

それが高校の二年、三年の代わりにニック・メイソンがしたことだった。大学にかよう代わりにしたことだった。六年間、それが仕事だった。何度か捕まりはしたが、起訴されたことはなかった。ふた晩つづけて勾留《こうりゅう》されたことがないのが自慢だった。

はじめてメイソンとエディーがそろって捕まったとき、エディーの両親は陸軍に志願するよう息子に説いた。エディーが同意したことにメイソンは驚いた。二年後に帰還したときは驚かなかった。

「銃が撃てるのがわかったよ」再会した夜にエディーは言った。「ほんとに撃てるってことだぞ。撃つのは大好きだった。だけど、ほかは耐えられなかったな。いけ好かない野郎がごみ缶のふたをがんがん叩《たた》いて、ベッドから出ろってがなり立てるんだ」

「なら、二年で……」メイソンは言った。

「ああ、二年でおさらばだ」エディーは言った。「でもいまだって、千ヤード以内にあるものなら、なんでも命中させられる」

それまでメイソンは仕事で銃を使ったことがなかった。車を盗むのに銃は要らない。

だが、エディーがもどったいま、新たな計画を立てた。

麻薬の売人を襲撃する。

車を盗むより短い時間ですみ、儲《もう》けが二倍になるうえに、その手の商売にかかわる者は警察に通報したがらない。基本の手順は、売人を見つけだして、そいつの行動を観察し、なるべく多くの金を持っているときを狙って襲うこと。すみやかに決然と実行して、さっさと逃げる。危険は大いに高まるから、新たなルールを決めなくてはならず、銃について言えば、売人も含めた全員が生き延びるような、入念に考え抜かれたルールが必要だ。フィンのような向こう見ずは、単純でありきたりな考えに飛びつく——〝使うつもりでなければ銃を出すな〟とか。しかし、そんなのは戯言《たわごと》だ。身を滅ぼしかねない、まったくの戯言だ。というのも、だれだって銃など使いたくないからだ。だから、撃つ気があると相手に思いこませるだけでいい。そこで三人が考えたルールはこうだった——〝撃ちたくてたまらないように見せろ。この世の何にも増して、撃ちたくてたまらないように見せろ〟。

このルールは効き目があった。みずからその信念を持ちつづければ、強奪される相手も信じるからだ。数千ドルかそこらのために命を投げだす売人はいない。同じ額を翌日にも稼げるのだから。

当然ながら、そういう仕事は好きなだけやれるわけではない。自動車泥棒とはちがって、新たな獲物が毎日欠かさず通りに列をなしたりしない。売人から強奪すれば、通りに見張りが増える。だからしばらく動かず、平常に返るのを待つ。そしてふたたび襲撃する。

二年間はそれで儲かった。そしてある夜、ローズランドの一軒家に狙いを定めた。何か月も放置されていたその家は麻薬の売買に利用されていて、あと数日のうちに取引の場が別の家に移ることになっていた。三人は頃合を見て家の正面と裏口からはいったあと、堂々と姿を現して金を奪い、ごきげんようと言って出ていくだけでよいはずだった。

行動に移ろうとしたまさにそのとき、通りの反対側に別の車が停まった。フォード・ブロンコの大型車だ。白人の男が三人出てきた。ひとりは裏へまわり、残るふたりは正面に向かった。ドアに着く前に銃を手にしていた。まるで同じ手口を真似して、メイソンとエディーとフィンがするつもりのことをそのまま実行しているかのようだった。

男たちは二分もしないうちに出てきた。ひとりが買い物袋を持っている。ブロンコに乗りこみ、去っていった。

「あいつらが何者かわかるだろ」エディーが言った。

だれも返事をしなかった。外見、身のこなし、姿を見られても気にしないという事実……。このときはじめて、メイソンは悪徳警官と出くわした。最後の機会にはなるまい。だが、このとき言えることはひとつだけだった——警官に仕事を奪われたら、つぎの仕事を探す頃合だ。

車を盗んで六年、麻薬の売人を襲って二年が経《た》ったころ、ニック・メイソンは高額志向の泥棒稼業へ転身した。最初の仕事は盗難車の部品をさばく古なじみから教わったもので、その男はメイソンに、バーにあるポーカーのテレビゲーム機の供給と管理にまつわる裏事情を話した。当然ながら、バーの客は本物の金を使ってはゲームができないことになっている。そのせいで、〝本物でない〟金がたまってしまうのだが、帳簿上の説明がむずかしくて銀行には預けられない、とゲーム機会社の経営者がこぼしていたという。だから、会社のいたるところに隠しきれない現金の束がある。経営者はその金で金庫を買ってもいない。

メイソンがエディーとフィンにこの話をすると、フィンはすぐにでもその会社に押し入ろう、経営者の頭に銃を突きつけて金の隠し場所を吐かせようと言い張った。しかしメイソンは、この種の仕事を抜かりなくこなす手立てを学ぶよい機会だと思っていた。プロとして。

メイソンはその会社を数日間見張った。そこで扱っているのはポーカーのゲーム機だけではなかった。そこは〝自動販売機・アミューズメント機器供給会社〟で、煙草の販売機、ピンボール機、テレビゲームなどを置いていた。朝八時から夜六時まではかならず建物のなかに人がいて、六時を過ぎるとすべてのドアが施錠され、警報システムが作動する。建物の脇には窓があり、太い鉄格子がはまっていたが、そこから奥の作業エリアをのぞき見ることができた。メイソンは必要な道具を準備するほかに、詳細な注意書きを作って、侵入したあとの行動も計画立てた。

一方、エディーは警報システムについて知りうるかぎりの情報を手に入れた。点火装置に細工をして車を動かす仕組みを理解していたのはエディーだけだから、警報装置の担当になるのは自然の流れだった。正面の窓に貼ってあるステッカーを見れば、どんなシステムかがわかる。あとは、玄関が開いて三十秒以内に警報システムを解除する方法を見つければよかった。

犯行当夜、三人は裏口のガラスを割って、数秒で屋内に侵入した。エディーが正面玄関のセキュリティパネルへと直行し、警報システムを解除した。その型の場合、古いタイプの有線式のがらくたを壁から引き剝《は》がすだけでよかった。メイソンは持ってきた大ぶりのボルトカッターを使って、施錠された金属キャビネットのなかを探りはじめた。どこにも見つからない。エディーも加わり、空っぽの自動販売機やゲーム機をつぎつぎ調べていった。フィンはただつっきまわるだけで、不安を募らせるばかりだった。

「どうすべきだったか、前に言ったよな」フィンがそう口にしたとき、メイソンは天井のタイルを押しあげていた。その瞬間、札束が落ちてきた。

三人はそれからの数分間、倉庫エリアの天井のタイルをひとつ残らず押しあげた。すべて終えると、ごみ袋は現金でいっぱいになり、ひと晩で一万二千ドルを超える稼ぎになった。事前準備も勘定に入れれば一週間の仕事だ。三人はつぎの仕事に活用できる教訓を学んだ。そして、またつぎの仕事にも。大金をひと晩寝かせておくような場所は、どこでも理想の標的になった。エディーは仕事をこなすたびに警報装置の仕組みを少しずつ覚えた。メイソンは安物の金庫に精通し、ドリルであける方法を身につけた。

三人でいっしょに手がけた最後の仕事は、港でもう一度集まったあのときより何年も前のことで、それまでと同じく、ドリルで金庫を破って現金を奪うというものだった。そのころには、メイソンはだれにも準備をまかせていなかった。狙いやすい標的の見定め方をすっかり習得していた。そのときの標的はカーオーディオ販売店で、メイソンがカウンターの前に立つと、奥の部屋にある金庫が見えた。十分あればあけられる型だ。あけてくれと叫んでいるも同然だった。

メイソンは来店する客たちを一時間かけて観察した。半数が金の鎖を身につけ、全員が最大級のサブウーファーを車に載せて走りたがっている。大量の現金がレジにはいった。クレジットカードの領収書は多くなかった。

メイソンは店をずっと見張った。さらに数日監視をつづけ、いつ現金を袋詰めして銀行へ運ぶのかを知った。エディーが店の警報システムを調べ、そしてある日曜の夜、三人は裏口から侵入した。エディーはシステムを解除し、メイソンは先端がダイヤモンドの工業用ドリルに通電し、フィンは正面のウィンドウから通りを見張った。

メイソンは錠の正面からドリルを突き立て、ドライブカムに到達するまで穴をあけた。それから長いポンチ棒を使ってドライブカムを押しやった。金庫をあけ、中身をすべてごみ袋に詰めた。

立ちあがったとき、フィンが歩いてくるのが見えた。「警察だ」フィンは言ったが、すでに顔にそう書いてあり、正面のウィンドウに赤く点滅する光が映っていた。

メイソンはフィンに、身をかがめて静かにしているように言った。店の入口付近まで行って外の様子をうかがうと、パトカーの後ろ半分が目にはいった。店の入口から二十フィート先に停まっている。

「さっさとここから出なきゃな」背後からエディーが言った。ほかの逃げ道は裏口だけだ。

メイソンは頭のなかで見こみを計算した。裏から出る、車に乗る、建物の反対側をまわって大通りへ出る……。

その瞬間、全人生が遠ざかっていく気がした。警報システムは解除され、金庫は穴があけられ、金はごみ袋に詰まっている。やつらにとって、この年いちばん楽な逮捕になるだろう。あとはどのあたりで決着させるかの問題だ。重罪の前科こそないものの、後ろ暗い経歴のある三人の男が、いまや住居侵入と、袋のなかの金額にもよるが、おそらく第三種窃盗の罪に問われようとしている。

「だから銃を持ってこようと言ったじゃないか」フィンが言った。手は震え、目は麻薬の常習者さながらに大きく見開かれている。「おれはそう言ったろ?」

メイソンはフィンの横面を張り飛ばしたくなった。いくつものルールで身を守っていたが、メイソンにはひとつだけ弱点があった——物心ついたころから兄のような存在であるこの男だ。フィンのこんなざまを見ると、メイソンは考えなおさずにいられなかった。追いつめられたときに度を失って銃の話をはじめるようなやつと組む場合について、もうひとつルールを作らないといけないかもしれない。

メイソンは息を吸って、脇の小窓へと歩いていき、駐車場をのぞき見た。パトカーの前半分が見えた。

そして、もう一台の車も。四人が乗っているおんぼろ車だ。駐車場へ誘導され、いまはパトカーの正面に停まっていた。

交通違反の取り締まりだ。

四人の間抜け面の高校生が車からおろされるさまを、メイソンはじっと見守った。身分証が検《あらた》められ、ビール瓶の中身が空けられ、空き瓶が車の屋根に並べられる。メイソンは大きく息を吐き、おれたちを捕まえにきたわけじゃない、とエディーとフィンに小声で伝えた。

しかし、すぐには脱出できなかった。

親たちへ連絡が行き、現場に連れてこられた。パトカーがもう一台応援にやってきた。三十分経っても、三人はまだ店に閉じこめられたままだった。一時間。フィンがまたそわつきはじめた。

途中でひとりの巡査が近づいてきて、正面のウィンドウから店内をのぞきこんだ。巡査の長い影がカウンターを越えて奥の部屋まで届く。メイソンもエディーもフィンも小さく息をし、感づかれないようにした。やがて影はウィンドウから去り、車はみな駐車場から離れていった。

もう一台のパトカーを除いて。

お巡りふたりが無線で応援を要請しているのだろう、とメイソンは想像した。さんざん待ったが、やはり裏口から出てやつらを振り切らなくてはいけないのか。

だがついに、そのパトカーも大通りへ出て去っていった。

見えなくなるとすぐ、三人は裏口へ向かい、自分たちの車に乗りこんだ。エディーがごみ袋を運びこんだ。

「さっさとずらかろう」エディーが言い、メイソンはエンジンをかけて一気に発進した。一時間後に金を数えると、九千ドル余りしかなかった。分け前はそれぞれ三千ドル。危険を冒したわりには貧弱な稼ぎだった。

そろそろ休むべきだ。それからまた集まって、決断する。もっと大きな仕事をするのか、足を洗うのか。

ところが、本人も認めているが、フィンがばかなことをしでかした。マッキンリー・パークのバーに女を連れていき、その女をからかった地元の男と喧嘩《けんか》沙汰《ざた》を起こしたのだ。そもそもカナリーヴィルの外へ連れだしたのが愚かだった。自分の庭に申し分ないバーがあり、並みの喧嘩なら警察に通報する者などいないのに。だが、マッキンリー・パークではよそ者なので、パトカーが駆けつけ、フィンは最初に自分の肩に手を置いた警官を殴った。警官は脳震盪《しんとう》を起こし、フィンは加重暴行と公務執行妨害で十八か月食らった。釈放されても、フィンはメイソンとエディーのいるカナリーヴィルへもどろうとせず、フロリダへと去った。

またしても、潮時だと感じられた。そしてエディーはサンドラと出会った。メイソンはジーナとよりをもどし、たとえ疑問が残っていても、代わりにジーナが答えた。

足を洗うときだ。

メイソンは三十歳になり、落ち着いて真っ当な道を進もうとしていた。そのころにはもうジーナと結婚していた。エイドリアーナは四歳だった。フィンはフロリダで数年過ごしたのち、最近シカゴに帰っていた。街にもどった最初の夜にまた警察に捕まった。その二日後、フィンはニック・メイソンを訪ねた。

「仕事がある」フィンは言った。

「おれはやめたんだ。勘弁してくれ」

メイソンは四十三番ストリートに家を購入し、まともな仕事なら選《え》り好みせずになんでもこなしていた。単純作業、工事、配達トラックの運転。近隣のだれもがしているような、ごくふつうの仕事だ。

「引退したようには見えないぜ。これまでになく忙しそうじゃないか。毎朝早起きしてトラックを乗りまわしてさ」

「生きる糧を稼ぐと言うんだよ。自分でもやってみるといい。一生に一度でいいから」

「最後まで聞けよ」フィンは言った。「一度きりの仕事だ。あと腐れはない」

「やらない」

「家族の面倒を見てやれる。もっといい家も買える。人生をまるごと変えられる」

「おれはやらないと言ったんだ」

「いいか、ニッキー。おまえにとっちゃ、楽勝の仕事だ。一日で五十万ドル稼げる」

メイソンは動きを止めた。

「五十万ドルを四人で山分けだ」フィンは言った。「ある貨物が港にはいってくる」

「なんの貨物だ」

「中身は知らないし、知るつもりもない。それはどうでもいいんだ。要は、それをおろして二台のトラックでデトロイトへ運ぶやつが四人必要になる。やるのはそれだけで、報酬として五十万ドルを受けとる。あとはバスに跳び乗ってシカゴにもどり、どんちゃん騒ぎをすればいい」

「四人というのは？」

「おまえとおれとエディー。それにもうひとり」

「もうひとりって？」

「勾留《こうりゅう》中に会ったやつだ」

「前持ちか」

「前科者じゃない。ムショ送りにはなってないんだ。おれがこの前捕まったとき、留置場の大部屋にいたんだが、朝にはふたりとも追いだされた。そいつの話では、あとふたり、役に立つ男が必要なんだと」

「返事は同じだ。おれはやらない」メイソンは言った。「いまのおれには、大切なものがたくさんある」

「わかってるよ、ニッキー。だからこそやるんだ。家族のためにな。その金で何がしてやれるか考えろよ」

「ほかをあたってくれ」

「そいつと会うだけでいい」フィンは言った。「それならいいだろ？　その男と会って、話を聞く。気に入らなかったら、ことわりゃいい」

メイソンは考えた。「そいつの名前は？」

「マクマナス。ジミー・マクマナスだ」

ジミー・くそ野郎・マクマナス。そこが運命の分かれどころだった。五年半前だ。このとき断固としてはねつけることもできた。そうすれば、そいつに会うことはなかった。人生最大の過ちを犯すこともなかった。

そして、刑務所にはいらずにすんだ。フィンだって、安っぽい松材の箱のなかにおさまらずにすんだ。

かつて住んでいた界隈《かいわい》を車で走りながら、メイソンはその日や当時の日々のことを脳裏によみがえらせていた。どの木にも、どの消火栓にも見覚えがある。せまい敷地で、数インチの隙間しかなく建ち並んだ家々のひとつひとつにもだ。ここではだれもが重なりあって暮らしていて、秘密などどこにもなく、よそ者はたちどころに感づかれて、立ち去るまで監視される。

メイソンは両側に駐車の列ができた道をなんとか通り抜けて一ブロック走った。一時停止の標識まで来て、さらに一ブロック走る。そしてたどり着いた。

五年ぶりにこの家に帰ったが、いま運転しているのは修復ずみの一九六八年型マスタングで、これまでに盗んだどの車よりも高価だ。これまでに所有したすべての車の合計価格よりも高い。いや、以前住んでいたこの家の購入価格以上かもしれない。

メイソンはそこにすわったまま、懐かしい一角で夏の一日が過ぎるのを見守っていた。女が犬を散歩させている。通りの向かいでは少女が自転車に乗っている。まだ五、六歳だろうが、じょうずに乗りこなしている。その姿を見て、エイドリアーナが補助輪なしで自転車に乗ろうとしていたころのことを思いだした。車から顔を出し、転んだまさにその場所を見やった。そう、あそこだ。エイドリアーナはめげずに起きあがったが、同じ場所でまた転んだものだ。もう一度起きあがり、こんどはそのまま走りつづけたのだった。

過ぎ去った日々の亡霊が、目の前で四季をまたいで飛びまわっている。クリスマスの明かりを吊《つ》りさげたり、雪だるまを作ったり。自作の玄関ポーチは、ほぼ水平に近いものだった。

いま、そのポーチはまぎれもなく水平に見えた。あのころは自然な汚れがあった。いまは鮮やかな白に塗られている。

玄関のドアが開いた。男がポーチに出てくる。知らない顔だ。その一瞬、メイソンは車のドアに手をかけ、男へ呼びかけそうになった。おれの家で何をしてる？　おれの妻と娘はどこだ？

しかしそのとき、男は自転車の少女を呼んだ。この男がポーチを修理して塗り替えたにちがいない。ほかに何をしたのかはわからない。だがそうする権利がある、とメイソンは自分に言い聞かせた。いまここに住んでいるのだから。この男の家なのだから。

唐突に窓が叩《たた》かれ、メイソンは驚いた。見ると、運転席側のドアのそばに別の男が立っている。一九六八年仕様の旧式レバーをまわして、窓ガラスをおろした。見あげた先には、知った顔があった。

キンテーロ。

「ここで何してる」メイソンは言った。「おれを尾《つ》けてるのか」

キンテーロは無言だった。紙片を差しだす。メイソンはその手から紙片をとった。

「これはなんだ」メイソンは言った。

「おまえが探してるものだ」

背後でクラクションの音が響いた。キンテーロのエスカレードが二重駐車をしていて、通り全体をふさいでいる。キンテーロが後ろの車の運転席へ視線を送ると、クラクションがやんだ。キンテーロはようやく自分の車へもどった。それから車に乗りこんで、走り去った。

メイソンは紙片をひろげた。所番地が書いてある。よりによってエルムハーストだ。い、い、い、エルムハーストだって？

メイソンはフロントガラスから前をながめ、エスカレードのブレーキランプが消えるのを見てとった。

どこに住んでいるかを知られているのか、とメイソンは思った。驚くことでもないが、ジーナの住所が知られている。娘の住所が知られている。

玄関ポーチに立っていた男がこちらをじっと見ていた。無理もない。見知らぬ男の見知らぬ男のギャングめいたエスカレードが家の前に停まっているのだから。さらに、ギャングめいた男のエスカレードが後ろに停まり、道を完全にふさいだ。ポーチにいるのが自分だったら、すぐに通りへおりて話しかけただろう。〝どうなさったんですか。道に迷いましたか〟と。

メイソンは車を発進させた。一時停止の標識まで来たとき、ふたりの若造が乗ったおんぼろ車が交差点で速度を落とし、黒のビンテージのマスタングを観察しようとした。十八、九歳だろう。メイソンがいっしょに育った数々の仲間と同じく、粗暴そうなアイルランド系の若者だ。エディーと同じく、フィンと同じく、メイソン自身と同じく。ふたりの視線は、車のなめらかな輪郭を追ったあと、メイソンの視線とぶつかった。

相手が何を考えているか、メイソンにはわかった。この男は高速道路でまちがった場所を曲がり、まちがった通りに迷いこんだんだろう。この先はあんたの行くところじゃない、と、その目はそう言っていた。ここはおれたちの場所だ、あんたはお呼びじゃない、と。

ふたりを見返しながら、メイソンはどちらが自分と似たひどい人生を送ることになるのだろうと思った。事によると両方かもしれない。

メイソンはアクセルを踏み、エルムハーストへ向かった。

フランク・サンドヴァル刑事はかつての相棒ゲイリー・ヒギンズとともに、百件に及ぶ残忍な殺人事件に取り組んできたが、相棒が恐怖の表情を浮かべるのを見たことがなかった。一度たりとも。

きょうまでは。

5

サンドヴァルはウィスコンシン州のケノーシャにある小さな内陸湖の近くに来ていた。正しい場所を探りあてた確信がないまま、その家のまわりを歩いて湖側に出ると、古いフォード・クラウン・ヴィクトリアが道路から見えないように裏手に停めてあるのがわかった。まる一日かけて探しまわったあとで、もう太陽が沈みかけていた。目の上に手をかざすと、桟橋にいる黒い人影が見えたので、小道を足早に歩いていった。

サンドヴァルはラテン系の顔立ちと小柄で引きしまった体の持ち主で、黒く鋭い目は周囲のあらゆるものを見逃さなかった。その精力をすべて受け止められる職業は世界にひとつしかない。

サンドヴァルが近づいていくと、黒い影は自分がどこでも判別できる男へと一変した。五十代後半、広い肩と残り少ない頭髪。授かった勲章の数にかけてはシカゴ屈指の殺人課刑事で、逮捕した凶悪犯のリストはページ内におさまらないほどだった。

ゲイリー・ヒギンズとはじめて会った日のことをサンドヴァルは思い返していた。市内中央地区の殺人課刑事としての初日だった。上司の指示で、相棒として組まされたのだ。開口一番、ヒギンズはサンドヴァルに対し、だまって聞けと言った。目をあけておれを見ろ。何かがわかったと思いこむ前に、おれを見てどれだけうまくいくかを学びとれ、と。

部長刑事ひとりに六人がつくチーム編成だった。ほどなく、ほかの者たちがどれほどヒギンズを手本にしているかがわかった。いつも真っ先にドアをくぐる男。いつ相手を威圧し、いつ思いとどまるべきかを知る男。どの質問をすべきか、いつ尋ねるべきかを知る男。警察官にならなければ、おそらく心理学の教授にでもなっていただろう。

熱心に。的確に。やってのけた。そして何よりも、公正に仕事を進めた。

よい殺人課刑事、よい警察官についてサンドヴァルが知っていることは、すべてゲイリー・ヒギンズから学んだ。ところがいま、かつての相棒は身じろぎもせず、桟橋の端の二本の杭《くい》のあいだで折りたたみ椅子に腰かけていた。湖面は鏡のように平らで静かだ。サンドヴァルが桟橋に一歩踏みだすと、ヒギンズはさっと振り返った。驚きの表情が怒りに変わった。

「ここに来れば何か答が見つかるかもしれないと考えたんだろうが」ヒギンズは言った。「あきらめろ。おれからは何も聞きだせない」

「話しあいましょう、ゲイリー」

ヒギンズは立ちあがり、桟橋を歩いてきた。最後にヒギンズの姿を見たのはほんの数週間前だ。どうすればこれほどまで痩《や》せ細るのか。一気に十歳老けたかのようだった。

「おれが話してる相手はだれだ」ヒギンズは言い、サンドヴァルの肩をつかんで体を叩きはじめた。「ほかにだれが聞いてる」

「放してください」サンドヴァルは押し返して言った。「盗聴してるとでも？」

サンドヴァルは相手の顔を観察した。口のまわりの皺《しわ》、目の下の隈《くま》。二フィート離れていても、息が酒くさい。

「両手をあげろ」ヒギンズは言った。

「いいかげんにしてください。盗聴器なんかない」

「どうやっておれを見つけた」

「あなたがここの話をしてたのを思いだしたんです」サンドヴァルは言った。「まだ義理の親父さんの名義だったから、試しに来てみました」

「おまえがここにいるのをほかにだれが知ってる」

「だれも知りません。ひとりで来ました」

「シカゴを離れたのはまずいぞ、フランク。やつらが尾《つ》けてきたかもしれない。いまもおれたちを見張ってるかもな」

サンドヴァルはひっそりした湖を見まわした。湖岸に家が建ち並んでいるが、ほかに人影は見あたらない。「まったく、いったいどうしたんですか」

サンドヴァルはヒギンズを見つめ、かつての相棒のほかの部分がよみがえるのを待った。仕事中に口を閉じることがない男だったのに。

「あなたは六年にわたる相棒だった」ついにサンドヴァルが口を開いた。「何があろうと金を受けとらなかったし、一線を越えもしなかった。厄介事をかかえてもいなかった。それなのに、どんないきさつがあって、ニック・メイソンを外へ出すことになったのかを教えてください」

「話すことは何もないよ、フランク。無駄足だったな」

「三十年」サンドヴァルは言った。「あなたがそれをふいにするのを、だまって見ていろと？　名前を教えてください。そこから手をつけます」

「おまえには何もできない」

「ひとりでいいから、名前を」

「無理だ」

「わかりました。なら、こっちが言いましょう。ダライアス・コール」

ヒギンズは顔をそむけた。一秒にも満たなかったが、それでじゅうぶんだった。

「よし、ようやく少し前進しました。ダライアス・コールはテレホートでニック・メイソンと同じ区画にいた。もちろん、あなたはそんなことは先刻ご承知でしょう。そして、メイソンは最初の仮釈放審査まで、たしかあと二十年だったか。出所まで少なくとも二十年あったんですよ、ゲイリー。メイソンがいまどこにいるか知ってますか」

ヒギンズは答えなかった。

「リンカーン・パークにある五百万ドルのタウンハウスにいます。だれのものかは言うまでもない。まだくわしく調べてはいませんが、その必要もないでしょう。ほかの会社を所有するダミー会社でしょうから。レストラン用に一社、タウンハウス用に一社。ほかにもあるかもしれない。でも金の流れを追えば、すべてダライアス・コールに行き着くんですよ。じゃあ、出所したニック・メイソンは、熱いバスタブに浸《つ》かってなんの準備をしているのか。コールは知ってる。たぶんあなたも知ってる。やつはいったい何をするために出てきたんですか、ゲイリー。なんであれ、あなたはそれを見過ごす気だ。どういうつもりですか」

ヒギンズはじっと見返した。

「メイソンは連邦捜査官を殺したんですよ、ゲイリー。なのに、いまは自由の身だ」

「やつが撃ったとは証明できない」

「それがどうしたって？」サンドヴァルは言った。「あの場にいたんだから、あれはまぎれもない謀殺です。あいつが引き金を引いたかどうかなんて、どうだっていい」

ヒギンズに胸を突かれ、サンドヴァルはあとずさって杭にぶつかった。粗い木肌が背中に食いこむのを感じた。

「おれが知らないとでも？」ヒギンズは言った。顔は二インチしか離れていない。「そうした何もかもを。自分が何をしたかはわかってるさ、フランク。よくわかってる。銃で頭をぶち抜かないように、毎晩飲みまくって眠らなきゃならない」

「乗り越えられますよ。いっしょにやりましょう」

「おまえはあいつらを知らない」ヒギンズは言った。「おまえに対して何をしてのけるかを知らない。命を捨ててもいいのか、フランク？　家族の命もだ。おまえが突き進めば、そこまでの危険がある。答を知りたいと言うが、やめておけ。悪いことは言わないから、やめるんだ」

サンドヴァルは長年にわたって、人々の苦痛をじゅうぶん目にしてきた。殺人事件の知らせを受け、多くの妻や親たちに会い、その全容を目のあたりにしたことがいくたびあっただろう。ひとりの人間が耐えうる限界を超えていたかもしれない。それでも感覚が麻痺することはない。毎回新たな苦痛に出くわす。

そして、同じ種類の苦痛が相棒の目に宿っているのを、サンドヴァルはいま見てとった。

「おれはもうだめだ」ヒギンズは言った。「終わりなんだよ。おまえまでそうなることはない。シカゴへ帰って、おれと会ったことは忘れろ」

ヒギンズは体を離した。背を向け、桟橋の先へもどっていった。

「このままにするつもりはありません」サンドヴァルはヒギンズの背に向けて言った。

ヒギンズは振り向かなかった。歩きつづけている。

「あなたがなんと言おうと、ゲイリー、ぜったいにやめませんよ」

6

ニック・メイソンは一軒の家を見つめていた。そこには自分の妻と娘、そしてその夫と父親の役を果たしているらしい別の男が暮らしている。

ここはシカゴの西側の郊外に位置するエルムハーストだ。通りに車を停めたメイソンは、ベージュだかモグラ色だか砂色だか、ペンキ缶にどう書いてあるか知らないが、そんな色合いのコロニアル様式の大きな家へ目を向けていた。雨戸が黒く、窓やドアの枠が白い。すべてがそんな感じで、大きな寝室がいくつかあり、広さは三千平方フィートに及ぶだろう。自分自身が家を探していたころには、こんな建物を小ばかにしていたものだ。こんなありきたりの豪邸を。だが、もしその当時、真実の血清を注射されていたら、まさにこういう家に恋い焦がれていると白状したはずだ。ここで娘が成長するのを見守りたい、と。

勾配《こうばい》のついた広い前庭は、半エーカーの完璧《かんぺき》な芝地だった。手押し式の芝刈り機なら整備に一時間かかるだろうが、この家にあるのはシカゴの冬に備えて前面に除雪機を装着できる乗用芝刈り機にちがいない。

車三台を格納できるガレージの区画がひとつ空いていた。中に自転車が置かれているのが見える。サッカーのゴールとボールもだ。奥の端に面した裏庭から、ぶらんこが姿をのぞかせている。それは安物の金属ではなくシーダー材でできていて、四隅に緑色の旗がはためく滑り台つきの小屋とつながっている。

メイソンは紙片を開いて番地をたしかめた。キンテーロがみずからここに来たのかどうかが気になってしかたがない。娘が前庭を横切るのを、エスカレードのなかから、まさにこの場所から見ていたのだろうか。黒い大型車の色つきガラスの後ろで、目をサングラスの奥に隠した亡霊のように。

すると、想像の世界から抜け出てきたかのごとく、黒いエスカレードがゆっくりと横を通り過ぎた。キンテーロはここまでずっとついてきたということだ。車はそのまま止まらずに、エルムハーストの静かな街路を走りつづけ、つぎの角を左折して見えなくなった。

メイソンはハンドルを強く握りしめた。少しのあいだ目を閉じる。何もかも見こみちがいだと思った。刑務所から出るために、ダライアス・コールと契約を交わしたときのあらゆる目算が、いままさに崩れ去っていく。

心臓が落ち着きを取りもどすのを待った。それからマスタングの外へ足を踏みだし、家に向かって私道を歩いていく。玄関の前に来ると、数秒立ち止まった。そして呼び鈴を押した。チャイム音が四つ、家の奥のどこかで鳴った。

はじめて会ったとき、彼女の名前はジーナ・サリヴァンだった。くすんだ色の金髪に、緑色の目。当時はまだふたりとも子供だった。ジーナは十八歳で、高校を卒業したばかり。メイソンは十九歳で、すでにほぼ自活していたが、夜になると、ときにはエディーの家に、ときにはフィンの家に転がりこんでいた。どちらでもない夜は、足の赴くままに。

みなが行ったあのパーティーでのことだ。パーティーには十人余りの少女が来ていて、ジーナもそこにいた。若きジーナは若きメイソンに、なんの仕事をしているのか尋ねたが、男子学生友愛会《シグマ・ファイ・イプシロン》の会員ではないとすでに見当はつけていた。車を盗んでいる、とメイソンは答えた。冗談だとジーナが思ったようなので、選んでくれたらきみのために盗んでやるよ、とメイソンは言った。ジーナは選び、メイソンは盗んだ。数時間後、ふたりはその車の後部座席にいた。しばらくして、これは父親の車だとジーナは打ち明けた。

その年の秋、ジーナはパデュー大学へと去った。帰ってくると、ふたりはまた一から付きあいはじめた。ジーナはつぎの年の秋も去っていったが、一学期しか耐えられず、カナリーヴィルの北のはずれにある実家へ舞いもどった。家からほうりだされて、しばらく親戚《しんせき》の家で暮らし、そのあいだにメイソンと別れ、またよりをもどし、また別れた。そのころには、メイソンは自動車泥棒から高額志向の泥棒稼業への転身をとげていた。メイソンは自分の守るルール一式を書き留めていて、みずからの経験やフィンの犯した数々の過ちから得た教訓をもとにそれを改良していった。ジーナはひとつだけメイソンにルールを課した。ジーナ自身が必要とする唯一のルールだ。〝わたしと真っ当な人生を送るか、わたし抜きでいまの生き方をつづけるか、どちらかにする〟。

メイソンはジーナ・サリヴァンとの人生を選んだ。地球上でジーナほどうまくスイッチを入れることができる女はいないからだ。ジーナ以上に楽しい気分にさせてくれる女はいない。ジーナ以上に夢中になれる女はいない。身を固めようというときでも。地道に働こうというときでも。そういうときでも、たいがいは〝楽しい〟より〝夢中〟でいられるだろう。

でも、ただ楽しいだけのときでも、そう、べらぼうに楽しい。

ふたりは結婚した。四十三番ストリートに家を買った。娘が生まれた。メイソンは約束を守りつづけた。

港でのあの仕事までは。

五年と一か月が経《た》ったいま、メイソンはジーナの家の玄関に立ち、だれかがドアをあけるのを待っている。留守ではないかと思いはじめた。

そのとき、ドアが引きあけられ、ジーナが顔を出した。

変わっていなかった。ほとんど。高級サロンでカットしていても、くすんだ金髪は同じだった。緑の目も同じだ。その目のなかに、ほんの一瞬、メイソンを認めた火花が散るのが見えた。かつてふたりのあいだで燃え盛った、なじみあるあの炎だ。しかし、すぐに消え去った。

「こんなところで何をしてるの？」ジーナは玄関ポーチまで出てきて、家の前の通りを見渡した。まるで近所の連中がひとり残らず庭に出て、こちらに注目しているのを恐れるかのようだ。

メイソンには質問したいことが七つか八つあった。何から尋ねるべきか決めかねていた。

「刑務所にいるはずなのに」ジーナは言い、ことばを発するなり、口を手で覆った。「脱走したのね！　刑務所から抜けだしたの？　まさか、そのままここへ？」

「ちがう」メイソンは手を差しだした。

「こっちに来ないでよ」ジーナは言い、一歩さがった。「脱走したのね」

「脱走なんかしてない」メイソンは言った。「話を聞いてくれないか。きのう出所した。ほんとうだ」

「嘘よ。あと二十年は服役するはずでしょ。最低でも」

「有罪判決が覆ったんだ。それで釈放された。信じてくれ、ジーナ。嘘じゃない」

メイソンは話しながらジーナを観察していた。ジーナの口の動き。体温が感じられるほどだ。手を掛けて、しっかり抱きしめたかった。

ああ、そうしたくてたまらない。

「出まかせよ、ニック。釈放だなんて、だれからも聞いてないもの」

「知らせる必要はないんだ。仮出所じゃないんだから。自由の身となって出てきた。だれかに知らせたければ、おれ自身の判断にまかせると言われた」

「なら、どうしてわたしに知らせてくれなかったの？」

「だからここにいる」メイソンは言った。「知らせにきたんだよ」

ジーナは目をそらし、額をさすった。「わけがわからない。でも、待って。ちょっと待って。考えられないの。有罪判決が覆るはずがない」

「証拠が取りさげられた」メイソンは言った。「無実が証明されたんだ。検事からの謝罪の手紙だって持ってるぞ。見るか？」

ジーナは顔の向きを変え、またメイソンを見た。「ニック、もしほんとうだとしても……」

「来てくれなかったな」メイソンは言った。「ただの一度も」

「ニック……」

五年か、とメイソンは思った。五年かかって、ついにジーナに言ってやれた。テレホート刑務所の服役囚は月に七度の面会が許可される。三百分間の通話時間も認められる。四百二十回の訪問機会のうち、ジーナが利用したのはゼロ回だ。一万八千分間の通話機会のうち、ゼロ分だ。

メイソンのほうからはジーナに電話をかけていた。手紙を書いていた。刑務所まで車で来るのは、たいした手間ではなかったはずだ。エイドリアーナを連れて、面会室で数分間すわっているくらいは。ただ顔を見せて、ほんの少しことばを交わすくらいは。

短い電話くらいは。たったの五分くらいは。

どれほど力づけられたことだろう。だが、まったくなかった。

「一度もなかったな、ジーナ。面会も、電話も、手紙も。何ひとつなかった。おれが死んでこの世を去ったみたいに」

「必要だと思うことをしただけよ、ニック。エイドリアーナのために」

「エイドリアーナはどこだ」

「練習中よ」ジーナは言った。「ブラッドといっしょに」

メイソンは少しのあいだ、その名前について思いをめぐらした。ブラッド。ブラッドリー。どちらの呼び名がひどいのかわからなかった。「きみとそいつは……」

「そう、結婚したの」

メイソンはそのことばが一気に押し寄せるのを感じた。離婚されたのはわかっていた。ジーナが、というより、ジーナの弁護士がただ一度連絡してきたときの用件はそれで、メイソンは獄中で書類に目を通し、署名をした。

そしていま、ジーナはこの家に住んでいる。再婚したのは当然だ。判事の前で誓いのことばを言い、ここで別の夫と暮らし、毎晩そいつとベッドで過ごす。

この瞬間まで、なぜか実感できなかった。ジーナがそれを口にするまでは。

コールは知っていたにちがいない、とメイソンは思った。おれが人生のこの部分を取り返したいのを見越して、取引を持ちかけた。けっして返らないことを知りながら。

「わかった」ことばを選びつつメイソンは言った。「おれの娘は、きみの新しい夫のブラッドといっしょに練習中というわけだ。で、なんの練習だって？」

「ニック……」

「すまない、よけいな穿鑿《せんさく》だな。ふたりはいつもどるんだ」

「なぜそんなことを訊《き》くの？」

「エイドリアーナに会いたいから」

「聞いて」ジーナは言った。「向こうでは大変な思いをしたでしょうから、出られてよかったと思ってる。ほんとうよ。でも、自分がいまここで何を要求してるかを考えてみて。お願いだから、ニック、考えて。あの子はいま、いい環境で暮らしてる。いい学校にかよってる。いい人生を送ってる。エイドリアーナのために、あなたとわたしが望んでた暮らしよ。あの子はいまそれを手に入れた。それなのに、突然刑務所からここへやってきて、何もかもめちゃくちゃにするつもり？」

「おれの娘なんだ、ジーナ」

「それで、この先うまくいくと本気で思ってるの？　毎週末にあの子に会いにくるつもり？　裏庭でバーベキュー？　保護者面談のときはあなたもいっしょに来るつもり？　それとも、職業説明会のときかしら。〝こんにちは、これがわたしのお父さんです。これからみなさんに車の盗み方を教えます〟ってね。そんなことがほんとうにうまくいくと思ってるの、ニック？」

メイソンはしっかり耳を傾けた。自分を抑え、冷静さを保った。ここで事を荒立てても何もならない。だが悲しいかな、いまでもジーナはスイッチを入れることができる。

「エイドリアーナに一度も会わせてくれなかった」メイソンはついに言った。「おれの娘に。五年のあいだ、ただの一度も」

「約束を破ったからよ」ジーナは言った。声は小さく、ささやきに近かった。「あなたは犯罪者で、これからもずっとそう。あなたの紙切れにどう書いてあろうと」

ジーナはことばを切り、目をぬぐった。

「あなたに賭《か》けたの」ジーナは言った。「わたしのすべてをあなたに賭けた。それで手に入れたものは何？　わたしにとっても、あの子にとっても、いまあなたができる最高のことは、ただ去ることよ」

メイソンは聞いていて苦しかった。それを口にしたジーナも苦しんでいるのが見てとれた。何か言い返せないか、すべてが誤解だと説得できないかとメイソンは考えた。ほんとうに無実であり、もともと投獄されるはずではなかった、と。だが実際には、判決が覆ったのはある男のおかげで、その男がいなければ自分はまだ塀のなかにいただろう。

何も言い返せなかった。ただのひとことも。

ジーナは泣いていた。メイソンを見ることさえできなくなった。

ジーナは手を伸ばしてメイソンの胸にふれた。たった一度、ほんの一瞬だけだ。ともに過ごし、いさかい、和解し、ポーチで語らった日々。ともに生きようとした日々。そのすべてが過ぎ去ったいま、ジーナがメイソンにしてやれることはそれだけだった。

ジーナは体を引くと、家のなかにもどり、ドアを閉めた。

7

ダライアス・コールはエングルウッド地区で生まれた。郊外では、人は財産を受け継ぐ。エングルウッドでは、どのブロックに住んでいるか、通りのどちら側に住んでいるかによって、それぞれの組織の色を受け継ぐ。十三歳のころには、コールはすでにその一員だった。一九七〇年代のことで、毎年シカゴでは千もの殺しがあった。

ある日、若きダライアスは袋に詰まった金を渡された。洗濯屋へ持っていけ、と言われた。一ドル消えたら、二分でわかる。三分後、おまえの命はない。

コールは洗濯屋へ金を持っていった。正確にはコインランドリーだ。そこで、奥に小さな事務室を構える男に会った。男はそこをはじめとして、いくつもの現金払いの店を仕切っていた。コインランドリー、洗車場、レストラン。大量の紙幣と小銭を扱うなら、どんな店でもいい。その男はコールのような連中から金を受けとり、店の稼ぎと混ぜあわせて、手品のトリックさながらにまるごと洗浄してのけた。

コインランドリーの男は、このトリックは禁酒法時代のシカゴでアル・カポネが編みだしたものだと語った。コールはのちにマイヤー・ランスキーのことを知った。犯罪の黒幕かつ利殖の天才で、カポネよりはるかに頭の切れる男だ。ランスキーは犯罪シンジケートに融資して、ラスヴェガスからロンドンまであらゆるカジノから収益の一部を徴収し、全額をスイス銀行の個人口座へ転送していた。獄中で過ごしたことは一日もない。

コールはありきたりのごろつきになりたくなかった。黒いマイヤー・ランスキーになりたかった。麻薬常習者はもう相手にしない。路上の銃撃戦もたくさんだ。金をきれいにすれば、自分もきれいになる。真っ当なビジネスマンのようにスーツを着られる。いや、ちがう、真っ当なビジネスマンそのものになるのだ。

二十歳になるころには、コールは十余りのレストランの少数株主になっていた。そして、理髪店や洗車場も。いくつかのコインランドリーにも出資した。現金のみを扱って帳簿管理の甘い店を見つけると、みずから進んで経営に加わろうとした。麻薬の収益と現金の売上を混ぜあわせ、すべて合法の所得として預金した。

そのあいだずっと、目立たないようにふるまった。つとめて地味に過ごした。各機関の関係者に鼻薬を嗅《か》がせて、個人記録が残らないよう画策した。連邦捜査局《FBI》、麻薬取締局《DEA》、アルコール・煙草・火器局《ATF》、内国歳入庁《IRS》、さらにはインターポールにまで。そうやって、影なき存在でありつづけた。

コールは国じゅうでさらに事業を買収していった。高級なレストランやナイトクラブにも手をつけた。バーテンダーが百ドル紙幣をまじろぎもせずに受けとる店があれば、そこのオーナーに会うことを望んだ。

じゅうぶんな経験を積んだので、他人の金をも手がけるようになった。むろん、敵対関係にあるギャング団の金は別だ。交わらない線もある。とはいえ、金の洗浄を必要としている犯罪企業はほかにも山ほどあった。スーツ姿の白人から金を受けとり、その大部分を返してやることへの苛立《いらだ》ちはなかった。それどころか、その機会を利用して彼らの商売の仕組みを事細かに学びながら、トロイの木馬にはいったギリシャ兵さながらに、邪魔立てしようとする者を排除して、内側から乗っとった。

三十歳になるころには、さらに抜け目なく、さらに大きな力を手にしていた。コールは海外に手をひろげていった。まずはケイマン諸島、それからメキシコ、ブラジル、ロシア、ポーランド、ベラルーシ――銀行法がきびしくない国ならどこへでもだ。つねに金を動かして、疑惑の対象にならない程度に金額も速度もあげていき、他人名義の口座をうまく使って、百倍、さらには千倍の規模にまで拡大した。利用するのは、確実に信用できる者や、そむいたときの代償を知る者ばかりだ。金は〝洗浄人《スマーフ》〟から別の〝洗浄人《スマーフ》〟の手に渡り、クラクフやリオやジャカルタを経由して、ついにはシカゴへと帰る。

頃合を見計らって、コールは麻薬の仕事にもどったが、巧妙に動いて、末端の取引にはかかわらなかった。すでにメキシコのカルテルとシカゴを結ぶ直通のルートがあったので、コールはこれを引き継いで取引をひとつにまとめ、メキシコ人たちに便益を与えた。また、格の高い売人たちだけに品物を託し、中西部全域に広めるよう取り計らった。そうすれば、末端の客千人ではなく、信頼の置ける二十人、三十人だけを相手にすることができる。そんなふうにしてコールは危険を回避し、最大限の売上を叩《たた》きだした。そしてその金を徐々に合法の事業へまわしていった。最高の会計士を雇った。最高の弁護士も雇った。腐りきった警官たちを買収した。やがて事業で一大帝国を築きあげた。

犯罪者を追う術《すべ》は、ほとんどの警官が知っている。金の流れを追うことに長《た》けた警官はきわめて少ない。コールは長年にわたって警察を出し抜いてきたが、ついに連邦RICO法（組織犯罪を取り締まる連邦法）によって仕留められた。それ以来、このテレホート刑務所にいる。

そんな話を聞くことになるとは、メイソンは思ってもみなかった。それも、ダライアス・コール本人の口から聞かされるとは。重警備区をふたたび訪れるとは考えなかったし、ましてや三度目の訪問でそのまま移り住むことなど予想できるはずがなかった。

その日、前回と同じふたり組がメイソンを呼びにきた。メイソンは周囲の視線を無視し、ふたりを追って監房棟をあとにした。はさまれて進むあいだ、ゆっくり考えた。最初に交わしたあのばかげた会話のせいだろう。そうでなければ、また呼ぶはずがない。だが、コールの真の狙いはなんだろうか。こちらの息の根を止めたいなら、とっくにそうしているはずだ。運動場なり、食堂なりで。わざわざ自分の監房へ呼びつけたりはしまい。

監房に着くと、コールは背中を見せて机に向かっていた。振り返って、メイソンに軽くうなずく。前回と同じふちなしの読書用眼鏡をかけたさまは、まるで刑務所の司書のようだ。

「なぜまた呼びつけたんですか」メイソンは言った。

コールは椅子の上で向きを変え、眼鏡をはずした。もう司書には見えない。「また来てもらったのは」コールは言った。「きみについてもっと知りたいことがあるからだ」

「ミスター・コール……」

「きみのことを調べた」コールは言った。「いくつか質問がある」

コールは背後に手を伸ばして、机の上のファイルをつかんだ。それを開くと、いちばん上のページに四年前に撮られたメイソンの顔写真が見えた。メイソン自身の犯罪記録だ。

「何もかも筒抜けか」メイソンは言った。「隅々まで網を張りめぐらしてるんですね。看守が持ってこないものはあるんですか」

「きみはカナリーヴィル出身」コールは言い、読書用眼鏡をまたかけて、ページをめくりはじめた。「父親は不明」

メイソンは答えなかった。ファイルを読まれるのは不快だが、やはりまた口を閉ざすのが得策だろうと思った。

「人生のスタートとしてはきびしかったはずだ」コールは言った。「一人前の男になれないまま、手遅れになる場合も少なくない。きみは十五年余り路上で仕事をしてきて、ふた晩以上勾留《こうりゅう》されたことが一度もなかった」

メイソンはコールが最初のページにもどるのを見守った。

「盗難車両の領得」ページを拾い読みしながらコールは言った。「いくつかここに載っている。どこかの専属だったのか？　独立していたのか？　だれに頼まれて動いていたんだ」

「金を出してくれるならだれでもです。どこへでも行きました」

「住居侵入用器具の所持？　手をひろげたな。だが、それもやめた。ひとつの手立てにこだわってはいないようだ」

コールはファイルを読みつづけた。

「ときには単独で仕事をする」ページをめくりながらコールは言った。「ときにはグループで。街じゅうどこでもだ。手荒に押し入ることもあれば、ひそかに忍び入ることもある」

また最初のページにもどった。

「実刑を食らわずに三十年。ついに捕らえられ、実刑どころか、ずいぶんな刑期を食らった。そこまでやってのける者はあまりいない」

「仕事の面接を受けてるみたいだ」メイソンは言った。

「まさにそのとおりだよ」

ふたりは互いの目を見つめあった。コールはメイソンが口を開くのを待っている。

「どうにかやってきただけです」メイソンは言った。「ほかにどんな道があると？」

「きみはいつでも道を選べるんだよ、ニック。ここにいてさえ、いつでも道を選べる。わたしがきみに会うのを望んだときのように」

「まだこんなことを繰り返すつもりなら……」

「なぜ名前を吐かなかったんだ」コールは言った。「二十五年以上の刑期が見えていたのに。連邦刑務所でのきつい服役だ。それなのに、きみは無言を貫いた」

長い沈黙があり、それが破られたのは、監房の外の通路をふたりの服役囚が歩いてきたときだった。〝護衛〟たちの顔を見るなり、そのふたりは話をやめ、足早に立ち去った。

「その夜、きみの仲間がひとり殺された」書類に目をもどしてコールは言った。「フィン・オマリー。仲間か？」

「そうです」

「ふたり逃亡。それも仲間か？」

「ひとりは仲間。もうひとりはくそ野郎」

「だが、きみはどちらの名前も吐かなかった」

「くそ野郎だけを売っても、そいつがおれの仲間を売ります。どっちにしろ、おれはここに来ることになる。おれが何をしようと」

「妻がいたな」コールはまた書類を見て言った。「それに娘がひとり」

「話は終わりです」メイソンは言った。

「ふたりのことは話さない。こんな場所には不似合いだからか？」

コールは身を乗りだし、メイソンを長々と観察した。

「ふたりが面会に来るときはどうするんだ」

メイソンは答えず、目をそらした。コールはさらに書類をめくり、最後のほうのページに興味深い記述を見つけた。

「来ていないのか」ようやく言った。「一度も。だからふたりのことは語らない。そういうルールを課しているんだな。正気を保つために」

メイソンはじっと見返した。自分のルールについて、ここではだれにも話したことがなかった。だれにも知られていない、自分の核心だ。

「そうだろう、ニック。意味はわかるはずだ。わたしのルールを聞きたいか」

メイソンは答えなかった。

「わたしは終身刑二回ぶんを食らってここにいるんだよ、ニック。だが、ここで食べて眠っているというだけで、ここに住んでいることになると思うか？　冗談じゃない。わたしはいまも変わらずシカゴにいる。自分がいるべき場所に。そう聞くと、たいていの者はわたしの頭がおかしいと思うはずだ。しかし、きみなら理解できるだろう」

メイソンは護衛のひとりを見、もうひとりを見て、こんな放言を毎日聞かされているのだろうかと思った。

「要は意識の問題だ」人差し指でこめかみを軽く叩きながらコールは言った。「正しく見定めれば、単なる地理の問題にすぎない」

地理の問題。この男はたしかにそう言った。

「これはわたしが決めたルールのひとつにすぎない」コールは言った。ファイルを手にとり、また開いた。「おまえのルールもいくつか知っている。友人を売るな。あらゆる物事を区別して考えろ。家族のことは心のなかにしまえ。目に見えるようだ」

「あなたは五年前におれの名前を聞いた」メイソンは言った。「そしていま、ファイルを読んだ。それでおれのことをわかったつもりなんですか」

「ファイルに書かれていないことを知りたい」

「おれは刑に服している。自分がすべきことをする。人と揉《も》め事《ごと》を起こさないし、おれに揉め事を持ちこむやつもいない。ここで仲間は要らない。仲間を作れば、そいつの敵がおれの敵になる。そんなのはご免です」

コールはじっと耳を傾け、ゆっくりうなずいた。

「だからと言って、警戒を怠ってるわけじゃありません」メイソンはつづけた。「おれは他人を警戒するし、他人もおれを警戒する。それが生き残るための手立てです。でも、おれはだれにも負い目がない。この刑務所のだれに従ってるわけでもないんですよ、ミスター・コール。あなたがここで絶大な力を持ってることも、好きなときにおれを呼びつけられるのもわかってますが、あなたに従うつもりもありません。おれはだれの所有物でもない」

コールはメイソンを見つめつづけた。まだうなずいている。

「いつもそんなふうにふるまう必要はない」コールはようやく言った。「わたしのまわりの者は、問題が起こっても九一一には通報しない。わたしに通報する。わたしは警察であり、消防士であり、判事でもある」

「ええ、あなたのまわりではね。おれのじゃない」

コールは笑みを漂わせた。「ここに来てどのくらいになる、ニック」

「ファイルを見たでしょう。四年です」

「四年消化し、運がよくても、あと二十一年。互いのことを知る時間はあるな。わたしの部下が荷作りを手伝おう」

「なんですって？」

「重警備区に引っ越すんだよ、ニック。食い物はよくなるし、設備もだ……きっと気に入るとも」

「いやだと言ったら？」

「もう決まったことだ」コールは言った。

8

メイソンはエルムハーストをあとにし、ノース・アベニューをマスタングで飛ばした。生きる支えとなる家族を失った男の走りだった。

黄信号をことごとく無視し、行くあてもなくつぎつぎと角を曲がった。ようやく車を停めたのは、知らない通りにあるバーの前だった。ウェストサイドのどこかだろうが、見覚えはない。ガラスのブロックで四隅にまるみをつけたコンクリートの建物だ。看板はない。名前もない。地元の酒飲みたちが集う名もなき店、バーテンダーも客もみな顔見知りの酒場だった。メイソンがドアをあけて暗い店内へ足を踏み入れるや、エアコンの冷気が吹きつけてきた。

カウンターへ行って二十ドル札を置き、ひととおり酒を出してくれと言った。カウンターの向こう端で飲んでいる男がひとりいる。ボックス席にもうふたり。テレビがカウンターの真上に取りつけてあるが、音は聞こえない。バックライトに照らされたビールのロゴがいくつも壁に並んでいた。

出された最初のウィスキーを、メイソンは味わいもせずに流しこんだ。喉が焼かれそうだ。もう一杯グラスを干してようやく人心地がつき、大きく息を吐いた。

「何を期待してたんだ」ひとりごとが大きく響き、カウンターの端にいる男を振り向かせる。「ほんとうはどうなると思ってた？」

メイソンは三番目のグラスをとり、手のなかで揺らした。水で薄めた安物のウィスキーをながめてから、一気にあおる。

塀のなかで出会った男たちのことを考えた。人生のかなりの部分をそこで過ごしてきた者たちだ。彼らの会話をよく小耳にはさんだものだ。出所したらどんな暮らしをしようか。あの女を、ハイスクール時代のガールフレンドを、あのころ最高にいかしていた女を、どうやって取りもどすか。外へ出たらそいつを見つけて、しばらく楽しもう。でも、そのあとは地道に行く。結婚して家庭を築くんだ。なくした時間の埋めあわせをしよう。そんな絵図を彼らは描く。夜に監房で横たわって、天井を見つめながら。昼食のときや作業中にも、わずかな時間と話し相手を見つけては語り聞かせていたものだ。そしてメイソンは、その哀れな連中は人生の現実をまったく知らないと思っていた。ハイスクール時代のガールフレンド？　たぶん結婚して子供が三人いるだろう。住んでいる地域によっては、それよりずっとひどい。とっくに死んでいるか、女子刑務所にぶちこまれているかもしれない。いずれにせよ、大昔に消えたハイスクール時代の情けないボーイフレンドのことなんか、覚えているはずがない。見つけに行くがいいさ、相手が生きているなら。そうすれば、ささやかな再会がどんなことになるかがわかる。

しかしいま、メイソンは、自分の思惑もそれと変わらなかったのか、と自問するしかなかった。わずか五年で出られたから、少しはましだったとでも？　結婚していっしょに子供を育てるなんて、結局なんの意味もなかった。地球はまわり、だれもが自分の暮らしを守りつづける。

だれもがおまえのことを忘れる。

あの子にまったく会えなかったな、とメイソンは思った。自分の娘がどんなふうになったか、ひと目見る機会さえなかった。

「つづきを頼む」バーテンダーに言った。

「運転しないんでしょうね」バーテンダーが応じた。

「まともな酒を出せよ。厄介なことになるかもしれない」

「あんた、いいかげんに……」

「おれに指図するんじゃない」メイソンは言った。人数はもう頭にはいっている。後ろにふたり、左にひとり、正面にこの間抜け野郎。全員がいますぐ事を起こそうと思っているなら、おもしろくなりそうだ。

「もう帰ったほうがいいですよ」バーテンダーは言った。「ここで揉め事は困ります」

揉め事を起こしたらどうなるか、キンテーロが言っていたことをメイソンは思いだした。まだあれから二十四時間も経《た》っていない。

脈が二、三度打つのを待つ。それから、立ちあがって店を出た。

夕日に目がくらみ、メイソンはしばし歩道に立ち止まった。世界がふたたびはっきり見えるようになってから、駐車場へ行った。マスタングに乗ってエンジンをかけ、バックして車を通りへ向ける。そのとき、歩いていた男がよりによって車の真正面で立ち止まり、出口をふさいだ。全身黒ずくめで、上腕の盛りあがりがわかるほどきついシャツを着ている。首にかけた金の鎖とこけおどしのミラーサングラスがその装いを完璧《かんぺき》にしていた。

「さあ、車の見学会は終わりだ」メイソンは大声で言った。わざわざ窓をあけるほどでもない。「見終わったら、さっさと、そのけつをどけろ」

相手は動かなかった。メイソンはエンジンを吹かした。

「ほんとうに轢《ひ》くぞ」メイソンは言った。「きょうはおれを怒らせないほうがいい」

男はようやく脇へ動いた。駐車場から出る瞬間、メイソンが視線をあげると、男がサングラスをはずすところだった。ほんのわずかなあいだ、顔が見えた。厚い唇、曲がった鼻、薄毛の頭頂部、残りの髪をどうにかまとめたポニーテール。

目が合った。一瞬、見覚えがあると感じる。

やっと思いだしたのは、通りを百ヤード走ったあとだった。

ジミー・マクマナスだ。

メイソンは黒いマスタングをUターンさせ、駐車場へもどった。マクマナスが店の常連ならしめたものだと思い、車からおりてバーへ引き返す。

中へはいるや、バーテンダーが叫んだが、ひとことも耳にはいらなかった。メイソンはマクマナスを探してすばやく店内を見まわした。

いない。

メイソンは車へもどり、街じゅうを走った。あの男を見たおかげで、目が覚めたのはたしかだった。自分を哀れんでいる暇はない。もっと大きな問題がある。

ジーナとはよりをもどせない。それは受け入れるしかなかった。娘と会うことさえ、想像していたよりはるかにむずかしい。一方、いまのメイソンには守るべき契約がある。すべき仕事がある。いつでも電話に出なくてはならなかった。何が起こるのか、まったく知らなくても。

携帯電話を取りだし、助手席に置く。どんな呼びだし音かも知らない、とメイソンはひとりごとを言った。

翌朝、それを知ることになる。

9

ニック・メイソンの足どりを追い、サンドヴァル刑事はシカゴでも指折りの高級住宅街にたどり着いた。そのタウンハウスの数軒先に車を停め、住所をしっかり確認した。いまいましいリンカーン・パーク・ウェスト、と心のなかで言う。通りの真向かいに公園がある。庭園、温室植物園、動物園。ミシガン湖のみごとな眺望。そう、ここだ。いまニック・メイソンはここに住んでいる。

サンドヴァルはメイソンのかつての住所を覚えていた。テレホート連邦刑務所にぶちこまれる直前の住所だ。それはカナリーヴィルのちっぽけな汚らしい家で、各戸が重なりあうように並び、隙間をぎりぎりで歩くような一角にあった。記憶が正しければ、四十三番ストリート。港での事件があった数日後に見にいったものだ。当時サンドヴァルはヒギンズと組んで間もないころで、まだ先輩の流儀を学んでいるさなかだった。ヒギンズは絶好調の時期にあり、大きな事件でつぎつぎと手柄を立てていた。たいていの警官ならうぬぼれるところだが、ヒギンズは成功を巧みに自分の糧とし、街じゅうのどんな殺人事件でも解決できるという自信を持つだけで満足していた。そんなとき、ふたりはショーン・ライト事件を担当することになった。それは警察本部長じきじきのお達しによる〝火急事件〟だった。連邦捜査官が殺された。何がなんでも、迅速に解決しなくてはならなかった。

ふたりは手はじめに、死亡した容疑者、カナリーヴィル出身のフィン・オマリーの身辺を調べた。いかにも、あの地区に住むアイルランド系移民らしい名前だ、とサンドヴァルは思った。オマリーは微罪の常習犯で、重罪での逮捕はなんとか免れたが、やがて警官への加重暴行などで十八か月の禁錮刑を受けていた。ふたりはオマリーが最後に住んでいた家へ行き、近所で聞きこみをした。空振りだった。住民の結束の固さに、サンドヴァルは腹を立てそうになった。しかし、ヒギンズは冷静に相棒を署へ連れもどし、ふたりでまる一日かけて昔の逮捕歴を調べた。刑務所仲間の線で手がかりがなくても、オマリーといっしょにしょっぴかれた者を見つけることはできる。たとえ無罪放免になった場合でもだ。

そうやって、ふたつの名前があがった。エディー・キャラハンとニック・メイソン。数年を隔てたふたつの事件で、三人はいっしょにつかまり、その後釈放されていた。長年に及ぶ関係らしい。

サンドヴァルとヒギンズはこのふたりを探した。どちらもカナリーヴィルで見つかった——エディー・キャラハンは婚約者のアパートメントで、ニック・メイソンは妻と幼い娘がいる自宅で。ふたりとも港の事件への関与を否定した。何年も真っ当にやっていると言い張った。くだんの夜にバー〈マーフィーズ〉でフィン・オマリーと会ったのは認めたが、オマリーはそのふたりが店を出るかなり前に帰ったという。

ふたりの刑事はそのバーへ行って確認をとった。その夜に勤務していたバーテンダーは、たしかにオマリーは店にいたが早くに引きあげ、キャラハンとメイソンは残っていたと言った。

「あいつを信じるんですか」車へ引き返しながら、サンドヴァルはヒギンズに声をかけた。「リンカーンを殺した男の名前はなんでしたっけ。ジョン・ウィルクス・ブースか。もしブースがカナリーヴィルの人間だったら、あのバーテンダーのひいじいさんはブースがひと晩じゅうあのバーにいたと証言したはずですよ。暗殺現場の劇場には近寄りもしなかったってね」

「ずいぶんな言い草だな」

「まちがってますか」

「まちがってないさ」

翌日、一マイル先の駐車場で盗難車が発見された。血液を調べたところ、フィン・オマリーのものと一致した。

「だれかがその血をつけて家へ帰った」ヒギンズが言った。

「まだ数日しか経っていません」サンドヴァルは言った。「あの夜、例のふたりがどちらも自分の車に乗ったら……」

ヒギンズは相棒へ目を向けた。つぎに何をすればいいのか、ふたりとも承知していた。令状の発行。車の押収。そしてメイソンの車から、運転席右側のアームレストでフィン・オマリーの血液が検出された。キャラハンの車はシロだった。

メイソンが連行されると、サンドヴァルとヒギンズはしばらく取調室に詰めた。サンドヴァルが尋問を受け持つよう、前もってヒギンズから指示があった。どちらにもけっして口を割らない気もしたが、サンドヴァルと被疑者は同年代だ。少しは見こみがあるかもしれない。

サンドヴァルはメイソンをじっと見つめ、重圧をかけつづけた。たいていの人間は長くはもたない。こちらはただすわって、相手が追いこまれるのを待つだけでいい。

被疑者はひそかにこう考える。ふたりの刑事といっしょに、ひとつの部屋に閉じこめられている。理由はひとつしかない。向こうは何もかもお見通しってことだ。

だが、サンドヴァルが見たところ、メイソンにはまだそんな気配がなかった。視線が泳いでドアのほうへ目を向きはじめたら、それがしるしだ。どう言えばこの部屋から出られるか、相手は考えている。どこへ行くかは知ったことじゃない、とにかくさっさと出してくれ、と。

手を組みあわせる。無意識に身を守る。体をまるめる。

あるいは、テーブルの下の脚が震えだす。そこまで行けば、落ちたも同然だ。

ところが、この男はちがった。何も伝えてこない。

まだだめだ。

「カナリーヴィルの子供ってのは」サンドヴァルはついに沈黙を破った。「やっぱり聖ゲイブリエル小学校へかようのかい」

メイソンは無言だった。

「どうせおまえもホワイトソックスのファンだな。おれはエイヴォンデールの生まれだから、根っからのカブス・ファンだ」

メイソンは刑事たちの後ろにある壁の一点を見据えている。

「ティルデン高校出身だろ。おれもあそこでバスケットボールをやったよ」

メイソンはまだ壁を見ている。

「四十三番ストリートの家を見たよ。ずいぶん手間をかけてるようじゃないか。おれも家のペンキ塗りはまかされてる」そのころのサンドヴァルはまだ妻や子供たちといっしょに暮らしていて、ほんとうにペンキを全部塗っていた。嘘ではなかった。

「だが問題があってな」サンドヴァルはつづけた。「きれいにしようとしてるのに、ペンキ塗りってのはずいぶん汚れる。おまえも家でペンキ塗りをするのか」

メイソンはだまっていた。

「塗り終えたときには」サンドヴァルは言う。「体じゅうペンキだらけだ。腕、髪の毛、顔。だから流しへ行って洗い落とし、すっかりきれいになったと思う。そこで女房が見つけて、〝あら、大先生、これは何？〟と言うんだ。そしておれの肘《ひじ》を指す」

サンドヴァルは立ちあがり、テーブルをまわりこんで反対側へ行った。メイソンのほうへ身をかがめ、右肘《みぎひじ》を見せる。

「ここだ」と言う。「洗ってるときはここが見えないんだ。意味はわかるか？ だからおれはいつもしくじるんだよ、ニック。毎度毎度懲りずにな。いいかげん覚えろ、と思うだろ。肘を洗えよ、フランク、と。そんなおれがうっかり車に乗ったら、つぎに何が起こるかな」

まるでアームレストに載せるかのように、サンドヴァルは肘をおろした。

「革なら、躍起になって汚れを落とすんだけどな。だけど、おれのは革の座席じゃない。そんな金はないさ。布張りだよ」

こんどは体を寄せる。メイソンの耳までほんの数インチだ。

「おまえもそうだろ」

エディー・キャラハンのことを話すようにと、ふたりはメイソンを説得した。キャラハンがかかわっているのは知っている。事実確認はただの手続きにすぎない、と。

さらに、四番目の男の身元を明かすようにも迫った。少しだけ協力すれば、何もかもがずっと楽に運ぶ。さもないと、検察は最長の刑期を求刑するだろう。ＤＥＡの捜査官が殺されて、みんな血に飢えている。おまえひとりで罪をかぶることはない、と。

メイソンはひたすら口を閉じていた。

逮捕したのはサンドヴァルとヒギンズだったが、殺害されたのがＤＥＡの捜査官だったので、最後はＦＢＩが扱うことになった。ふたりは気にしなかった。肝心なのは、ニック・メイソンが二十五年の懲役刑でテレホートへ送られたということだ。

しかし、あれから五年後、たった六十か月後に、サンドヴァル刑事は車に乗って、ニック・メイソンが姿を見せるのを待っていた。メイソンが自由の身になったのは、自分のかつての相棒ヒギンズが法廷で新たな証言をしたからだ。内容は、ヒギンズ自身が現場から証拠となる血液を採取して何時間か——何時間も——持ち歩き、その後なんらかの手立てでメイソンの車の内部に付着させた、というものだった。

そう書かれている。それが公式記録というやつだ。

そして、相棒の人生は壊された。

ポケットで携帯電話が鳴っている。サンドヴァルは電話を取りだして、メールを見た。死んだ連邦捜査官ショーン・ライトの妻、エリザベスからだった。ふたりの子供を育てているシングルマザーで、週末に互いの家族が集まる予定に変わりはないかと尋ねている。

返事を送った。ええ、楽しみにしています。子供たちも喜ぶといいですね。

サンドヴァルはニック・メイソンの新しい住所をもう一度たしかめた。それから車で走り去った。

10

恐れていた呼びだしがついに来たとき、メイソンは自分の人生がもはや同じではないのを知っていた。ダライアス・コールが何を用意しているのかは、はっきりとはわからなかった。

ちょうど日がのぼりかけたころ、コロンブス・ドライブで車をおり、グラント・パークへ向かって歩いた。これほど人気《ひとけ》のないこの公園を見たのははじめてだった。噴水の湖側の前にキンテーロが立っているのが見えた。その後ろにレイク・ショア・ドライブが走り、さらにその後ろでは、防水布に覆われた百艘《そう》ものヨットが広々とした水面に錨《いかり》をおろしている。ヨットの向こうでは防波堤が一直線をなし、その彼方《かなた》で名高きミシガン湖が朝靄《あさもや》にかすんでいた。朝日が靄を突き抜けて、背後の街を金と青の鮮やかな色合いに染めていく。

メイソンは一瞬とまどい、建ち並ぶビルを見あげた。目が痛くなるほど反射光がまぶしい。ジーナとともにラスヴェガスへ新婚旅行に出かけ、帰ってきた朝のことが思いだされた。夜間のフライトをつづけた飛行機が、市の上空を旋回して東を背にしたちょうどそのとき、後ろから太陽がのぼってきたものだ。機体が傾き、窓際の席にいたジーナがメイソンの腕を握りしめた。いつもの飛行機恐怖症がはじまったとメイソンは思ったが、ジーナは窓の外を手で示していた。妻の顔に自分の顔を寄せて外を見ると、朝の雲ですっかりかすんだシカゴの街が、なぜか湖面には完璧《かんぺき》に映しだされていた。

あれは驚くべきながめだった。知りつくしていた街、いっしょに本物の人生を見つけようとしていた街が、ひっくり返って像を結んでいた。たかだか十年前なのに、はるか昔のことのような気がする。いま、同じ街を背に同じ湖の岸を歩き、湖面は同じ色に輝いているにもかかわらず、ほかのすべてがすっかり変わってしまった。

ひっくり返ったのは自分の人生だ。

近づいてみると、けさのキンテーロは黒のスウェットシャツ姿だとわかった。タトゥーはまったく見えない。目は色の濃いサングラスで隠れている。キンテーロは腕時計に目をやった。

「五時三十分と言ったはずだ」

「まだ五時三十二分だ」

「それは五時三十分じゃない」

メイソンは船のあるほうを見やった。「あのどれがコールのものなんだ」

「ひとつルールを決めないか。街なかでその名前を口にするな」

「いいさ」メイソンは言った。「ルールのことはよく知ってる」

「だれのことを話してるかはわかりきってる。そういう習慣にすれば、いざというときに大失敗をやらかさずにすむ」

「習慣と言えば」メイソンは言った。「おれのことを尾《つ》けまわす習慣はいつやめるんだ」

「おまえが別れた女房と娘を探すと思ったからな」

「はっきり言うが、別れた女房と娘は、これとは関係ない。まったく無関係だ。あんたにとって存在しない人間なんだよ」

「そうはいかないな、メイソン。おまえは契約を交わした。自分がルールを作る立場にいるとでも？　気が向いたら、あの家の客用寝室にもぐりこんでやるよ」

メイソンはそこに立ったまま、しばしキンテーロをねめつけた。すると、キンテーロはモーテルの部屋の鍵《かぎ》を渡した。昔ながらのプラスチックのホルダーがついた鍵だ。片側に、一〇二の部屋番号とともにモーテルの名前と所番地が記されている。反対側に、鍵を返送した場合には送料を保証するという説明書きがあった。

「部屋にはだれもいない」キンテーロは言った。「ここへ行って、部屋の前に車を停めろ。かならずその場所だ。午後十一時三十分に行け。早くても遅くてもだめだ。中へはいると、ナイトテーブルのいちばん上の抽斗《ひきだし》に必要なものがそろってる。それから外をまわって階段をあがり、二一五号室へ行け。相手はそこにいる。すんだら電話をしろ」

メイソンはすぐには理解できなかった。「すむって、何が？」

「そいつの往生《チェックアウト》を手伝ってやるんだよ。ほかに何をしようってんだ」

そういうわけか、とメイソンは心のなかで言った。これが契約だ。例外についての交渉はしなかった。できないことがあるとは言わなかった。

ただ承知しただけだ。

もう一度振り返って、自分の街を見た。それから、自分が手を染めるとは思いもしなかったことを指示した男へ向きなおった。

「なぜあんたがやらない」メイソンは言った。「あんたのほうが経験を積んでいそうだが」

「おれはやらない。自分の仕事じゃないからな。これはおまえの仕事だ。手並みを見せてもらおうじゃないか」

メイソンは突っ立って鍵を見ていた。日差しが朝靄を突き破り、建物のビルのガラスをますます明るく輝かせている。暑い日になりそうだ。

「経験がないんだ」ついにメイソンは言った。「これまでに一度も」

キンテーロはメイソンを上から下へとながめまわした。首を横に振り、顔に笑みらしきものを浮かべている。「ノ・マメス」

正確な意味は知らないが、重警備区のメキシコ人が口にするのをしばしば聞いたことがある。言い換えれば〝ふざけるな〟とか、そんな意味だろう。

「おまえがここにいるのには理由がある」キンテーロは言った。「ミスター・コールはまちがいを犯さない。だから覚悟を決めたほうがいいぞ、相棒《クアテ》」

メイソンは鍵をポケットに入れて歩きだした。

「はじめは大変だが」後ろからキンテーロが言った。「すぐに慣れる」

11

「サムライについて知っているか、ニック」

　ふたりの男は運動場の外周に沿って歩いていた。周囲には高さ十フィートの金網が張られ、その上の螺旋《らせん》形有刺鉄線が日差しで輝いている。その向こうには別の金網。さらに有刺鉄線。自分がどちら側の世界に属しているのか、疑問のいだきようがない。

「たいして知りません」メイソンは言った。「なぜですか」

「サムライはある規範に則《のっと》って生きる。〝ブシドー〟だ。聞いたことがあるか」

「いや」

「ブシドー」コールは言った。話しているときは歩調がゆっくりになる。「いいことばだ。これまでの人生を振り返ると、どれほど大切だったかわかるよ、ブシドーのような規範がな。千年も昔からあるんだ、ニック」

　メイソンはコールが読書家なのを知っていた。朝の点呼から昼食までは、多少とも分別のある者ならダライアス・コールをひとりにしておく。読書の時間だからだ。コールはリンカーン・スクエアにある〈ブック・セラー〉の顧客で、本の詰まった新しい箱が金曜ごとに店から送られてくる。

毎日最低一冊は読んでいる。それでも、エングルウッド地区で過ごした名残は口調から完全には払い落とせない。

「きみはそれを持っているんだよ」コールは言った。「ほかの連中とはちがう。ブシドーの精神の持ち主だ」

ふたりはいつもこんなふうに過ごした。毎日、コールの午後の面会がすむと、メイソンが話を聞く時間だ。メイソンのほうから話すことはあまりなかった。実のところ、その点もコールの意にかなっているのだろう、とメイソンは気づいた。黙して耳を傾けるべき時機を知る者を相手に話をできるからだ。

「ブシドーということばは知らなくてもいい」コールは言った。「何も知る必要はない。知らなくても、持っていないことにはならないからな。きみをこっちへ呼んだ最初の何回かを覚えているか」

「ええ」

「どんな話をしただろうか。きみが自分に課したルールについてだ。大過なく生きるため、心安らかに過ごすためのルール。要はここでの身の処し方だよ。きみはここにある三つの世界と自分なりの流儀で付きあってきたはずだ。白人、黒人、ヒスパニック。自分の世界から出なきゃならないときは、ほかの世界でそれなりにやっていく…

…。妥協はしない。屈しもしない。だが、わざわざ揉《も》め事《ごと》を起こしもしない。きみは

そんなことはあたりまえだと思っている。ここではまず一日一日を過ごすことだとな。

しかし、わたしが見たところ、それこそがブシドーなんだよ、ニック。きみのなかにはそれが詰まっている」

コールはこのところ、日本に関する本を手あたりしだいに読んでいた。どういうわけか魅力を感じているらしく、かの地が一万マイルも離れていることなど意に介さない。むしろ、世界の反対側にあって、インディアナ州南部のこの刑務所とあらゆる点で異なっているからこそ惹《ひ》かれるのかもしれない。名誉が何より重んじられ、恥をさらすくらいなら自分の腹に刃物を突き刺す国に。

だがコールは、日本についての数々の本をまもなく読み終える。サムライとブシドーの話をあと数日聞かされ、それで終わりになるだろうとメイソンは思っていた。

メイソンが重警備区にきて一年近くになろうとしていた。同房者は、はじめてここへ連れてこられたときの、体の大きな護衛ふたりの一方だった。ひとつの房に異なる人種がはいることなど、所内のほかの場所ではありえない。この棟では珍しくなかった。この事実もまた、コールが何者かを物語っていると言える。コールはまぎれもなくこの棟の支配者であり、そのせいでここはおそらく全国のどこよりも人種差別と無縁の連邦刑務所となっている。

メイソンはたいがいコールと同じテーブルで昼食をとる。食べ終えると、コールは面談をはじめる。争いを仲裁する。裁きをくだす。罰金を取り立てる。あるいは、服役囚のあいだでの賠償を命じる。ときに制裁はやや肉体的なものになる。むろん、コールの房ではおこなわれない。後日、運動場でや整列中に実行される。すばやく苛烈《かれつ》で、だれの指示によるものかを疑う者はいない。

だれもが〝ミスター・コール〟と呼んだ。看守すらも。

メイソンは罠《わな》が来るのを待っていた。新たな境遇の見返りに、この丁重なもてなしの見返りに、かならず何かを求められるはずだ。コールが本について語るのを毎日聞くだけでよいはずがない。運動場でだれかを探して制裁を加える役がまわってくるのか。カナリーヴィルの路上で育ったので、喧嘩《けんか》のしかたは知っている。だが、コールはほかに何も求めてこなかった。自分には父親がいたことはないが、いたらこんな感じなのかもしれない、とメイソンは一度ならず思った。

その散歩の数日後、メイソンは自分の房ですわっていた。特につらい一日だが、なぜそうなのかは認めたくもない。問題なのはカレンダーの日付だけだった。そのとき、コールがはいってきて、目の前に立った。コールはだれに対してもすぐそばまで近づき、相手の領域に踏みこんで、肩に腕をまわしたりする。ほかの人間にはできないことだ。

「あの子のことを考えているのか」コールは言った。

メイソンは目をあげた。

「娘の誕生日だな」

どうやって知ったのか、とメイソンは尋ねもしなかった。ここでは家族のことは話さないというルールも、あえて口にしなかった。

「ここにいると、ふだんよりつらい日もある」コールは言った。「それはどうにもならない」

それからコールは、これまで一度もしていないことをした。ベッドのメイソンからほんの一フィートのところに腰をおろしたのだ。右手の甲に長い傷跡が見える。いきさつについては以前聞いていた。コールが十七歳のとき、女に会いにいったが、その女の住んでいた区域が悪かった。越えてはならない境界線を二ブロック越えたとき、ふたりの白人の男がコールに襲いかかり、右手の甲にナイフを突き立てた。いまでも、はじめて会った相手と握手を交わすたび、コールはいびつな傷跡を意識せずにはいられまい。

「このあいだシェリーと話していたな」コールは言った。「墨を入れようというんじゃないだろうな」

シェリーは刺青《いれずみ》用の違法器具を持っている男だ。CDプレーヤーのモーターと、中身を抜きとったペンと、ホチキスのばねを引き伸ばした針で作った。インクには燃やした靴墨を使う。こういう男は、アメリカのどの刑務所のどの棟にも、おそらくひとりはいる。

「いや」メイソンは答えた。

「きょうみたいな日には入れたくなるかもな」コールは言った。「腕に娘の名前を彫るとか」

「刺青はしません」

「ここから出るときのことを考えればな」コールは賛同した。「もしやったら、刑務所の安インクが肌にすっかり染みこんで、緑に変色しているさ。いっそのこと〝受刑囚〟と額に彫りこむといい」

「そんなに刺青がきらいなら、なぜシェリーにやらせておくんですか。あなたのひとことで店じまいするだろうに」

「あいつがだれに墨を入れようがかまわない」コールは言った。「きみ以外にならな」

メイソンは立ちあがった。たいがいの日には、コールの話を聞くのは苦にならない。しかしきょうは、たいがいの日じゃない。

「すみませんが」メイソンは言った。「散歩してきます」

「すわれよ、ニック。ひとりになりたいのはわかった。だがきょうは、いつもとちがう話をしようじゃないか」

「というと？」

「そろそろ頃合だと思ってな」コールは言った。「腰をおろせって」

メイソンは吐息をつき、ベッドにすわりなおした。

「きみに訊《き》きたい」コールは言った。「もし、たったいまここを出て娘に会いにいけたら、娘になんと声をかける？」

「ありえません」

「仮定の話だよ、ニック。娘はきょうで何歳になった」

「九歳です」

「九歳か」コールは言った。「ということは、最後に会ったときは、そう、四歳か」

「はい」

「きみのことを覚えていると思うか」

「なぜそんなことを訊くんですか」

「この前、きみとブシドーについて話したろう？」

メイソンはゆっくりとまた大きく息を吐いた。「こんな話、もうやめましょう」

「だまって聞け、ニック。大事な話だ。ブシドーでは平静を保つことだけが重要なわけじゃない。忠誠心も必要なんだよ。敬意を捧《ささ》げることだ。それに値する相手にな。

そうすれば、逆に自分も重んじられる。わかるだろう？〝ダイミョー〟を知っているか、ニック」

「いや」

「ダイミョーは主君だ。ダイミョーはボスだ。仕えるダイミョーがいないサムライは、ただのローニンと言う。ホームレスみたいなものだよ。放浪者だな。あちこちをさすらって、食い物を乞《こ》う。目的のない人生だ。まわりを見てみろ、ニック。ここにいる連中を見ろ。どれだけのやつらがあてはまると思う」

「さあ」メイソンは言った。「ほとんどみんなでしょう」

「ああ、ほとんどみんなだ。ここの全員じゃないか？　きみがそのひとりであるのを見たくない。きみにはほかのことができるのに。もっとずっとでかいことが」

「いったいなんの話ですか」

「きみはサムライになれる、ニック。そういう話だよ。きみはただの服役囚には見えない。サムライに見える」

メイソンはなんと答えるべきかわからなかった。相手がコールだとはいえ、これはもう、刑務所内でのありふれた雑談の域を越えている。会話はどこか別のところへ向かっているらしい。

「ミスター・コール」メイソンは言った。「いまじゃ、あなたのことをずいぶんわかってるつもりです。いつもほかの連中の八手先を読んで動く人だ。おれに何かをさせたいなら、はっきり言ってくれませんか」

「そういう話だと思うのか？　ここでサムライが必要だと？　思いどおりに動かせるやつらはいくらでもいる。わたしのひとことで仕事は片づく」

「じゃあ、どういうことですか」メイソンは言った。「おれに何をしろと？」

「いつも言っていることがあるだろう。そう、つまり、地理の問題だよ」

　メイソンはあたりを見まわした。ふたりの人間が過ごすのがぎりぎりの房、ちっぽけな机がひとつ、プライバシーなどないトイレ。その向こうに、コンクリートの壁と分厚いガラス。頭上でかすかに音を立てる蛍光灯。十余りの施錠された扉と、その先の塀と、あいだに立つ武装した男たちと、さらにその外の世界。ああ、そう、たいした地理の問題だよ、と思った。

「わたしはいまもシカゴに住んでいる」コールは言った。「まずそのことを忘れるな。シカゴはいまもわたしの街だ」

　そう言って、コールはメイソンのほうへ身を乗りだした。掌中にある街をメイソンに見せようとするかのように片手を差しだす。

「あの街で」コールは言った。「わたしはなんだってできるんだよ、ニック。必要なことはなんでもだ。しかし、ときにはこの壁の向こう側にすぐれた目が入り用になる。

使える両手も」

「外にはだれもいないんですか」

「もちろん、わたしの仕事をする者はいる」コールは言った。「信頼できる連中だ。だが、特別な人間が必要なんだよ、ニック。戦士が要る。どこへでも出向く男。なんでもする男。こだわりすぎなのは百も承知だが、わたしの言いたいことを的確に表せることばはほかにない。必要なのはサムライだ」

「おれは役に立てません」メイソンは言った。「二十年待ってくれるなら別ですが」

「二十年がどうした、ニック。きみはそんなに長く待ちたいのか」

「待つしかない」

「よく聞け」コールは言った。「いつの日か、ある男がやってきて、きみのはじめての仮釈放審査をする。太った白人で役人風、ネクタイを締めて眼鏡をかけている。思い浮かべられるだろう、ニック。目の前に立っているかのようにな。たぶんほんとうは刑事にでもなりたかったんだろうが、うまくいかなくて保護観察官になった。そいつにとっては、他人に力を示せる唯一の道だ。ところが、一日じゅう犯罪者のお守《も》りをするその仕事ですら、まともにつとまらない。そこで審査官をするよう言われ、いまじゃその仕事にどっぷりだ。机の前にすわって、服役囚の話を聞く。どれだけ自分が変わって、神を見いだして、実りある暮らしを送れる市民にもどれそうかをな。決定権はそいつにある。審査をまかされた男。一発すませてきた朝なら、でっかい〝許可〟ハンコをファイルに押す」

コールはこぶしを作り、想像上のファイルに判を押した。

「子供にくそじじい呼ばわりされてきた朝なら、でっかい〝不可〟を押す」

コールはまた判を押した。

「そいつはきみの審査などしないんだよ、ニック。そんな日はずっと来ない。だが、そいつはきみを待っている。外の世界で、いまこの瞬間もな。ただし、果てしなく遠くにいる。そいつはまだこの仕事に就いてもいない。コミュニティ・カレッジの二年間すら終えていない。どっかの中学で授業を受けながら、窓の外をながめている。まだ股《また》の毛も生えていない」

コールはことばを切り、頭を振って、こぶしで軽くベッドを突いた。

「待つには長すぎるよ、ニック。その小僧が一人前に育って、仮釈放を不可にするろくでなしに化けるまで待つなんて、長すぎる」

「そんな話をするのは理由があるはずだ」メイソンは言った。「何が言いたいんですか」

「時間の話だよ、ニック。きみにとって、どれほどの価値があるんだ。二十年間。きみは、そう、五十五歳か？　娘はたぶん三十歳近くだな。きみは娘の成長を見守れない。娘自身がとっくに親になっているかもな。何もかも見逃すわけだ。しかし、それがひとつの可能性にすぎないとしたらどうだ、ニック。もしも、ここから出て、娘はまだ九歳で、きみが父親にもどれる可能性があるとしたら？」

メイソンはすぐ横でベッドに腰かけている男を見つめた。ことばが見つからず、また、注意深くなるべきときだとも思った。何から何まで筋の通らない話だからだ。

「しっかり聞け」コールは立ちあがった。片手をメイソンの首根っこに掛け、自分の顔を近づける。「ひとことも聞き漏らすなよ。この先どうなるかを教えてやる。きみを捕まえたふたりの刑事がいたろう？　その一方が、あの血をきみの車につけたのは自分だと法廷で証言する。それですべてが崩れる。判決無効だよ、ニック。そういうことになる。検察はもうきみとかかわろうとしまい。どうにもならないから、上告もしないさ。きみは二十年早くここから出ていくんだ、ニック。わかるか？　出ていくんだよ。仮釈放じゃない。重罪歴も残らない。何も起こらなかったことになる」

メイソンは刑務所内のギャング団のことは知っていた。ラ・エミー。ラ・ヌエストラ・ファミリア。マラ・サルヴァトゥルチャ。その力が塀の外まで及ぶことを知っていた。ひとこと発するだけで事を起こせることも。だとしても、そんなことは……。

そんなことは不可能だ。

「わたしの仕事を知っているだろう、ニック。専門はなんだ。洗浄することだよ」

「おれは汚れた札束じゃない。まったく別の話です」

「もう手は打ってある」コールは言った。「月末にはきみはここを出ていく。外の準備もしている。必要なものはすべて整えた」

「今月の末に？」

「聞こえなかったのか。月末だ」

「なぜそんなことを？　なぜおれなんですか」

「いまごろそんなことを訊《き》くのか」コールは言った。「まる一年かけて、いろいろ話しあったのに。わたしはきみをずっと見てきたんだよ、ニック。毎日欠かさずな。わたしの求めるもののすべてがあるんだ。きみのなかに。白人だというのも好都合だ。頭の切れがよさそうで、真っ当なふうに見えて、刺青《いれずみ》もない。世界じゅうのどこへでも送りこめるよ、ニック。まさに好都合だ」

メイソンはかぶりを振ってコールを見あげた。「わかりません。あなたならだれでも選べるのに――」

「ごちゃごちゃ言うな」コールは言った。「わたしを信じろ。わたしがきみを選んだんだよ。理由を説明してやりたいが、無理かもな。すべてを説明することなどできない。自分で考えるんだな、わたしがきみのなかに何を見いだしたのかを」

メイソンはしばしそのことばの重みを量っていた。「もしそのとおりになったら」

ようやく口を開く。「おれは何をすることになるんですか」

「きみはただ電話に出ればいい。電話が鳴り、きみは出る。そして、なんであれ、頼まれたとおりのことをする。それだけだ」

夕食の合図が鳴り、服役囚たちが廊下を進みはじめた。メイソンはベッドにすわったまま動かずにいた。ジーナのことを考えずにはいられなかった。エイドリアーナのことも。

「港での夜」コールは前に立ったまま言った。「その夜きみが何を失ったかは、わたしもきみも知ってのとおりだ。妻。娘。何もかもだ」

ふたりの姿がメイソンの脳裏に浮かんでいた。すぐそこにいる。ふれられそうなほど近くに。

「チャンスなんだよ、ニック。すべてを取りもどすチャンスだ。きみはただイエスと答えればいい」

受け入れるしかない、とメイソンは思った。逃すわけにはいかない。それが何を意味しようと。

「だが聞け」コールは言った。「口を開く前にな。わたしが言うことをしっかり頭に入れろ。だれの言いなりにもならないというきみのご託だが、あれはもう終わりだ。これからは新しい考え方をしてもらう。わたしと契約すれば、この先の二十年、きみはここにいなくてすむ。しかしその二十年間……きみの人生はきみのものじゃない」

コールは身をかがめて近寄り、その声をメイソンの耳に低くとどろかせた。

「この先の二十年、きみの人生はわたしのものだ」

12

ニック・メイソンは一〇二号室の前にマスタングを停め、はじめての殺人を犯す決意を固めようとした。

そこは国じゅうに山ほどあるモーテルと同じく、さびれて忘れ去られた古くさい代物だった。L字形で二階建てだ。ミッドウェイ国際空港から数ブロックの場所にあり、この空港の競争相手（一九四〇年代に建設されたオヘア国際空港）がなかったころには、それなりにうまくいっていたのかもしれない。いま、通りは閑散とし、暗い駐車場に停まっている車は半ダースほどしかない。宿泊者のなかに人生が順調だったと思っている者などひとりもいまい、とメイソンは思った。

十一時二十九分。ポケットからキーを出して錠をあけた。ドアを押し開き、すばやくスイッチを入れた。ひとつきりの電灯がベッドの横でともる。浴室とクロゼットを確認した。だれもいない。

メイソンはナイトテーブルの前へ行き、抽斗《ひきだし》をあけた。ギデオン版の聖書がはいっている。その横に拳銃《けんじゅう》と黒い手袋があった。

まず手袋をはめた。銃はグロック20だ。弾倉をたしかめた。十ミリ弾が詰まっている。ひとつは薬室にあり、すぐにも撃つことができる。

右手に持つ拳銃は重く感じられた。メイソンはそこに立ったまま銃を見つめた。この瞬間のことだけ考えろ、と自分に言い聞かせる。ひとつ片づけたら、つぎにひとつ。意味など考えるな。これを終えたらどんな人間になるのかも。そういう問いかけはあとでいい。

一瞬ののち、頭のなかがひるがえった。やめよう、と思った。サムライだろうがなんだろうが、こんなことをしてたまるか。

もう一度ひるがえる。いや、やろう。ほかに道はない。上の階で待ち受けるのがだれであれ……。まさかイギリス女王じゃあるまい？　上へ行って、自分でたしかめろ。

あらためて深く息を吸った。振り返ったとき、向かいの壁の鏡に映る自分の顔が目にはいった。契約したんだぞ、と心に言い聞かせる。ジーナとエイドリアーナとの暮らしが懸かっているのだから、引き返すわけにいかない。

ほかに道はない。

メイソンは部屋の明かりを消し、ドアの外へもどった。身につけているのは黒の上着に黒のジーンズだ。拳銃を上着のポケットに入れ、階段へと向かう。出口の表示が弱々しいオレンジ色に光っている。コーラの販売機と菓子の販売機があるものの、両方とも雑な字の貼り紙がされていて、どちらがほしくても残念な思いをしそうだ。製氷機が音を立てていて、こちらはいまも元気らしい。

どこからか車の音が聞こえたが、おそらく一ブロックは先だろう。メイソンは角を曲がった。バルコニーに人気《ひとけ》はない。ゆっくりと、体重を一歩ごとに移すたび、足の下でコンクリート板がかすかに揺れるのが感じられる。部屋番号を数えていく。二二三。二二一。二一九。二一七。

眼下には、Lのもう一方の辺にあるオフィスが見える。窓から薄明かりが漏れているが、人影はないようだ。

メイソンはしばし動きを止めた。二一五号室まであと十フィート。心臓が激しく打つ。

息を吸え、と自分に言い聞かせる。息を吐け。

メイソンはゆっくりと一歩踏みだした。そしてまた一歩。部屋の窓から明かりは漏れていないが、窓の中央まで来ると、カーテンにわずかな隙間があった。

室内の男はテレビの光で薄青く染まっていた。ベッドの端に腰かけていて、大柄であるせいでベッドは床との中間までたわんでいる。男は腕時計に目をやったあと、立ちあがってスーツの上着の後方をはたき、そこにすわったのが過ちであったかのような表情でベッドを見おろした。スーツの下は白のワイシャツで、ネクタイはしていないが、すべてが完璧《かんぺき》にアイロンがかけられている。革靴は磨きたてだ。

メイソンの感覚はアドレナリンによって鋭く研ぎ澄まされ、部屋のすべて、男のすべて、周囲のすべての細部が一瞬で脳裏に焼きついた。

目を閉じ、もう一度深呼吸をする。上着のポケットから拳銃を出して、胸の前に持つ。

階下で通りへ出ていく車があり、ヘッドライトが背中をよぎった。メイソンはしばし凍りついた。車が去ったあと、最後の二歩でドアの前に着いた。強いひと蹴《け》りでドアが開くのはわかっている。だが、いまのヘッドライトで頭のなかのタイマーが始動し、二秒経《た》ったいま、ベルが鳴りはじめた。そうだ、とメイソンは思った。カーテンに映った自分の影を相手に見られたかもしれない。

まさにその刹那《せつな》、ドアが開き、男が大柄な体から想像もつかないほどすばやく突進してきた。メイソンの襟をつかみ、バルコニーに押しつける。身の毛のよだつ一瞬、メイソンはすべてが崩れていく感覚に襲われた。相手とともに下のコンクリートへと落下する姿が目に浮かぶ。しかし、そのとき、ロープで跳ね返るレスラーのように、メイソンは男に引きもどされ、部屋のなかに投げ入れられた。ドアが勢いよく閉まる。

拳銃が手からもぎとられる。カーペットの上に落ちるくぐもった音が聞こえた。

男の両手がメイソンの喉《のど》をきつく絞めつけている。メイソンは親指を相手の肘《ひじ》の急所に食いこませようとしたが、重さと強さに勝てなかった。

男はメイソンをテレビに叩《たた》きつけた。テレビは床に落ち、部屋が真っ暗になる。メイソンが男の股間《こかん》を蹴りあげると、首を絞める力がゆるまり、手がほどかれた。男は息を荒らげて野獣のような声をあげ、こぶしを振るいはじめる。メイソンの左目の上に直撃し、光と痛みが炸裂《さくれつ》した。

メイソンは身をかがめ、肩を男の腹に突きあてた。男が後退し、ベッドの向こうの壁にぶつかる。ナイトテーブルが壊れ、額縁が壁から滑り落ちる音が聞こえた。男がメイソンの鼻に頭突きを食らわせようとし、狙いははずれたものの、頬をとらえた。またも光と痛みに襲われながら、メイソンは男の体の大きさにふたたび圧倒された。幼いころから喧嘩《けんか》に慣れていたが、九十ポンドの体重差に対抗する術《すべ》は身につけていなかった。それがいま、命とりになろうとしている。

男はメイソンにのしかかっている。メイソンは汗と恐怖に混じるかすかな酒のにおいを感じとった。すでに口のなかに血の味がしているところへ、こぶしが飛んでくる。さらに一発。闇がひろがり、男の鉄拳《てっけん》が喉に命中したとき、メイソンは最後になるであろう息を吸った。ほんの一瞬、四歳の娘の顔が浮かんだ。九歳になった姿は見られまい。もう何も目にすることはないだろう。上に乗ってこぶしを振りあげ、とどめの一発を見舞おうとしている男の黒々とした輪郭があるだけだ。

そのとき、メイソンの手はベッドのすぐ下の硬い金属にふれた。銃把だ。それを一気に抜き、男の胸に銃口をつける。発砲の衝撃で、手が痛いほどねじれた。音は男の体に消されてだれの耳にも届かなかったが、メイソンだけは受け止めた。それは耳のなかで鳴り響き、これがおまえの殺した最初の人間だと告げていた。

メイソンは重い死体の下からなんとか這《は》いだした。浴室へ行って電灯をつける。振り返ったメイソンの目にはいったのは、男の背中の射出創だった。上着にソフトボール大のいびつな穴があいていて、壁も天井も血と肉片にまみれている。浴室の鏡に映るメイソンの顔も血だらけだった。自分の血か、男の血か、そんなことはわからないし、いまやどうでもよい。頬と眉《まゆ》のあたりはもう腫《は》れはじめている。

メイソンはいますぐにでも、手袋をはずして手を洗い、顔に冷たい水を浴びせたかった。しかし、それができないのはわかっている。痕跡《こんせき》を残さずにここを出なくてはならない。

息をしろ、と自分に言う。息をして、動け。

つまらないミスはぜったいにするな。

メイソンはタオルを一枚とって、目もとにあてた。それから部屋をさっと見まわした。何が欠けているのかわからなかったが、ようやく思い至った。荷物がない。男はチェックインし、ここですわってテレビを観ていたが、鞄《かばん》を持っていなかった。

だれかを待っていたんだ、とメイソンは思った。いつここに現れてもおかしくないだれかを。

メイソンは手袋を上着のポケットに押しこんだ。反対側のポケットには拳銃をしまう。もう一度室内を見まわしたとき、ベッドの上にあるカードホルダーが目にはいった。

銀色にきらめいている。

メイソンは近寄った。星のマークを凝視する。手にとる必要はなかった。ふれるまでもない。何もかも自明だった。

たったいま、ニック・メイソンは刑事を殺した。

メイソンはタオルにくるんだ手で二一五号室のドアを閉じ、奥に死んだ男がいること、死んだ刑事がいることとどうにか気持ちの折りあいをつけた。

タオルには血の染みができていたので、それを上着に隠し、バルコニーへ出たあと、階段の吹き抜けへ進んだ。防犯カメラが目にはいり、急に足を止めた。カメラは階段口のコンクリート枠のこちら側に取りつけられている。階段をのぼってくるときには気づきようがなかった。

メイソンは歩きつづけた。出口表示の弱々しいオレンジ色の光を浴びて階段をおりていく。マスタングに乗りこむと、エンジンをかけ、バックしてから通りへと加速した。

13

ゆっくりだ、とメイソンは心に言い聞かせた。運転は安全で正確に。

信号が黄色から赤に変わると、しっかり車を停めた。しばしアイドリングをしながら、鼓動が落ち着くのを待った。そのとき、青と赤の閃光《せんこう》が見えた。パトカーが角を曲がって、静かに迫ってくる。運転席の巡査がマスタングをながめまわした。色つきガラスのおかげで顔を見られる心配はないが、車は見まちがえようがない。メイソンは右足をアクセルペダルに軽く載せ、この車が出だしでどんな走りを見せるのかを試そうと身構えた。しかし、パトカーはそのまま過ぎていった。

メイソンは大きく息を吐いた。信号が青に変わる。ゆっくりと発進して、バックミラーをたしかめつつ、通りを走行した。後ろから来る者はいなかった。

メイソンは携帯電話を取りだし、キンテーロを呼びだした。

「防犯カメラがあった」メイソンは相手が出るなり言った。「もうだめだ」

「落ち着け」キンテーロは言った。「しっかりするんだ」

「パトロール中の巡査にも見られた。車にくわしいやつだったら、この車のことを忘れない。モーテルで何が起こったかを聞いたら、一ブロック先で一九六八年型のマスタングを見たことを思いだすはずだ」

「いまから行き先を教える」

「それから、モーテルの男は刑事だった」

「廃墟《はいきょ》みたいに見える場所だが、おまえが着いたら扉をあける」

「聞いてるのか?」メイソンは言った。「あの男は警察の人間だったんだ」

「無駄口を叩かずに、さっさとここへ来い」

キンテーロは川向こうのスポールディングの所番地を告げた。メイソンは幹線道路を避け、暗く閑散とした道を進んだ。川を渡り、数分かけて指定の通りと番地を探す。夜間のため閉鎖された巨大な倉庫とアスファルトの敷地があった。五、六棟の建物が板囲いされていて、その先にようやく煉瓦《れんが》の建物が見えた。大きなガレージのシャッター扉があげてあり、まばゆい四角形が唐突に道へこぼれだしている。メイソンはその入口へと曲がった。キンテーロが腕組みをして立っている。車を停めておりると、扉は早くも音を立てて閉まりはじめた。

ガレージにはほかにふたりの男がいた。キンテーロと同じ黒髪のヒスパニックだが、どちらもグレーのつなぎ服を着ている。高い天井から蛍光灯の列がさがり、その上は闇に吸いこまれていくように見えた。作業台がいくつかと修理用リフトがひとつ、それに大型の溶接器具がある。メイソンはここがどんな場所かを悟った。過去にさんざん見てきた盗難車解体工場だ。

「なぜ刑事を殺させたんだ」

キンテーロは動かない。胸の前で両腕を組んだまま、ほかのふたりにスペイン語で何か言った。ふたりが声をあげて笑う。

「教えろ」メイソンは言った。「この場で蹴倒《けたお》されたくなかったらな」

キンテーロの顔にあった笑みのかけらが瞬時にして消えた。「その汚らしい口をつぐんでろ、メイソン。仕事なんだよ。さあ、服を脱げ」

「なんだと？」

「その服は始末しなきゃならない。生ぐさいにおいがする」

メイソンは体を見おろした。明るいところでしっかり見たのははじめてだ。上着とジーンズは黒いままだが、血が染みているのがわかる。モーテルの浴室から持ってきたタオルを上着から取りだした。つぎに一方のポケットから手袋を出す。最後に、反対側のポケットから拳銃《けんじゅう》を出した。

「チンガダ・マードレ！」キンテーロは言った。「おい、なんの真似だ。その銃は足がつかないものだぞ！」

「だから？」

「だから持ち帰らないんだよ、この間抜け野郎《ペンデホ》。部屋に置いてくるに決まってるだろ？」

「そいつはすまなかったな」メイソンは言った。「人を撃ったのははじめてだったんだ」

キンテーロはメイソンの手から拳銃をとり、ほかのふたりにまた何かスペイン語で言った。ふたりはすでに車の両側のドアをあけ、座席部分の作業をはじめている。

「あいつら、車に何をしてる」メイソンは言った。

「何をしてると思う？」キンテーロは言いながら手袋とタオルをもぎとった。「さあ、脱げ。ほかにもびっくりプレゼントを持ってるんじゃなきゃな」

メイソンは服を脱いだ。キンテーロがそれを受けとり、ごみ袋に入れる。それからメイソンを倉庫の隅にあるシャワー室へ連れていった。石鹸《せっけん》と大きなボディブラシを手渡す。

「隅々までだぞ」キンテーロは言った。「DNAも糸くずも残すな。運まかせはご免だ」

メイソンは体を熱心にこすっていった。全身を洗い終えて、シャワーを出たあと、近くの作業台に置かれていたタオルをつかんだ。その横にはシャツ、ジーンズ、下着、靴下、靴が並んでいる。それらを身につけ、洗面台の上の壁にねじ留めされた安っぽい鏡をのぞいた。左目の上の傷はいまも生々しく、顔全体に氷嚢《ひょうのう》をあてたいところだ。とはいえ、そんなことを頼む気はない。メイソンはマスタングのエンジンに取りかかった男ふたりの前へ行った。すでに座席ははずされ、いまはバッテリーを抜きだしている。

「この車をばらすわけじゃないよな」メイソンは言った。

ふたりは答えない。

「ばらすんじゃない」キンテーロが背後から言った。「消し去るんだよ。木っ端微塵《みじん》にして、もとから存在しなかったようにする。車を見たお巡りがいたって？　そいつは亡霊を見たんだよ」

　キンテーロは湿ったタオルをメイソンの手からとり、服のはいったごみ袋へ投げこんだ。

「こっちだ」キンテーロは言い、メイソンを倉庫の反対側へ連れていった。そこに焼却炉があった。取っ手にテープが巻かれた長いペンチで、キンテーロが炉の扉をあける。とたんに熱風に襲われ、ふたりとも手を前にかざした。キンテーロがごみ袋を投げ入れ、またたく間に炎がそれを呑《の》みこむ。キンテーロはペンチで扉を押し、しっかりと閉じた。

「モーテルの防犯カメラは」メイソンは言った。「あの部屋へ行くときは目にはいらなかった」

「おれの仕事をなんだと思ってる」キンテーロは言い、ペンチを作業台の上に投げた。「車を流しておまえを見張るだけだとでも？　あのモーテルにあらゆる形で手を打っておいたとは思わないのか。カメラの導線は切ってあった。おまえが気づかなかったカメラも含めてひとつ残らずだ。残りの部屋をすべて借りさえした。ほぼ貸し切りだったと言っていい」

「あの男の名は？」

「ジェイムソン。レイ・ジェイムソン部長刑事だ。気にしなくていい」

「ああ、あまりにもちっぽけな出来事だからな」

「おい」キンテーロは言った。「おまえが消したのはセルピコ（一九七〇年前後にニューヨーク市警の汚職を内部告発した刑事）だったとでも？　あいつは最低のやつだった。何年も煩わされてきたよ。なんでも自分の思いどおりになる、この街はまるごと自分のものだ、くらいに考えてた男だ。何を与えてやっても、かならずもっと要求してくる。腐れ野郎がたまたまポケットにバッジを持ってただけだ。バッジがなくても腐ってることに変わりはないが、役立ち方は変わる」

「役立つなら、なぜ消したんだ」

「報酬に見合った仕事をしなくなって、もう役立たずだからだ」

「そうか。だが、とにかく」メイソンは言った。「ひとつ言わせてくれ」

「なんだ」

「おれにはこんな仕事はできない」

「できる」キンテーロは言った。「たったいまやってのけた」

どう言えばいいのかわからず、メイソンはとまどった。たしかにひとりの男を殺したが、ここぞという瞬間があったわけではない。相手の目を見据える必要はなかった。命乞《いのちご》いをするのを聞いたり、失禁するのを見たりもなかった。静かに引き金を引いて歩き去る、ということもなかった。

そう、何もかもが一瞬の出来事だった。正当防衛ではないかと感じたほどだ。けれども、キンテーロは理解できまい。メイソンが男を殺しにいった。メイソンがもどった。男は死んだ。以上。

なぜ自分なのか。監房で提案を持ちかけられたとき、コールに尋ねたのはそのことだった。棟にはおおぜいの男がいて、その多くに殺しの経験があった。しかも一度ではない。モーテルの部屋にいたあの刑事ぐらいなら、まばたきもせずに殺せる連中だ。それなのに、なぜコールは自分を選んだのか。

いまもわからない。

「新しい乗り物だ」キンテーロが言った。メイソンをいちばん奥へ導き、蛍光灯の明かりが届かない一角へ連れていく。海の底を思わせる場所だった。キンテーロが明かりをつけると、籠《かご》つきの電球の光が闇を散らした。灰色の防水シートが何かに掛けてある。キンテーロがシートを剝《は》がし、一九六七年型初代カマロSSが姿を現した。マスタングと同じく真っ黒だが、マスタングがなめらかな美形なら、こちらは野獣そのものだ。ツインパイプ。飾り気のないフロントグリル。製造された当時には速さで知られた車で、まともな人間なら一般道で走らせる気にならないほどのスピードが出た。それはいまも変わるまい、とメイソンは思った。

「こういう車を何台つぶすつもりなんだ」メイソンは言った。

「つぎはつぶさなくてすむだろうよ」

メイソンの心拍はようやくふだんどおりになっていた。カマロを見つめながら、今夜の出来事をひとつひとつ振り返った。うまいやり方じゃなかった、とメイソンは心のなかで言った。モーテルの部屋へ行き、相手を射殺し、この街でほかに一台も見かけないような車で去る。まちがいが起こる危険はあまりにも多くあった。

だが、それもテストの一部で、こういう事態を切り抜けられるかどうかが試されていたのかもしれない。そして切り抜けられた暁には、キンテーロがあと始末のために控えていて、博物館級の車であろうと解体することを見せつける。

すべては今夜のショーに織りこまれていて、ふたりは互いに相手にまつわる重要なことを知ったというわけだ。

キンテーロはポケットから鍵《かぎ》の束を出し、メイソンへほうった。「その痣《あざ》、似合ってるぞ。謙虚な人間に見える」

「扉をあけてくれ。こんなところにいたくない」

キンテーロは壁のボタンを押した。シャッター扉があがっていく。メイソンはカマロをバックさせ、それから発進した。

メイソンは今夜のことを頭から締めだしてリンカーン・パークへ車を走らせたあと、

タウンハウスにもどり、階段をのぼっていった。黒っぽいサクラ材は、モーテルの血が染みたカーペットと同じ色だ。テレビの音が聞こえる。ダイアナは革張りのソファーにすわって、巨大HDスクリーン一面に映しだされた料理番組を観ていた。メイソンに気づいて振り向いたダイアナは、ほんの一瞬、指示どおりにレストランに来なかった理由を問いただしたそうに見えた。

そのとき、ダイアナはメイソンの面相に気づいた。何も言わずにテレビに目をもどした。

メイソンは自分用の浴室へ行き、キンテーロから与えられた服を脱いだ。たとえ自分が世界一清潔な男かもしれないとしても、シャワーの下で熱い湯に三十分打たれずにはいられなかった。

体の動きを止めたおかげで、自身の反応がようやく感じとれた。男の胸を撃ち抜いた銃声はいまも耳で鳴り、死体ののしかかる重みも体に残っている。

自分にはつねにルールがあった、とメイソンは思った。従っているかぎり、それらに裏切られることはなかった。しかしいま、新しいルールが要る。新しい問題に対する、新しいルールだ。

シャワーを止めたメイソンは、またも鏡に映った自分に目を留めた。痣はますますひどくなっている。

新しい服を身につけ、キッチンへ行ってビニール袋に氷を詰めた。冷蔵庫からグースアイランドのビールをつかみとって、ソファーの端に腰をおろし、氷袋を顔にあてる。ダイアナは反応を示さなかった。メイソンを見ない。声を立てもしない。すわってテレビを見つづけている。

地元の臨時ニュースが映っていた。戸外のどこかで、女性レポーターがマイクを握って立っている。その背後に事件現場保存用の黄色いテープが見える。その向こうにはドアが並び、ドアの上にはバルコニーがある。

メイソンの知っている場所だった。

画面下に流れる字幕が、メイソンにとって必要のない情報を伝えている。数々の表彰を受けたレイ・ジェイムソン部長刑事が射殺された。犯人は不明。妻と三人の子供が遺《のこ》された。

メイソンはダイアナへ目をやった。ダイアナは両膝《りょうひざ》を胸の前でかかえている。画面をじっと見つめたままだ。

メイソンはしばし両目を閉じた。氷を顔にあてる。冷たさが染みたが、そのうち何も感じなくなった。

目をあけたときは、ちょうどレポーターが中継を終えるところだった。映像が切れる直前、そこへひとりの私服警官が撮影用の照明に目をしばたたきながら歩いてきた。

画面では実物より大きく見え、メイソンはすぐにその男を思いだした。五年間会わずにいたにもかかわらず。

それはフランク・サンドヴァル刑事だった。

14

ニック・メイソンの釈放から四十八時間後にＳＩＳの部長刑事が殺害されたと知り、フランク・サンドヴァル刑事は犯行現場をなんとしても見ようと決めていた。サンドヴァルが現場保存用のテープをくぐるや、ひとりの巡査が立ちはだかった。星章を見せると、巡査は道をあけた。

サンドヴァルは階段をのぼり、外廊下を通って二一五号室まで行った。まず、いくつかの壁の血が目に留まった。それから、床の上の死体。部屋に足を踏み入れ、男の背中の射出創を見た。銃弾はまっすぐに射入するが、やがて抵抗物にぶつかる。弾はゆがみ、速度を落とし、前方の体組織を除雪車のように押していく。背中から出るときには、もはや美しい飛行物ではない。マスケット銃の球形の弾丸を思わせる。

サンドヴァルは頭上を見あげた。天井も血みどろだ。ベッドへしたたり落ちている。

浴室をのぞいた。洗面台にも血がついている。殺人者は去る前に顔や手を洗ったということだ。タオルは三枚ある。どれにも汚れはない。おそらく四枚目があったのだろう。

サンドヴァルはもとの部屋へ引き返した。それからバルコニーまでもどる。もう夜の十二時を過ぎた。眼下には、他の局を出し抜こうとするニュースの中継車が一台と、五、六台の警察車両があり、青と赤の光がそこかしこの表面で跳ねている。駐車場の向こうは暗闇と静かな通りがあるだけだ。

駐車場に新たに一台はいってきた。黒のアウディだ。運転してきた男が車をおり、巡査たちの前を通り過ぎた。だれも行く手をふさがない。数秒後、階段をのぼる足音が響き、男は廊下に姿を現して、たしかな足どりで歩いてきた。長身で顔つきがきびしく、短く刈りこまれた金髪は輝いて白く見えさえする。瞳《ひとみ》は淡い色で、メタルグレーに近い。この男について、サンドヴァルは評判を聞いているだけだった。ブルーム部長刑事。SISの創設時からのメンバーだ。シカゴが麻薬戦争で大きな一歩を踏みだすとの宣言がなされたとき、市長の後ろに並んでいたひとりである。

SISはスペシャル・インベスティゲーションズ・セクション――特別捜査課――の略称で、チームが組まれたときにそう命名された。麻薬事件を扱う捜査官の精鋭から成る専門チームで、警察本部長じきじきに選ばれたエリートたちだ。ホーマン・スクエア署でひとつの階をまるごと占め、専属の検事や職員を何人もかかえていて、望むものはなんでも与えられる。管轄はシカゴ市全域だ。どこへでも行き、いつでも、だれとでも話し、どの捜査へも介入できる。麻薬が蔓延《まんえん》するシカゴの街で、売人たちを捕らえるためのあらゆる手を講じるために、チームには市警の上層部からじゅうぶんな自由行動権を与えられている。個々の事件ではなく、標的を追うためのチームだ。

ほかの警察官たちとはまったく交じらなかった。SISの人間は三ブロック離れたところからでも見分けられる。服はどんなときも、最高仕立てでアイロンのしっかりきいたダークスーツ。高価な革靴。麻薬の手入れで押収した車から好き勝手に選べるので、乗っているのは最高級車だ。サンドヴァルが運転する、殺人課から支給されたフォード・フュージョンとは似ても似つかない。

設立から二年もすると、彼らについてあれこれ耳にするようになった。違法な押収、路上の弱者たちに対する強奪と暴行。だがそれも咎《とが》めを受けることはない。チームは連日つぎつぎと逮捕を重ね、殺人課刑事が夢に描くしかないほどの検挙数を積みあげていくからだ。犯罪率は低下。市長は喜ぶ。お偉方も喜ぶ。だから、噂は顧みられず、巡査たちはだれもが――下の駐車場で、ブルームを会釈だけで通した連中のように――SISの尻《しり》にキスをする。SISはシカゴ市警の全警察官の憧《あこが》れの的だ。大スター。警察界の花形。

ブルームはサンドヴァルに一瞥《いちべつ》もくれずに通り過ぎた。そして部屋にはいる。サンドヴァルはその場で待った。一分後、ブルームが出てきた。手すりにもたれて夜の空気を吸いこむ。やがて顔をあげ、そこにいるサンドヴァルに気づいた。

「だれだ」ブルームは言った。

「サンドヴァル刑事です。殺人課の中央地区担当。あなたに質問があります」

「わたしにだと？」

「あなたはＳＩＳだ」サンドヴァルは言った。「ジェイムソンもＳＩＳだった」

「おや、これは見あげた捜査だな」ブルームは言った。「いったいだれの一物をしゃぶって、刑事に昇進させてもらえたのかね」

「ジェイムソンはなぜひとりでここにいたんですか」

ブルームは手すりから腕を離してまっすぐに立った。「二十年にもわたって同僚として働いてきた男が、そこの床で死んでいる。友人だった。優秀な警察官だった。きみのくだらん質問に答える気分じゃない」

「スーツケースを見かけましたか？　ジェイムソンはここに泊まってはいなかった。何をしていたんです。情報提供者と会っていたのか」

「何かしらしていただろうさ」ブルームは言った。「何者かに穴をあけられるまではな。ところで、この事件はわれわれが引き継ぐから、きみは帰っていい」

「もともとわたしの担当じゃありません」サンドヴァルは言った。「ライアンが下にいます。やつの事件です」

ブルームはしばし黙考した。「なら、きみはなぜここにいる」つづけて言う。「刑事が床で死んでいるんだぞ。敬意を払えないのか」

「追っているのは別の件です」サンドヴァルは言った。「関連があるかもしれないと考えました」

「何との関連だ」ブルームは言った。「どうかしているんじゃないのか。自分の担当する現場にも、よそ者の立ち入りを許すのがきみの流儀なのか」

ブルームはことばを切り、サンドヴァルの星章をもう一度見た。

「ちょっと待て」ブルームは言った。「サンドヴァルだと？　ゲイリー・ヒギンズの相棒か？」

サンドヴァルはうなずいた。

ブルームはサンドヴァルを上から下までながめた。「今後のことについて教えよう。きみはたったいまここから消え、わたしとは二度と顔を合わせない。どこの犯罪現場であれ。わたしや、わたしの部下や、SISのかかわるどんな場所であれ。けっしてわれわれに近づかず、本物の刑事たちの仕事を妨げない」

サンドヴァルはうなずいた。「それはひとつの道です。もうひとつの道は、ほうっておいてくれ、くそったれ、とあなたに言って、わたし自身の仕事をつづけることです」

サンドヴァルは背を向け、廊下を歩いていった。駐車場に着いてバルコニーを見あげると、こちらを観察するブルームの姿があった。サンドヴァルは報道陣のぎらつく照明のなかを抜け、車に乗って走り去った。

はじめての殺人から十五時間後、ニック・メイソンは懸命に自分を納得させようとしていた。

なんとしても娘に会いたい。

15

メイソンは先日と同じ家を訪ねた。その家でエイドリアーナは毎朝起きる。学校からもどり、宿題をこなす。外へ遊びにいく。眠りに就く。いまもこわい夢を見るのだろうか。四歳のころは週に二、三度は見ていた。父親が連れ去られたときには、どれだけその回数が増えたのか。

メイソンはサングラスをはずし、バックミラーを傾けて自分の姿を映した。左目の上の傷はまだ生々しい赤で、頬は両方とも腫《は》れ、痣《あざ》はさまざまな度合いの黒、青、緑に、少し黄色も混じっている。喧嘩《けんか》はこれまでに数えきれないほどしてきたし、負けたこともずいぶんある。だが、これほどひどい面相になったのは、いつ以来だろう。負けさ、ダイアナがメイソンを見て、氷嚢《ひょうのう》をあらためて用意したあと、前にしばらく立って顔をじっくり観察した。

「何を考えてるか、あててあげる」ようやくダイアナは言い、ほんの少し笑みを浮かべた。「相手のざまもわたしに見せてやりたい？」

「ああ」メイソンは言った。「そんなところだ」

メイソンの口ぶりに、ダイアナの顔から微笑が消えた。「それ以上言わないで」

ダイアナは腫れに効く鎮痛剤をメイソンに渡した。そして仕事へ出かけた。メイソンは新しいカマロに乗って、エルムハーストまでやってきたが、どうやら家にはだれもいないらしい。そこでバックミラーをもとにもどし、車を発進させた。

走りながら、頭のなかでいくつかの事実がつながった。ジーナはこの前、夫とエイドリアーナが練習に出かけたと言っていた。ガレージではサッカーのゴールを見かけた。きょうは七月の土曜日で、午前中だ。試合の日かもしれない。

来る途中に高校を見かけていたので、引き返してサッカー場を探したが、アメリカン・フットボールの競技場しか見あたらず、しかもまったく人気《ひとけ》がなかった。何ブロックか進むと、エルムハースト・カレッジが見つかり、そこのサッカー場には選手たちがいたが、子供ではなかった。さらに数分その近くを走り、あきらめようとしたとき、後部にサッカーボールのステッカーを貼ったミニバンが見えた。その車を追って南へ向かい、ずいぶん走ってオーク・パークに行き着くと、大きな駐車場に五、六人の子供が群がっていた。みなエイドリアーナと同年代で、サッカーのユニフォームを着ている。

メイソンは車から出て、サッカー場のほうへ歩いていった。サッカー場は三つあり、それぞれで二十人ほどの子供たちが駆けまわっていて、どのチームも男女混合、百人もの大人たちがまわりで観戦して声援を送っている。近くでただ立ち話をしながら、夏の日を楽しんでいる大人たちの姿もある。メイソンはひとつ目のサッカー場の横をゆっくり歩きながら、ボールを追いかける子供たちを観察した。

娘をひと目で見分けられるかどうか、自信がなかった。五年も経《た》っている。娘の人生の半分以上だ。子供たちの顔を順々に見ていく。

そのとき、ジーナの姿が目にはいった。

フィールドの反対側で、ほかの女と並んで立ち、なんとなく試合を見やっている。こちら側に並ぶ低い観客席は半分が空席だ。メイソンは腰をおろそうとして、はたと止まった。

ジーナがなんと言おうと、自分にはここにいる権利がある。とはいえ、目につかないようにするほうが得策かもしれない。

メイソンは何歩か後ろにさがり、ソフトボール場のバックネットに背をもたせかけて立った。サングラスをかけているので正体は見抜かれないだろうが、自分のほうはフィールドがよく見えている。

メイソンは向こう側の観察をつづけた。ジーナのそばに男の姿はない。新しい夫は土曜にも働く男なのか、あるいはコーチのひとりなのか。

フィールドのこちら側で控えの子供たちといる男ふたりを見た。ひとりは歳をとりすぎている。もうひとりはよく日焼けし、正しい食事と自己管理に気づかっているらしい体がポロシャツ姿にうかがえる。古きよき英雄ブラッドにちがいない。

メイソンはフィールドの子供たちに目をもどした。そのためにここに来たのであり、元妻や裕福な新しい夫、毎朝スポーツクラブで何往復も泳ぐ男を見にきたのではない。子供たちを順に見はじめたとき、フィールドの中ほどにいた少女がこちらを振り返った。

あの子だ。

わが娘。

エイドリアーナ。

九歳か、とメイソンは思った。さあ、よく見るがいい。母親ジーナのまさしく少女版だ。同じ淡い色の金髪に、同じ体型。長身で手脚が長く、顔には意志の強さが表れている。そして足が速い。ほとんどの男の子に追いついて、そのまわりを走っている。

メイソンは娘が生まれた日のことを思いだした。ジーナを大あわてで五十一番ストリートの病院へ連れていき、それから妻のかたわらで待つこと十八時間、ようやくエイドリアーナが顔を出した。

家へ連れて帰った日のこと。娘のために用意した部屋。壁に塗った緑色は、ジーナがピンク色に反対して、妥協した結果だった。

はじめてあの家で迎えたクリスマス。隅に飾ったツリー。

はじめて娘がメイソンを見たときのこと。しっかりと見つめてきた目。

はじめて「パパ」と言ったときのこと。

はじめて部屋の奥からメイソンのもとまで歩いたときの、両腕を大きくひろげた姿。

メイソンは胸を詰まらせた。これこそ待ち望んでいた瞬間であり、五年ぶりにようやく娘の姿を見ることができた。

最後に見てから六十か月。四万時間以上だ。

けれども、ことばを交わすことはできない。事情を説明してやれない。いまはまだ。

ひとりの少年がボールを奪おうとし、エイドリアーナが倒された。メイソンがすぐに身を乗りだし、いまにも出ていって手を伸ばそうかというとき、審判の笛が響き、エイドリアーナのチームにフリーキックが与えられた。

「負けるな、エイド！」おそらくブラッドであろうコーチが大声で呼びかけた。エイド。メイソンは早くもこの男のすべてがきらいになった。

それから三十分間、メイソンはエイドリアーナがプレーするのを見守った。娘からほとんど目を離さなかったが、ジーナの様子を数回うかがった。ジーナは知りあいと話していて、フィールドで起こっている奇跡には注意を払っていない。ふたりで創造したこの九歳の少女は、フィールドにいるだれよりも速く、だれよりも優雅に動いている。

一度、ボールがメイソンのいる側のラインから出た。エイドリアーナがやってきて拾い、それからメイソンをまっすぐに見たらしかった。ふたりのあいだは二十ヤードほど離れていたものの、メイソンは手を振ろうとした。そのとき、エイドリアーナはボールをつかみ、フィールドへ投げもどした。

試合が終わりに近づき、メイソンは車へと歩きはじめた。バックネットの反対の端にあった貼り紙の前を通り過ぎた。リーグの予定表で、毎週水曜日と土曜日に試合が組まれている。

車で待っていると、子供も親もいっせいに駐車場になだれこんできた。メイソンはカマロのなかにすわったまま、元妻がコーチ、すなわち、いまやブラッドであることに疑問の余地がない男とともにボルボのSUVに乗りこむのを見た。そのあとエイドリアーナが現れ、後部座席に乗った。三人を乗せた車が非の打ちどころのない家へと帰っていく。非の打ちどころのない日常へと。

メイソンはそのまま二、三分動かず、ゆうべ何に手を染めたかを思い起こしていた。

これだけのためにあんなことをしたとは思いたくない。たった一度、それもほんのわずかな時間だけ、娘の顔を拝むなんて。あとはここでじっと待って、娘がほかの男の家へと車で去るのを見送るだけだなんて。

ジェイムソンはみずからああいう運命を選んだ、とメイソンは心のなかで言った。自分は自分の運命を選んだ。いまはすべてを切り離すしかない。あの部分をなるべくエイドリアーナから遠ざけるしかない。自分の仕事をつづける。こういうひとときのために生きつづける。いまの自分にはそれしかないのだから。

いつの日か、もっと多くを手に入れられるだろう。もっとずっと多くを。そのために何をすることになろうと、それこそが自分の望むところだ。娘とともに過ごす日々。その日が来れば、もしかしたら、ひょっとしたら、大きな代償を払った価値があると思えるのかもしれない。

16

刑務所での五年は、ニック・メイソンに服役囚の目を与えた。それは世間に対する特有の観察眼で、原始の爬虫類《はちゅうるい》を思わせる脳があらゆる動き、あらゆる変化を認識し、危険を察知する。廊下で近づいてくる男の発するメッセージや、運動場越しに向けられる視線などをだ。やがては考える必要すらなくなる。基本的な感覚の一部。生存本能だ。

三十分前に、メイソンはタウンハウスから通りを隔てた向こうで停車中のサンドヴァルを見つけた。そのサンドヴァルがこんどはレストランの駐車場に来ている。店内に現れるにちがいない。メイソンは奥の隅のテーブルを選んで、入口の見える場所に陣どってから、グースアイランド・ビールを注文した。

待つあいだに、メイソンはいまや自分の正式な勤め先であるレストランを見まわした。禁酒法の時代にもぐりの酒場だったものが、のちに改装されたのだが、壁のひとつにはむきだしの煉瓦《れんが》が残されている。別の壁を占めるのはガラス張りのワイン棚で、何もかもが古さと新しさの対比になっている。天然色のサクラ材の床に、抑えた色味のスチールパネルが使われたカウンター。梁《はり》が露出した高い天井に、編みこまれた長いケーブルからさがるいくつものペンダントライト。椅子やボックス席には真っ赤なベルベットが張られ、短く太い蠟燭《ろうそく》の載ったテーブルには白いクロスが掛かっている。全体としてあたたかく洗練された空間だ。窓の向こうにはラッシュ・ストリートが見え、ちょうど街灯がともりはじめている。

昼食の時間帯にこのレストランがまったく異なる世界であろうことは、想像に難くない。シカゴ証券取引所の投資家やダウンタウンの銀行のお歴々が、こぞってデュサーブル橋を渡ってやってきて、それぞれのテーブルにつく。支払いは法人用のクレジットカードでおこない、金額を気にするふうもない。

いま店にいるのは、何かの記念日を祝っているらしいカップルたちや、シカゴの夜を楽しみに出てきた、数ある劇場へこれから出向くであろう観光客たちだ。ここから数ブロック内には十余りの高級ホテルがある。どこのコンシェルジュも、お勧めリストの上位に〈アントニアズ〉を入れているにちがいない。

厨房《ちゅうぼう》はダイニングスペースと直結しているので、メイソンからも長い調理台やコンロ、オーブン、冷蔵室が見えた。給仕係とシェフたちの動きは完璧《かんぺき》に調和していて、そのすべての中心にダイアナの姿があった。タウンハウスにいるときは、控えめで冷静沈着な女だ。そのダイアナがこの厨房では生き生きと主導権を握り、まわりの動きを逐一監督している。

オープングリルで直火焼きされているステーキのにおいがした。メイソンはメニューを再度読み、二十八日間から七十五日間にわたってヒマラヤ岩塩といっしょに寝かされたリブロースに、四種類の調理指定ができることを知った。テレホート刑務所での最後の食事を思いだした。肉と称される灰色の塊に米と野菜とパンが添えてあり、どれもなんとなく同じ味がしたものだ。それを流しこむためにコップ一杯の水を飲んだ。

そんな世界から、こんな世界へ。

およそ二分後、サンドヴァルがはいってきた。店内にすばやく目を走らせてメイソンを見つけ、近づいてきてテーブルの横に立つ。それからすぐ、向かいの席に腰をおろした。

「覚えてるか」

メイソンは返事をしなかった。ルールその三〝よくわからないときは口を閉じていろ〟で足りないなら、ついでにルールその十も使えばみごとに用が足りる。〝警察とはけっして口をきくな。ぜったいにひとことも〟だ。

状況がどうあれ、有罪であれ無罪であれ、正式な取り調べであれ雑談であれ、ルールはつねに適用される。くそったれのお巡りには一語だってしゃべっちゃいけない。

話せばやつらの網にからめとられる。

そして、いったん網にかかると、抜けだせない。

「おまえを逮捕した」サンドヴァルは言った。「五年前に」

メイソンはだまっていた。サンドヴァルはメイソンのメニューを横どりして、読みはじめる。「よさそうな店だな。料理はうまいのか。ここで働いてるんだろう？」

メイソンは答えなかった。

「外食産業にいたとは知らなかったよ、メイソン。しかも高級レストランときた」

サンドヴァルはメニューに目をもどした。

「ほう、ステーキに五十ドルか。警察の給料で暮らす身には少しばかり高すぎるな。記念日の祝いならなんとかなるか」

身を乗りだし、メイソンの顔をつぶさに見る。「その顔はどうした」

メイソンは黙しつづけた。

「そうか」サンドヴァルは言い、メニューを置いた。「おまえが無口なのはわかった。こっちがしゃべっておまえは聞くだけならどうだ」

ウェイターがやってきて、メイソンのビールを置いた。サンドヴァルに飲み物はどうかと尋ねる。サンドヴァルはいや、けっこうだ、と応じる。ウェイターが立ち去る。

サンドヴァルは両肘《りょうひじ》を突いて身を乗りだし、メイソンの目を見据えた。

「ショーン・ライト」サンドヴァルは言った。「覚えてるか。おまえの裁判で一度や二度は名前が出てきたはずだ。DEAの捜査官で、あの夜、港で殺された。知ってのとおり、われわれ警察官と連邦捜査官は、同じ街で仕事をしているせいで、ときに角突きあわせる。FBIであれ、DEAであれ、国土安全保障省であれ……。向こうはこっちにとって邪魔だし、反対のことも言える。中にはとんでもない間抜けがいるのも事実だ。だがな、メイソン。その連中のひとりが殺されたとなると……」

サンドヴァルはことばを切り、首を左右に振った。

「そうなると、われわれはまぎれもない仲間だ。警察官だろうと連邦捜査官だろうと関係ない。だれでも同じことだ。相棒とおれで港へ行ったら、死体をあいつらが片づけてるところでな。布をかけて運んでいった。死んだ捜査官を路上に打ち捨てるわけにもいくまい。だがあとで、写真を何枚も見たよ。報告書も読んだ。あの男は銃を手にとってすらいなかった。車から出たときにはもう死んでいたんだ」

メイソンはサンドヴァルにじっと目を凝らした。じっと耳を傾けた。反応のかけらも示さなかった。

「おまえたち四人がトラックに分乗してたのはわかってる。二台のトラックにそれぞれふたりで、おまえが引き金を引いた確率は四分の一だ。逃げるさなかにおまえが連邦捜査官を射殺した確率は四分の一でしかない。だがもちろん、そんなことは関係ないんだ。おれにとっては、知ったことじゃない。法にとっても同じだ。重罪を犯すさなかに殺人がおこなわれた以上、重罪であることに変わりはない。おまえたちは四人とも同罪なんだよ」

サンドヴァルはまたことばを切り、聞き耳を立てる者がいないのをたしかめるようにレストラン内を見まわした。

「ふたりが逃亡した」やや声を落としてつづける。「三人目はトラックのなかで撃たれた。そうなると、残りのひとりがすべてを背負う。それがおまえだった。こっちの望んだ幕引きじゃなかったが、やむをえない。何もないよりましだろ？　ひとりだけでも捕らえたんだから。ショーン・ライトの家族の前に突きだして、こいつに罪を償わせる、と約束できるやつをな。家族はずたずたにされ、大黒柱が生き返るわけでもないが、こうして捕まえたから、こいつが償うのを見ててくれと言ってやれる」

サンドヴァルは椅子の背に寄りかかって、深く息をついた。それからまた身を乗りだす。

「エリザベス・ライト」サンドヴァルは言った。「ショーンの女房だ。あのとき、結婚して七年だった。子供はふたり。ショーン・ジュニアはいま九歳。セアラは八歳だ。父親が殺されたときは五歳と四歳だった。おまえには想像もつかないだろうよ、メイソン。おれたちがあの子たちに会って、どんな思いをしたかをな。おれにも息子と娘がいる。ふたりとまったく同じ歳だ。息子とショーンは、いまじゃいっしょに野球をやってる。おれがコーチをしてるチームに、ショーンを引き入れたんだ。ショーンとはたびたび話して、元気かどうかをたしかめてる。セアラのほうは話す機会がない。あの子はだれともあまり話さないんだ。八歳の少女が、ぼんやりすわって宙を見つめてるんだぞ、メイソン。胸が痛むよ」

サンドヴァルは体をさらに前に出し、また小声で言った。

「だから教えてくれ、メイソン。おれはあの一家にしじゅう会ってる。五年経《た》ったいまでもだ。で、なんと言ってやればいい？」

メイソンはビールのはいったグラスを手にとったが、飲みはしなかった。警察とはけっして口をきくな、と自分に言い聞かせた。ぜったいにひとことも。

「たぶん」サンドヴァルは言った。「一家は何も知らされていまい。だれかが伝えたとは思えない。新聞にだって、まだ載ってないさ。この街の本物の犯罪記者たちは、みなもう死んだか、あるいは買収されたかだ。近ごろは新聞なんか売れやしないからな。それでもいずれはだれかがこの話を知って、カメラマン連れであの家のドアを叩《たた》くだろうが……。さしあたり、一家に知らせる役はおれというわけだ。さて、メイソン、どう話せばいい？　おまえがもう刑務所から出てしまったことを、どう説明したらいい？　教えてくれないか」

メイソンはグラスを持ったまま、琥珀色《こはくいろ》の液体を見つめた。

「なんだ」サンドヴァルは言った。「何か言いたそうだな」

メイソンはグラスをおろした。

これだから警察の網に近づくのは禁物だ、とメイソンは思った。特に相手がこういう手合いのときは。少しでも理由を与えたら、とたんにおまえのことしか考えないようになる。別の事件に取り組んでいるときも、相棒と昼食をとっているときも、書類を作成しているときも、裁判所で並んでいるときも。一日の仕事を終えて警察の仲間とひと泳ぎしにいくときも。

自宅ですら、そうしかねない。家族と夕食をとっているときも、テレビを観ているときも、子供の宿題を見てやっているときも。週末にホワイトソックスの試合を見にいって、ホットドッグとビールを口にしているときも。

どの瞬間であれ、そいつの頭を切り開いたら、そこに住むおまえの姿が見つかる。

「探すのは簡単じゃなかった」サンドヴァルは言った。「仮釈放じゃないから住所は調べようがないんだ。ほかにいくつかあたってみたが、ニック・メイソンの行方はわからなかった。新しい情報はゼロ。そんなとき、社会保障局の知りあいを思いだしてな。あそこにはデータベースがあって、ニック・メイソンの新規雇用登録がされていた。勤め先はレストラン。あてててやろう。オーナーはダライアス・コールだな？」

メイソンは見返した。

「住所もわかった」サンドヴァルは言う。「ちょっと行って拝ませてもらったが、あれはなんの冗談だ。連邦刑務所からリンカーン・パーク・ウェストだと？」

サンドヴァルはもう一度レストランを見まわし、ゆっくりと首を振った。

「隠す必要もないんだろうよ」サンドヴァルは言った。「新しい仕事とやらのことも、住みはじめたあのタウンハウスのことも。どれも正式に登録されてる。悠々自適の人生だな」

ああ、そうさ、とメイソンは思った。悠々自適の人生だよ。

「おれなら、きっと夜はゆっくり眠れまい。だが、おまえは人間の出来がちがうんだろう」

「やつの名前はフィンだ」メイソンは言い、ルールその十に反旗をひるがえした。

「フィン・オマリー」

「殺された男か」

「ああ」

「仲間だったんだろ。カナリーヴィルでいっしょに育った。頭に銃弾を食らったのに、そいつをおまえはトラックに置き去りにした」

メイソンは大きく息をついた。「フィンはあそこにいるべきじゃなかった」

「場所もタイミングもまちがえたというわけか」

メイソンはビールに視線を落とした。

「ゆうべ、モーテルで刑事を殺したのはおまえか」

メイソンはまた見返した。「いったいなんの話だ」

「コールの差し金なのはわかってる。コールがおまえを外へ出し、おれの相棒を骨抜きにし、おまえに刑事を殺すよう命じた。図星なら首を縦に振るだけでいい」

「告発するつもりなら」メイソンは言った。「証拠があるなら、もう逮捕してるはずだ。ろくな情報を持ってないんだな」

ふたりはテーブルをはさんでしばし対峙《たいじ》した。やがてサンドヴァルが立ちあがり、ドアのほうへ何歩か進んだ。

そこで急に立ち止まり、それからテーブルへ引き返した。

「いまはまだ無理だが」サンドヴァルは言い、メイソンの耳もとに迫った。「かならず突き止めるぞ、メイソン。何もかも暴いてやる。おまえ、コール、おまえの出所にかかわったやつら。おれひとりで、だれの指図も受けない。だれが止めようとな。おまえに対して、自分に対して、もとの相棒に対して、ショーン・ライトとその家族に対して、誓ってやるとも。おまえを本来の居場所である塀のなかへ送り返すまで、おれは眠らない。コールを完全に叩きつぶすまではな。聞いてるか、メイソン。おれの流儀に慣れたほうがいいぞ。これから毎夜おまえをベッドへ送りこみ、毎朝目覚めさせるのはおれだからな」

サンドヴァルは背筋を伸ばし、笑みを漂わせた。

「さあ、食べろよ」

17

痣《あざ》を見ると、メイソンはモーテルの部屋でのことを思いだした。二日目になって色があせてきても、鏡を見るたび、脳裏であの場面が再現された。いずれ痣が消えたとしても、それはずっと変わるまい。

メイソンは下の階のジムへ行き、グローブをつけて重いサンドバッグを打った。この一年、かつてないほど引きしまった体型を保っていたが、それは重警備区でコールと過ごすようになったからだった。とはいえ、そのときのトレーニングはあわただしく、空いている器具をつかんで一時間ひたすら運動を繰り返したものだった。信じられないことに、いまは好きなだけ時間をかけて、いくつもの器具から自由に選べる。きょうはルームランナーには乗らず、クロストレーナーにも目もくれず、サンドバッグを打ち終えてからウェイトを使って全身を動かし、偏りがないように――引いては押し、背中と胸と腕と脚を順繰りに――うまく組みあわせて運動した。繰り返す動きに気持ちを集中させ、ほかのことをすべて思考から締めだした。

動きつづけろ、と心に言い聞かせた。考えるな。動け。

トレーニングを終えると、外へ出た。いまではなんの制約もないが、五年のあいだ、こんなことすらできなかった。湖からそよ風が吹いてくる。小道を歩いていったメイソンは、公園を抜け、動物園の入口を通った。小さな女の子を肩車した父親の横を過ぎたとき、いきなり胸に疼《うず》きを覚えた。父親は動物園の入場券を買っているところで、メイソンはその姿を見ながら、自分もいまここに娘といたらと想像せずにはいられなかった。肩車をしてやるには大きすぎるだろうが、連れ立って歩き、そこかしこの動物を見てまわることはできる。娘はメイソンにあれこれ尋ね、メイソンは父親らしく精いっぱいそれに答える。そう、キリンは首が長いな、だから高い枝の葉っぱにも届くんだよ。メイソンは、いますぐ何もかもを抛《なげう》ってもいいと思った。獄中にもどって、残りの刑期をつとめあげてもかまわない。もしもたった一日、娘とそんなふうに過ごすことができるなら。きっと忘れられない思い出になるだろう。だれもその思い出を奪えはしまい。

そんなことを考えているうちに、前夜サンドヴァルが訪ねてきた記憶がよみがえった。ショーン・ライトと、妻や幼い子供たちの話。自分を毎夜ベッドへ送りこみ、毎朝目覚めさせてやるというサンドヴァルの宣告。メイソンは二十フィート後ろに相手がいるのではないかと思い、その場で振り返った。けれども、尾《つ》けている者はいなかった。

南へ歩く道の片側には公園がひろがり、その向こうにはダウンタウンの高層ビルが連なっている。反対側には砂地と湖があり、人々が腰まで水にはいって、冷たさに叫び声をあげるのが聞こえた。首まで浸《つ》かった猛者《もさ》が数人。ビキニ姿の女が体から水をしたたらせてあがってくる。自分は五年間、女にふれていない。それは事実だ。

南のはずれに達すると、男たちがビーチバレーをしていた。メイソンは向きを変えてレイク・ショア・ドライブの下を通り、野球場の横を歩いていった。そこで足を止め、グローブを使わないソフトボールに興じる人々を見やる。かつてシカゴで大流行したが、いまでもする者がいるとは思わなかった。試合が終わり、メイソンはまた歩きだした。

こんな日にはどう過ごせばいいのかさっぱりわからない。この先、こんな日がどれくらいつづくのかも。たったひとりで、携帯電話が鳴るのを待ち受けるだけなんて……。

家の近くにもどると、青い日よけをつけた店がずらりと並ぶ通りに行きあたった。高級サロン、コーヒーショップ、ワインバー。やがてペットショップの前に来た。犬が一匹すわって、窓の外をながめている。ボクサー犬のようにも、ピット・ブル・テリアのようにも、恐竜のようにも見える。メイソンはそのまま歩き去ろうとしたが、犬はこちらの目をじっと見据え、申しわけ程度のちっぽけな尻尾《しっぽ》を振りはじめた。メイソンが立ち止まると犬は腰を落ち着けたが、視線はそらそうとしない。

店内にはいると、とたんにエアコンの冷気を感じた。入口横の窓沿いに柵《さく》囲いがあり、それぞれに仕切られたなかに猫が六匹、犬が一匹だけいて、その犬が近づいてきて柵に思いきり体あたりをしている。

「おとなしくなさい、マックス！」

店の奥から声がした。物置部屋からひとりの女がドッグフードの大袋をかかえて現れた。袋をカウンターに置き、メイソンへ歩み寄る。

「あの子、あなたのことが気に入ったみたい」女は言った。褐色のショートヘアに、褐色の目。頬は夏の太陽に焼けて赤い。ジーンズに青のポロシャツという姿で、胸の片側に店名が記されている。反対側には本人の名前がある――ローレン。

メイソンは柵越しに手を伸ばし、犬の頭をなでた。犬はますます尻尾を振る。

「犬種は？」メイソンは尋ねた。

「カネ・コルソに何か混じってるんじゃないかしら。ふだんは犬を売ってないんだけど、この子は保護されてここに来たの」

「カネ・コルソ？　聞いたことがない」

「りこうな犬よ。動きがよくて従順で」

「もし買いたいと言ったら……」メイソンは言った。

「マックスはぜったいに大喜びする。三百ドルよ」

メイソンは犬をじっと見つめた。マックスはいまではおとなしくすわって、新たな暮らしの第一章がはじまるのを待っているかのようだ。

「わかった」メイソンは言い、自分を納得させようとした。

「引き渡しは二十四時間後よ」女は言った。「必要な書類を調えてから」

メイソンは早くもこの犬が手からすり抜けていくのを感じた。書類と言えば個人情報だ。犬を買うことなど無理ではないだろうか。

「マックスはあなたを気に入ってる。こっちへ来て、手続きをはじめましょう」

メイソンはもう一度犬に目をやり、それから女のあとを追ってカウンターまで行った。

「じゃあ、まず、あなたの名前と住所」女はそう言って、記入用紙をはさんだクリップボードを手にとった。

「ニック・メイソン」リンカーン・パーク・ウェストの住所を伝えた。

「わあ、すごい。すてきなお宅なんでしょうね」

「引っ越してきたばかりだ」

「どこから?」

メイソンはためらった。「出身はカナリーヴィルだ」

「カナリーヴィルからリンカーン・パーク」女は言いながらうなずいた。「ずいぶん景色がちがうんじゃない？」

「どっちも獣だらけだ。ただ、こっちじゃ動物園に囲っている」

「うまいこと言うのね」女はまたうなずいた。

「ニックと呼んでくれ。よろしく」

「ローレンよ」女は言った。「顔はどうしたの？」

その質問にメイソンは意表を突かれた。まっすぐで邪気がなく、どう答えたものかと思案した。

「ちょっとやりあったんだ」

「なんのことで？」

「話せば長くなる」メイソンは言った。「でも、相手は悪人だった。もしその点が大事ならね」

ローレンはメイソンに目を向け、答を考えているようだ。

「大事よ」

「この顔には目をつぶって、おれと夕食に出かけてもいいくらい大事か？」

「犬がほしくてこの店に来たんじゃないの？」

「犬がほしかったんだよ」メイソンは言った。「あの犬はもらう」

「マックスよ」

「マックスはもらう。マックスにはすばらしいわが家ができる。おれはただ、きみを見て、声をかけなかったことをあとで長々と悔やむのがいやだと思っただけだ」

ローレンは刑事がアリバイを疑うかのような、探るような目を向けていた。

「マックスはあす迎えにきて」

「わかった」

メイソンは背を向けて歩きはじめた。

「それから、わたしを迎えにきたければ七時に」ローレンは言う。「そのころに店じまいをはじめてるから。まだ何か食べにいく気があったらね」

「ありがとう。じゃあ、七時に」

メイソンは外の照りつける太陽のもとへもどった。誘ったメイソン自身が、ローレンに劣らず驚いていた。ともあれ、楽しみに待つ夜の予定があるのは、いい気分だった。それも、人とふれあう機会だ。

ローレンの苗字はなんだろうか、結婚していたことはあるのか、子供はいるのか。知る時間はたっぷりある。なんでもかまわないが。

道行く人々にとってはあたりまえのことに、メイソンはまだまだ慣れていなかった。自分はなんでも選べる。シカゴのどこへでも行けるし、なんでも好きなことをできる。

キンテーロからのつぎの電話までは。

キンテーロのことも、いまにも電話がかかるかもしれないことも忘れてしまえ、と思った。電話は鳴るときには鳴る。いまはまだ、好きに過ごせる夏の午後がまるごとあるのだから、タウンハウスへ帰ってひとりで過ごすのはご免だ。エルムハーストの家を訪ねる気もない。つぎのサッカーの試合日はカレンダーに記してあり、娘の姿を見る機会はまた訪れる。

きょうのところは、もうじゅうぶんだ。想像だにしなかったことがひとつ起こったのだから。

ジーナという名前ではない女と、食事へ出かけるなんて。

18

車を三十五番ストリートに停めたとき、メイソンはおなじみのジョークを思いだした。ブリッジポートとカナリーヴィルのちがいは何か。流し台で小便をするとき、ブリッジポートのやつらはまず皿をどかす。

ブリッジポートのほうが野球場に近いし、川にも近い。そのうえ、もう少し〝多様性〟がある。つまり、街をうろついているのがアイルランド系の若者だけではないということだ。最近ではヒスパニックもいるし、アジア系のコミュニティもある。カナリーヴィルとまったく同じく、家々はせまい区画に寄り集まって建ち、裏にあるそれぞれのガレージから街路の隙間を走る細い路地へ出る形になっているが、このあたりの家のほうが少し広く、ほんの少し心地よい。公園の数も外食をする場所も、わずかながら多い。おいしい深皿焼きのピザと、この地で生まれたフライドステーキ・サンドイッチ。それがブリッジポートだ。

ジョークはさておき、ありていに言って、ここがカナリーヴィルより一ランク上であることにはだれも異論はあるまい。向こうからこちらへの移動は、動きとして正しい。もちろん、それでもまだサウスサイドにいることに変わりはない。そこは重要だ。ブリッジポートに越してきたからと言って、北へ寄りすぎたわけではなく、カブスのファンへと転じることもない。

メイソンが見つめているのは、そのなかの一軒だけだった。この区画にあるほかの家々に似て間口がせまく二階建てだが、この家の脇には、塀に囲まれた細長い芝地がある。窓から手を伸ばして、隣家から砂糖を一カップ拝借とはいかないわけだ。探していた家がこれなのかどうか、見当もつかなかったので、道端に停めたカマロのなかでしばし考えにふけった。エンジンの冷えていく音が車内に響く。

家の裏から、小さな男の子がせまい庭へ走り出てきた。三歳くらいだろうか。赤毛に、そばかすだらけの顔。ショートパンツにホワイトソックスのTシャツ姿で、片手に大きなプラスチックのバット、反対の手にプラスチックのボールを持っている。

数秒後、別の男の子が追いかけてきた。体の大きさも、赤毛も、そばかすも、さっきの子に瓜《うり》ふたつだ。やはりホワイトソックスのTシャツを着ているが、柄がちがう。おそらく周囲の者はそこで見分けるのだろう。

メイソンはしばらくふたりを見守っていた。プラスチックのバットを持った子が、もうひとりの子をぶとうとしたとき、ひとりの男が現れて、なんとかそれを止めた。男はかつてと同じく背が低く、フルバックのようにがっしりした体つきをしている。

子供たちと同じ色の髪は、以前より少し薄くなったかもしれない。だが、メイソンにはすぐにわかった。

メイソンは車からおりて、ドアを閉めた。その音を聞いて、庭にいた男は顔をあげた。息子から奪ったプラスチックのバットを取り落とし、メイソンが縁石を越えて塀に歩み寄るのを見ている。

「ニック？ そうなのか？」

メイソンは塀に両肘《りょうひじ》を突いた。子供たちはそちらへ視線を据えたままで、父親の態度に何かを感じとったものの、どうしたらよいのかわからないらしい。エディー・キャラハンは門をあけて出てきた。メイソンの両肩を強くつかむ。相手が生身の人間で、幻覚のたぐいではないことをたしかめているようだ。

「そんなばかな。おい、どうしてだよ」

「久しぶりだな、エディー」

「ここで何してんだ」エディーは通りをすばやく見まわした。「出てきたってことか？」

「ああ、出てきた」

「どうやって？」エディーはふたたび周囲に目をやった。

「話せば長いんだ、エディー。とにかく出てきた」

エディーの視線が車に留まった。「おまけに、なんだ、あの車は」

「一九六七年のカマロだ。盗んだわけじゃない」

「冗談はほどほどにして、ほんとのことを話せよ」エディーは門のほうへ振り向き、そこにいる子供たちに言った。

「だいじょうぶだよ。ちょっとおうちにはいってようか。ママは何してるかな」

子供たちの手をとり、裏口へ向かう。角を曲がるとき、振り返って、もう一度メイソンを見た。

メイソンはしばらくその場で待った。子供たちを家に入れるだけにしては長すぎる。窓から見ていた妻が質問攻めにしているのだろう。いまごろは警察を呼んでいるかもしれない。メイソンは一瞬ひやりとしたが、すぐに思いだした。心配は無用だ。少なくとも、警察に関しては。

ようやくもどったエディーは、うんざりしたと言いたげな顔をしていた。

「サンドラが気にしてんだよ。ニック、おまえ、逃走中なのか」

「逃走中なんかじゃないさ、エディー。仮出所でもない。無罪放免だ。なんの心配もない」

「そうか」メイソンのことばを信じようとしているらしい。

「はいってもいいか。それとも、こっちの歩道で話すか？」

「ああ、はいれよ」エディーは門をあけた。「ガレージでもいいかな。どうだろう。そこでも話せる」

メイソンはうなずき、エディーについていった。「ここは前に見せてくれた家だな。買うつもりだと言ってた」

「そう、その家だ」エディーは言った。「ほら、庭があるだろ。たいがいの家にはないけど」

メイソンは敷地の境目にある細長い芝地へ目をやった。車を一台乗り入れるのがやっとだろう。だがエディーの言うとおり、このあたりでは、これほどの広さの土地がある家すらほとんどない。

「ブリッジポートか」メイソンは言った。「ほんとにカナリーヴィルから抜けだしたんだな」

「ああ、ここじゃだれも他人のことに首を突っこんだりしない。過去をきれいさっぱり断ち切らなきゃいけなかったからな。つまり、その……」

エディーは咳払《せきばら》いして、つづきを宙に消した。

「あの子たちの名前は?」

エディーは足を止めて、メイソンを見た。「そうか、ふたりが生まれたとき、おまえは……。グレゴリーとジェフリーだ」

「いい子たちだな」

「ひどく手がかかるがね」

エディーはガレージの扉をあけ、そこで家のほうへちらりと視線を向けた。

「エディー、おまえに迷惑をかけたくないんだ。もしおれがいるのをサンドラがいやがってるなら……」

「いや、だいじょうぶだ。はいって、腰かけてくれ。ここは全部おれがしつらえたんだ。サンドラは男の巣と呼んでる」

メイソンがガレージに足を踏み入れると、二面の壁沿いに作業机が並んでいるのが見えた。ノートパソコンやその他の機器がところせましと置かれている。隅の机がエディーの個人用らしく、使いやすそうなモニターやキーボード、マウスなどの器具が並んでいた。その手前に革張りの事務用椅子がある。

「いまはこういう仕事をやってる」エディーが言った。「直して、売る。なかなか忙しい」

「不思議はないな。昔から機械いじりが得意だったから」イグニッションに細工をしてエンジンをかけたり、警報装置を解除したり。

ガレージの端に背の高い戸棚があった。メイソンはそこへ行って、取っ手を引いた。しっかりと施錠されている。

「ライフルを入れてある」エディーが言った。「行けるときにはいまも射撃場へかようんだけど、ほかにもやることが多くてな」

エディーは事務用椅子を滑らせてよこした。自分には折りたたみ椅子を出してひろげる。それから隅の小さな冷蔵庫の前へ行って、扉をあけ、ハーフエーカー・ビールを二缶取りだした。

「飲むか」

「ああ」

エディーは缶を渡して、折りたたみ椅子にすわった。メイソンは少しのあいだその姿を見つめてから、腰をおろした。

「エディー……」

「なんだ、ニック」

「そう緊張するなよ」

「すまない」エディーは椅子で体を縮め、だれかに空気を半分抜かれたかのようになっていた。「どう考えたらいいのかわからないんだ。おまえがこんなふうに現れてるなんてな。あと二十年は出てこられないはずだったのに……」

「逮捕に問題があったんだ」

「そういうことがありうるのは聞いたことがある」エディーは言った。「けど、実際に起こるとは――」

「この話に蹴《け》りをつけよう」メイソンはさえぎって言った。「おれはぶちこまれた。おまえはぶちこまれなかった」

「ああ、そうだ」エディーはガレージの床を見つめた。

「たまたまそうなっただけだ。おれはおまえの名前を吐かなかったし、これからも吐かない。おまえだって、同じ立場だったら、そうしたはずだ」

「そうしたさ」エディーはメイソンに視線をもどした。藁《わら》をもつかむ思いで、その考え方にしがみつこうとしているらしい。「ぜったいにそうした。誓うよ」

「なら、気にするな。おれたちは仲間だ」

「でも、面会にいくべきだった」エディーは言った。「こわかったんだよ。おれの名前がわかったら、そのまま捕まるんじゃないかって」

メイソンはビールをひと口飲んだ。たしかに罪悪感はあるらしい、と思った。とはいえ、まだ自分が向こうにいたら、こいつはこのブリッジポートに居すわって、面会に来るつもりはなかっただろう。せいぜいその程度の罪悪感だ。

「いいんだ」メイソンは言った。「おまえは結婚して、子供もいる。前へ進まなきゃな」

「おれは行こうとしたんだ。ほんとうなんだよ。でも、サンドラが……」

ああ、サンドラが許さなかったんだろうよ、とメイソンは思った。そういうことか。家へ招き入れもせずに、こんなガレージに追いやったのもサンドラだ。いまごろ寝室で子供たちを胸にしっかり抱き寄せているんだろう。中へ踏みこんで、こう言ってやりたいくらいだ。おれは連邦刑務所で五年のつとめを終えてきたところだ。もっとっと延びてもおかしくなかった。それでもおれは、あんたの旦那《だんな》がかかわっていたことを、ひとことも漏らさなかった。ひとこともな。

「ジーナのことは聞いたよ」エディーが言った。「もう会ったかどうかはわからないけどな。再婚したことは知ってんだろ」

「そう聞いた」メイソンはまだ大きな痛手であることを悟られまいとした。ここまでずっと、冷静であろうとつとめてきた。しかし、そろそろ限界だ。ビールの缶を握る手に力をこめ、三つ数えた。

コールがメイソンのなかに見いだした〝規範〟とやら……。ブシドーの敬意とか、ブシドーの忠誠心とか……。そういうものを持ちあわせていることは、やはり珍しいのかもしれない。

「ほんとうにすまない」エディーが言った。「だが、おまえがぶちこまれてることなんか、すっかり忘れてたと思ってるんじゃないか？　それはちがう。おまえがぶちこまれて、おれはこっちで暮らしてるってことは、一日も頭から離れなかった」

メイソンは何も言わなかった。

「おれたちはガキのころから、ずっといっしょだった」エディーはつづけた。「ぶちこまれる前だって、おまえは何度おれを助けてくれたかわからない。おれは友達失格だよ。あんなにしてもらったのに」

「気にするなと言ったろ」

「ごめん、安っぽいメロドラマみたいだな。よし、乾杯しよう。おまえが出所したんだから」エディーは缶を高くあげた。「外へ出られたことに。自由な世界に」

メイソンは半ばおざなりに缶をあげた。ふたつの缶が音を立てた。なんのための乾杯だか、よくわからなかった。いまの状態がなんであれ、本物の自由ではない。キンテーロが言ったように、ただの移動だ。

「フィンに」メイソンはもう一度缶をあげた。

「あのいかれたフィンに」

また缶を合わせる。どちらもしばらく口をきかなかった。

「マクマナスを見かけたよ」ようやくメイソンが沈黙を破った。

「なんだと？」

「もう少しで轢《ひ》き殺してやれたんだがな。だれだかわからなくて、しばらく経《た》ってから思いだしたんだ」

「あの野郎がまだこの街にいたとはな。もし会ったら、生かしちゃおかない」

メイソンはビールを少し飲んだ。

「ばかげた話だよ」エディーが言った。「あの夜、あいつはまだサツが撃ちはじめないうちからバンを離れてた」

メイソンはうなずいた。あのときのことは何年も思い返した。

「あいつはブリッジポートには近づかないことだ。来たが最後、通りのど真ん中でぶっ殺してやる」

ああ、そうだろうよ、とメイソンは思った。サンドラと子供たちが見ている前でな。おまえはきっとやってのけるだろうよ。

「刑事のサンドヴァルにも会った」メイソンは言った。「覚えてるな」

「ああ」

「ひょっとしたら、何か訊《き》きにくるかもしれない。おれが出てきたから」

エディーは家のほうへ目をやった。サンドヴァルが玄関に現れ、サンドラが応対に出るところが頭に浮かんだのだろう。

「五年前、サンドヴァルはおまえに手を出せなかった」メイソンは言った。「いまだって、出せやしない。心配するな」

「そうだな」

エディーはビールをひと息に飲み、ガレージの床をしばらく見つめてから言った。

「それで思いだした。見せたいものがある」

缶を置いて立ちあがり、ガレージの奥から脚立を持ってきた。それを組み立てて、屋根裏へのぼっていく。おりてきたときには、段ボールの箱をかかえていた。開封して新聞の束を取りだす。いちばん上が《シカゴ・サン・タイムズ》だとわかり、二秒かそこらで、メイソンはこの束がなんなのかを理解した。これはすべて五年前の新聞で、港での事件に関する記事を集めてある。連邦捜査官の死。容疑者の逮捕。裁判所の前の階段に立って、捜査官の死を無駄にしなかったと報告するシカゴ市警察本部長。何もかも悪夢だ。

「エディー」メイソンは言った。「なぜこんなものを取っておいたんだ」

「おれにもわからないよ。だけど最近も、いやなことがあった日なんかに、この記事を取りだして、おまえがおれのために何をしてくれたのか思い返してた。なんでおれは女房や子供とこの家で暮らしてられるのか。おまえがおれを売らなかったからだ。なんでフィンは生きて帰ってこられなかったのか。これを見りゃ、ちゃんとわかる」

エディーは新聞をめくりながら、過去を思い起こしてかぶりを振った。

「持ってけよ」エディーは言った。「読みたかったら読んでくれ。燃やしたってかまわない。好きにしろ。ただ、おまえが持ってるほうがいいと思うんだ。おまえが出てきたんだから、おれにはもう必要ない」

エディーは新聞を箱へもどした。メイソンはビールを飲みほすと、テーブルに缶を置いた。

「もう行く。これ以上迷惑をかけたくない」

エディーは両手を伸ばし、またメイソンの肩をつかんだ。今回はそのまま引き寄せて抱擁する。「会えてよかった。まだ信じられないくらいだ」

「しっかりやれよ、エディー」

「聞いてくれ」エディーは目をじっと見て言った。「おれの助けが必要なときは、力になる。いつでも、どんなことでもだ。かならず駆けつける」

「わかった」

エディーはポケットから紙を出し、そこに電話番号を書きつけた。「ほら」渡しながら言う。「口先だけじゃないぞ、ニック。おまえには借りがある」

エディーはもう一度メイソンを抱きしめた。メイソンは新聞のはいった箱を持ちあげ、せまい庭を抜けて通りへ出た。窓へ目をやったが、こちらを見るサンドラの姿はなかった。

メイソンはカマロの後部座席に箱を置いた。それから運転席に乗りこみ、ブリッジポートをあとにした。

19

ローレンとの初デートのために落ち着きなく着替えながら、ニック・メイソンはキンテーロがディナーのさなかに電話をしてこないことをひそかに祈っていた。もし途中で立ち去るようなことになったら、つぎのデートはないだろう。

七時きっかりにペットショップに着いた。アルマーニのシングルスーツ。ワイシャツは白で、ネクタイはなし。ローレンは店じまいをしているところだったが、なぜかすでに着替えをすませて、薄手のワンピース姿だった。

「すてきだ」開口一番、メイソンは言った。

「ありがとう。さて、どこへ行くの？」

「ハルステッド・ストリートに車を停めて、少し歩こうか」

話しているあいだじゅう、マックスは前足でドッグゲートを搔《か》いていた。メイソンはそこへ行って頭をなでてやり、ローレンはマックスの鼻にキスをした。ローレンが立ちあがると、顔がぶつかりそうになった。ローレンはにっこり笑って、緊張を解いた。それからふたりで店を出て、メイソンのカマロに乗った。ローレンは車にくわしく、カマロに驚いていた。

「直すのにものすごくお金がかかったんじゃない？」

「おれにもわからない」

この答はさらに多くの疑問を残したらしく、ローレンは不可解な男だと言いたげな目を向けてきた。メイソンは車のギアを入れ、通りを進んでいった。駐車場に車を停め、ハルステッド・ストリートを北へ歩く。建ち並ぶ煉瓦《れんが》造りの建物は、一階が店舗やレストラン、その上が住居になっている。なんだか変な感じだ、とメイソンは思った。この通りはシカゴを南北に貫いている。南へくだって、シカゴ川を渡り、ブリッジポートを抜けると、カナリーヴィルの西端に出るが、そこまで行くとハルステッド・ストリートは少し幅広のただの道路で、片側には草深い空き地、反対側には地味な建物があるだけだ。まるで、通りの名前だけが故郷を思いださせる別の街に来た気分だ。

高架下を歩いているとき、ちょうど列車が上を通過した。少し先で通りの東側に一軒の店を見つけ、中へはいった。こういう機会にふさわしい店らしい――バーカウンターとテーブル席があり、鼻につかない程度によい雰囲気で、ほどよく混んでいる。受付係は、バーで少し待ってくれればテーブル席を用意すると請け合った。

メイソンはグースアイランド・ビールを頼んだ。ローレンも同じものを注文した。

席につき、ボトルを合わせて乾杯すると、またぎこちない沈黙が訪れた。バーで隣りあった女を相手に会話をはじめたのがいつのことだったか、メイソンには思いだせなかった。

　ジーナと出かけた数々の夜が脳裏によみがえる。寄り添っていれば、ことばは要らなかったものだ。そして家に帰ってからは……。

　やめろ、とメイソンは自分に言い聞かせた。それ以上進むな。気が変になるぞ。

「ところで、店にはマックスだけなのか」ついにローレンに話しかけた。なんでもいいから、どんなことでもいいから、話したい。「毎晩そうなのか」

「だいじょうぶよ、猫もいるし。夜のあいだ、番をしてくれてる」

「マックスがうちに来たら、店はどうなるんだ。番犬がいなくなる」

「しばらくは慣れないでしょうね。でも、マックスに新しい家ができるんだもの。ぜったいに必要よ」

「マックスはタウンハウスを気に入ると思う」メイソンはダイアナのことを考えた。先にことわっておくべきだったかもしれない。

「いつかわたしも、マックスに会いにいけるのかしら」ローレンは恥ずかしげに微み、メイソンは返事を口にしかけたが、そこへウェイターがやってきて、ふたりをテーブルへ案内した。

メニューを置いてキャンドルをともすと、ウェイターは去っていき、ぎこちない沈黙がもどった。

「ずっと訊《き》かないようにしてたけど」ローレンが切りだした。「リンカーン・パークのタウンハウスに住んで、年代物のカマロを乗りまわすなんて、いったいなんの仕事をしてるの?」

「レストランの副支配人をしてる」

ローレンは驚いたようだった。「どこの?」

メイソンはレストランの名前を度忘れして、一瞬答に詰まった。おかしいな、忘れちまったよ、なんて、最高の口説き文句とは言えまい。

「〈アントニアズ〉だ。ラッシュ・ストリートの」

「仕事はどんな感じ? 高級レストランをやってくのって、大変そうだけど」

「なんとかやってるよ」

ローレンはうなずいて、ビールを口にした。

メイソンはひと息にビールをあおった。「あのな」ボトルを置いて言う。「言わなきゃいけないことがあるんだ」

ローレンはテーブルに両肘《りょうひじ》を突いて身を乗りだし、メイソンのことばを待ち受けた。

「実はおれ、連邦刑務所にいたんだ。最近出てきた。レストランの副支配人というのは嘘じゃない。でも、はじめたばかりなんだ」

「そう」ローレンはゆっくり考えてから言った。「刑務所から出てすぐ、街の一流レストランに就職したわけ？」

「判決が覆されたんだ」

「ああ」ローレンは顔を輝かせた。「たしかに、それなら話は別ね。たまに新聞で見かける。何もしてないのに拘置所に入れられて、何年も経《た》って釈放されたって」

「拘置所じゃなくて、刑務所だけどね。でもまあ、そうだ」

「拘置所、刑務所。何がちがうの？」

「入れられてる時間の長さだ」

「あなたはどれくらい？」

「五年」

「無実の罪で、五年も刑務所にはいってたの？　それ、償ってもらえるのかしら。賠償金とか」

「いや」

「ひどい。人生の五年を失ったのよ。ちゃんと償うべきでしょ」

「無理だろうな」

「なんの罪だったの？」

メイソンは言いよどんだ。

「強盗だ」

「現場にいたと思われたのね。人ちがいで」

「そんなところだ」

「無実なのに、そんな大変な目に遭うなんて。想像もつかない」

「毎日おつとめするまでだよ。時間との闘いだ」

こういうのはまずい。女に対して、こんなふうに嘘をつきつづけるなんて。今夜ひとつ嘘をつけば、つぎも嘘を重ねるしかない。そんなことにいつまで耐えられるというのか。

いったい何を考えてたんだ？　ふつうの男として、ふつうの恋愛ができるとでも？

「どんな毎日だったの？　いろいろ耳にはするけど……」

「刑務所には三種類の人間がいる」メイソンは言った。「塀の外へ出たい人間、出たくない人間、ぜったいに出られないと知っている人間。日数をかぞえてもしかたがない。ただ静かにやり過ごすんだ。だれとも組まず、借りを作らずに。自分がすべてだ。頼れるのは自分しかいない」

ローレンはふたたびテーブルに身を乗りだしていた。体の伝える表情が変わっている。メイソンはジーナがずっと前に言ったことを思いだした。男はいい女が自分のためだけに悪くなってくれるのを望むけれど、女は悪い男が自分のためだけによくなってくれるのを望む。表向きには、メイソンは前科者ではない。もしかすると、だからこそいいのかもしれない。悪い男だが、悪すぎはしないというのが。

ローレンは何もわかっていない。

ふたりは食事を注文し、もう二、三杯飲んだ。食べ終わると店を出て、生あたたかい夜気のなか、ハルステッド・ストリートを散歩した。数ブロック先のバーで、バンドがブルース・スプリングスティーンの曲を演奏しているのが聞こえ、メイソンは歩をゆるめた。

ローレンが気づいた。「どうしたの？」

「この曲、好きなんだ」メイソンは言った。

「わたしもよ」

「へえ。じゃ、はいってみようか」

「賛成」

ふたりはもう少し飲んだ。立ったまま体を寄せ合って耳を傾けていると、バンドはメイソンの好きな懐かしい曲をつぎつぎと演奏した。〈明日なき暴走〉、〈涙のサンダーロード〉、それから少しテンポを落として〈ミーティング・アクロス・ザ・リバー〉。ローレンをそばに感じているのは心地よかった。

十二時を過ぎ、駐車場へもどった。歩きながら、メイソンはローレンの肩が腕をかすめるのを感じていた。

「店まで送ろうか」

ローレンは一瞬ためらってから答えた。「あそこに車はないの。行き帰りは、たいてい電車だから」

「そうか」メイソンは言った。「なら、家まで送る」

車に乗りこみ、住まいを尋ねる。

「スタジアムのすぐそばよ」

「リグリー・スタジアム？」

「そう。二ブロック先」

「カブスのファンなのか」

「いけない？」

「せっかく仲よくなれそうだと思ったのに」メイソンは車を出した。

レイクヴュー地区を抜けて、リグリーヴィルをめざす。スタジアムが大きく見えてくると、メイソンは首を大きく左右に振った。ローレンは声をあげて笑った。

車からおりると、ローレンはメイソンの先を進んで煉瓦《れんが》造りの古い建物にはいり、せまい階段をあがって、部屋へと導いた。メイソンはドアの前でローレンを自分のほうに向かせ、キスをした。ローレンは首に腕をまわし、キスを返した。

「どのくらいご無沙汰《ぶさた》なの？」ローレンはささやいた。

「長いことだよ」

「どのくらい？　教えて」

「五年」

「もう一度言って。どのくらい？」

「五年だ」

「さあ、見せて」ローレンは言った。「五年ぶりがどんな感じか」

メイソンはローレンを抱きあげて、寝室へ運んだ。互いの服を脱がせあい、体をしっかり寄せる。扇風機の風が部屋じゅうに行き渡り、メイソンの背中を冷やした。

メイソンはゆっくりと事を進めた。ローレンをベッドに横たえて、体にふれ、女の感触を思いだす。うなじ。胸。腹。長い脚。ゆるやかにくびれた腰。

ローレンの香りを吸いこみ、ローレンを味わう。ついにメイソンがはいっていくと、耳もとでローレンが小さくあえいだ。五年間抑えつけられていたものが、ついにメイソンのなかで融《と》けはじめた。

ローレンの両手をつかみ、枕の上で押さえて組み敷く。熱情がメイソンの全身を貫いてローレンへ伝わり、また返ってきて、いよいよ耐えがたいほどになった。五年間の欲望。五年間の渇仰。いまにもはじけそうだ。

メイソンはローレンをきつく抱きしめ、窓の外にある世界のすべてを締めだそうとした。

モーテルの部屋で警官を殺す男は、ここにいない。その男の過去は、ここにない。その男がしたことも、これからせざるをえないことも、ここにはない。

今夜、自分はほかのだれかだ、とメイソンは心のなかで言った。この数時間だけ、別の人生を生きられる。メイソンは会ったばかりの女をもう一度強く抱き、さらに体に力をこめた。

翌朝、ローレンが目を覚ますと、隣は空っぽだった。しかし、淹《い》れたてのコーヒーの香りが漂っていて、ほどなくニック・メイソンがマグをふたつ持って寝室に現れた。もう身支度をすませている。

「クリームと砂糖入り」メイソンは言った。「好みだといいが」

ローレンは体を起こし、シーツを引きあげて胸まで覆った。「ありがとう」

「電話がはいったんだ」メイソンは言った。「行かなきゃいけない」

指示は簡潔だった。同じ場所に八時半。

「あなた、結婚してるの？」

「いや」メイソンはブラックコーヒーをひと口飲んだ。

「わたしの知ってる独身の男たちは、急いで出かけなきゃいけないときに、わざわざコーヒーを淹れてくれたりしないけど」

「結婚してないよ、ローレン。あっちへはいる前はしてたけど、いまはしてない」

「そう」

「つぎは朝食を作ってやる」

「つぎがあるの？」

「あるさ」メイソンは腰をかがめてキスした。

ベッドルームを出て、マグをキッチンの流しに置く。玄関のドアを閉め、階段をおりて、通りへ出た。暑い朝で、ますます暑くなりそうだ。

また嘘をついてしまった。これからもつくだろう。電話が鳴るたびに。

太陽の光に目を細めながら、車を探そうとしたとき、背中にずっしりとした手を感じた。

「よう、ニッキー」

振り返ると、そこにいたのはジミー・マクマナスだった。

20

自分が刑務所送りになったのも、友が命を落としたのも、この男のせいだ。ニック・メイソンは口をきくのも不快だったが、ジミー・マクマナスは強引だった。

きょうのマクマナスは、悪党然とした黒ずくめのいでたちではない。グレーのリブ織りのタンクトップときつめのジーンズを身につけている。とはいえ、間抜け面は変わらず、薄くなった髪を後ろでポニーテールに束ねているのも、前と同じだ。あのミラーサングラスは額の上にあげていた。

「この前、おまえを見かけたと思うんだが」

「その手をどけろ」マクマナスの神経が張りつめているのが体の奥から熱線のように伝わってくるのをメイソンは感じた。こんなふうに敏感だからこそ、バンが撃たれたときもこの男は助かったのだろう。

「おい、そうかっかすんなって」マクマナスは両手をあげた。「ちょっと話したかっただけさ。落ち着けよ」

「尾《つ》けてたのか」

「たまたまこのあたりにいたのさ」マクマナスは脇をまわって、メイソンの前に立った。「会えるなんて、きょうは運がいい」

メイソンは返事をせず、マクマナスがさっさと消えるのを待った。

「なあ、いいか」マクマナスが言った。「最後に見たのは、おまえがムショ送りになるときだったよ。釈放されるのは気が遠くなるくらい先で、宇宙戦士キャプテン・ロジャース（TVシリーズの主人公。冷凍冬眠状態で宇宙を五百年さまよう）並みだったな。それでもおまえは、ムショの安魚の缶詰だかを食いつづけて、ひとことも口を割らずにつとめあげた。見あげたやつだよ、ニッキー。おれだって同じようにしたろうけどな」

メイソンはこの男を避けるのをやめた。「一秒やるから、ここから失せろ」

「おい、ニッキー。待てよ」マクマナスは片手をあげたが、メイソンの胸にふれる寸前で止めた。

「一」メイソンは言った。

「おれはまだつながってんだよ、ニッキー」マクマナスは重大な秘密を打ち明けるかのように声を落とし、通りを見まわした。「この街を仕切ってる連中と」

「二」

マクマナスはあとずさった。「おれはただ、おまえの腹の内を知りたかっただけさ。どうやって出てきた？　何をやらかすつもりだ？」

「まあ、そんなところだよ、ニッキー。それって、まずいだろ。自分の人生にほころびがあるのはご免だよ。おまえはほころんだ糸の先にぶらさがってる」

「不安なのか」

メイソンはマクマナスを上から下までながめた。もしほんとうにそれなりの立場にあるなら、〈マカロニ野郎のニュージャージー・ライフ〉に出てくる筋肉男みたいな、ばかげた恰好《かっこう》はしないだろう。清潔で品のある身なりをして、こんなふうに無駄口を叩《たた》くこともないはずだ。

「一度だけ言う」メイソンは言った。「あとは、もう二度と顔も見たくない。どこへでも行ってくれ。おれは五年つとめた。そのあいだ、おまえのことを吐かなかったし、これからも吐くつもりはない。エディーがいるかぎり、あいつを巻きこむような真似はしないつもりだ。だから、エディーが長生きしてくれるよう祈ることだな」

「そう言われても、不安なんだよ。もうちょっと安心させてくれねえか」

「おまえの安心なんか、くそ食らえ」メイソンはマクマナスを押しのけて歩きだした。

「またな」後ろからマクマナスの声がした。

キンテーロは機嫌が悪かった。メイソンがまた遅刻したからだ。

「つぎからは〝迅速〟を心がけろ」キンテーロはメイソンが公園に着くなり言った。

「遅れるのは今回が最後だ」

キンテーロの背後の湖面には、この前と同じく百艘《そう》ものヨットが停泊していた。ずいぶん前に霧が晴れ、シカゴの完璧《かんぺき》な夏の一日になっている。雲ひとつないコバルトブルーの空、陽光にきらめく湖。

天からの贈り物のような日だった。でも、自分はここにいる、とメイソンは思った。この一日をこんなふうに過ごさなきゃならない。

「ちょっと邪魔がはいったんだ」メイソンは言った。「おれが出てきて、みんながみんなパーティーを開いてくれるわけじゃない」

「何か問題でも？」

「あったら知らせる」

「服はいつでもそろえておけ」キンテーロは言った。「電話を切るころには、すぐに外へ出られるように」

メイソンはうなずいた。

キンテーロは首を振って、シャツの後ろをまくりあげた。メイソンは一瞬、逆らいすぎたせいで頭をぶち抜かれるのかと思ったが、キンテーロが取りだしたのは銃ではなく、マニラ封筒だった。

「最初のテストは合格と言っていいだろう」キンテーロは言った。「助けを借りながらだがな。こんどはもっとむずかしい」

メイソンは封筒を受けとり、中を見た。紙が二枚。一枚は警察で撮られた上半身写真だ。正面と横から。黒人で、名前の書かれたボードを持っている。タイロン・ハリス。髪は短く刈りこまれ、小さな口ひげを生やしている。落ち着き払った静かな表情で、ほんの少し不機嫌そうだ。二枚目には、シカゴにある店の名前と所番地が連なっていた。クリーニング店、酒屋、電器店、そのほか五、六店。

「ハリスはジェイムソンがあのモーテルで会おうとしていた相手だ。どこに住んでるかは知らないが、これはハリスがかかわってる店のリストだ。本人の店か、多少とも経営にからんでるか」

「おれの仕事は？」

「やつを見つけだして」キンテーロが言った。「監視しろ」

それで終わりのはずがない。尋ねるだけ無駄だ。

「こいつがモーテルの部屋で、あの刑事と会うとわかってて」メイソンは言った。「両方とも消すつもりなら、なぜあのとき待たなかったんだ。まとめて始末できたかもしれないのに」

自分がこんなことを言うなんて、とメイソンは思った。いままでは、こんなふうに物を考えてるってことか。

「ハリスは少なくとも四人の手下を連れてくる」キンテーロは言った。「五人かもしれない。ふたりはハリスと部屋にはいり、ひとりはドアで見張る。もうひとりは駐車場だ。外の通りにもうひとり立たせることもある。やつがまだ生き残ってるのは、用心深いからだ。新たな取引相手があんな目に遭ったとなると、ますます用心深くなる。まず見つけだせ。見つけたら、おれの携帯にかけて、やつの動きを知らせろ」

キンテーロは立ち去りかけて、足を止めた。「もうひとつ。もしおまえに付きまとってる屑《くず》が厄介なら、それも知らせろ。おまえの問題はおれの問題でもある」

「たいしたやつじゃない」

キンテーロは不快そうにかぶりを振った。「たいしたやつじゃないかどうかは、おれが決める」

「サンドヴァルのほうが気がかりだ」メイソンは言った。

「なぜただの刑事がこんなに早くおまえのことを嗅《か》ぎつけたんだ」

「個人的な事情だよ。前にいろいろあった」

「大事な仕事だ。邪魔をされるんじゃないぞ。一瞬たりとも」

メイソンは湖面を見やった。

「さあ、仕事にかかれ」キンテーロは言った。

そして歩き去った。

21

ニック・メイソンはフランク・サンドヴァルに尾《つ》けられていることに気づいていた。サンドヴァルはそれを望んでいるらしく、少なくともきょうは監視していることを隠そうとしていない。追いつめてミスを犯させたいのだろう。

メイソンはサイドミラーに映る青のセダンを見つめた。黄信号を走り抜けて、撒《ま》こうとする。振り切ったと思ったが、また現れた。自分の目には同じ車に見える。もう昼近くで、交通量が多く、青のセダンはいたるところにある。

一ブロックをぐるりとまわって、後ろを注意深く見張ったが、車が多すぎてよくわからなかった。

そのとき、いいことを思いついた。

メイソンはラッシュ・ストリートを走って〈アントニアズ〉の前に着いた。正面の駐車スペースから、ちょうど車が一台出ようとしていた。運転席の男はのんびりと車に乗りこんで、エンジンをかけ、携帯電話で話すか何かしている。メイソンは道の真ん中で、後方からのクラクションを無視しつつ、その車が出ていくのを待った。

車がようやく出ていくと、メイソンは空いた場所に駐車した。だれの目にもつきやすい場所だ。メイソンを探してここまで尾けてきたら、停めてある車を見て、店内にいると思うにちがいない。

メイソンは正面のドアからはいって、ダイアナを呼びだした。早めの昼食の客たちが席につきはじめているが、まだあまり忙しくない時間帯だ。ダイアナは事務所から出てくると、メイソンの姿を見て、少し驚いた顔をした。前とは別の黒っぽいビジネススーツに、ラベンダー色のブラウスを合わせている。色がよく似合っていた。

「どうしたの」ダイアナは言った。「何かあった？」

「車はどこに停めてあるんだ」

「脇の駐車場よ、いつもみたいに」

「それを動かしてくれないか」メイソンは言った。「どこかへ出かけるふりをして、そのへんを走ってくるんだ。少なくとも二、三ブロック。ラッシュ・ストリートから離れて、ぐるっともどり、レストランの裏に停めてくれ」

「いま、ちょっと忙しいんだけど。これはわたしの店よ」

「とにかく頼むよ。終わったら仕事にもどっていいから」

ダイアナが出ていくと、メイソンはバーカウンターで帰りを待った。バーテンダーが何か飲むかと尋ねた。きょうは気を抜けないメイソンは、要らないとことわった。

尻《しり》ポケットにたたんで入れてある封筒から中身をすべて取りだし、例の男の顔をしっかり記憶する。それから、店名と所在地のリストに目を通し、頭のなかにある市内の地図にひとつひとつ場所をあてはめた。

ダイアナがもどったのは予想より数分あとだったが、それも悪くないのかもしれなかった。何事にもていねいに取り組んで、横着をしないという証拠だ。ダイアナは厨《ちゅう》房《ぼう》からはいってきた。

「いったいどういうことか、説明してもらえる?」

「車のキーをくれ」メイソンは言った。「だれかがおれを探しにきたら、携帯に連絡するんだ。出かけてるとは言うなよ」

ダイアナはじっとメイソンを見た。「なるほどね。だれか来たら、あなたは奥で何かしてるって言っておく。事務所で電話してて、ちょっと時間がかかりそう、とかね。ごまかしておいて、そのあいだに連絡する。帰ってくるかどうかはあなたが決めればいい」

「斬新なアイディアだと思ったんだがな」

ダイアナからキーを受けとると、メイソンはレストランの裏手の路地へ出た。黒いBMW-M5が停まっている。コールはよほど黒い車が好きにちがいない、と思った。あるいは、ダイアナが自分で買ったのかもしれない。

車に乗り、エンジンをかける。路地へ出たあと、ラッシュ・ストリートから離れて西へ向かった。しばらく近くの脇道を走ってから、進路を南へ変える。リストのほとんどの所番地はサウスサイドだったので、見つけるのがたやすいのはわかっていた。リストは助手席に置かれていて、バーカウンターで待っているあいだに、所番地の隣に番号を振ってある。最初がここ、つぎにそこ、そのつぎはあそこ。要領よくサウスサイドを一周する大きな円を描くつもりだ。逆もどりしないように。無駄な動きがないように。

最初はアヴァロン・パークだった。リストの場所へ行ってみると、レストランがあった。〈ワン・ハート〉は〈アントニアズ〉とはまったく別世界と呼ぶべき街角のささやかな店で、手軽なカリブ海料理を出しているらしい。ちょうど昼食どきで、おおぜいがドアの外に列をなしている。うまいジャークチキンがあるにちがいなく、それを思うと腹が減ってきた。だが、車からおりるなんて、とんでもない。ＢＭＷに乗った白人など、すぐに気づかれて顔を覚えられてしまう。

メイソンはその店に出入りする人々を観察し、通りを行き交う車を観察した。やがて路肩から車を出し、つぎの目的地へ向かった。

そこは通りを数本隔てたところにある床屋だった。地域住民のたまり場らしい。ふたつの理容椅子に客がすわり、白いシャツ姿の理容師がふたり、それぞれに会話を交わしつつ鋏《はさみ》を動かしていた。壁と正面の窓沿いには六脚の椅子が並び、男たちが順番を待ちながら、雑誌をめくったり、冗談を飛ばしあったりしている。通りかかったついでに、ひとこと声をかけてすぐに立ち去る者もいる。メイソンはしばらくその様子を見守った。

それから、ローズランドの酒屋へ移動した。どこにでもありそうな、ごくふつうに繁盛している酒屋だ。メイソンは店の外に車を停め、このやり方でいいのかと悩みはじめた。とはいえ、どの店であれ、直接あれこれ尋ねるわけにもいかない。

つぎはワシントン・ハイツへ向かい、小さな雑貨店へ行った。食料品から法外に高いトイレットペーパーまで、なんでも取りそろえた店で、車を持っていないが、買い物袋をいくつも引きずってバスに乗る気もないという手合いが客として集まっている。メイソンはもはや車を停めて見張る気もなかった。少し先にマクドナルドを見つけ、ドライブスルーへ直行した。

最後に、リストのいちばん上に載っていた店へ向かうことにした。どのみち、ノースサイドへ帰る途中にある。エングルウッド地区にはいると、ダライアス・コールの話を思いだした。コールはこのあたりで育ち、街角で何もかもをはじめたという。

その店はコインランドリーだった。コールの身の上話に、麻薬で稼いだ金を洗浄した店のことが出てきたが、ここがまさにその店かもしれない。

洗濯機の熱で薄く曇った窓越しに、すべてが見えた――十人ほどの若い母親や数人の老女が洗濯が終わるのをすわって待ち、子供たちが店内を走りまわっている。

そのとき、車に気づいた。

クライスラー300――車体は黒で、汚れひとつない。旧型のキャデラックによく似た、角ばった高級セダンだ。通りの半ブロック先に停まっている。車内は見えなかった。距離がありすぎるし、窓のスモークもずいぶん濃い。しかし、運転席にすわる男の影がぼんやり見える気がした。

やつの車だ、とメイソンはつぶやいた。まちがいない。つまり、タイロン・ハリスはこの近くにいる。

フランク・サンドヴァル刑事はラッシュ・ストリートをはさんだ反対側に停めた車のなかから、レストランの前の黒いカマロを見ていた。助手席に置いた手帳に目を落とす。そこには、公園で見かけたエスカレードのプレートナンバーが書き留めてあった。噴水脇でメイソンと会った男がそれに乗ろうとしたので、すばやくナンバーを控えてから、メイソンのあとを追ったのだった。

サンドヴァルは無線機をつかんで、そのナンバーについて問い合わせた。すぐに返答があった。車の所有者はマーコス・キンテーロ。令状執行なし、近年の逮捕歴なし。

何年も前にウェストサイドのギャング団ラ・ラーサに属していたという記録はあるが、最近は警察沙汰《ざた》を起こしていない。

サンドヴァルは無線を切り、どうやったらギャング団の一員がそんなに長く逮捕されずにいられるのかをしばし考えた。ギャング団を抜けられるはずがない。ラ・ラーサはラ・ラーサとして生涯を過ごす。

車がつぎつぎ通り過ぎていく。停まったままの無人のカマロを見張りつづけて、一日が無駄に終わろうとしていた。そのとき、呼びだしの無線機が鳴った。

サンドヴァルは当惑し、眉《まゆ》をひそめて送話器をとった。相棒が問題を起こしたこともあって、もうすぐ早番勤務に変わるが、いまはまだ遅番だ。いったいだれが自分を探しているのだろう。

「サンドヴァル刑事、至急ホーマンへ向かってください」無線係が言った。「SISのブルーム部長刑事がお呼びです」

メイソンが十分ほど待ったころ、三人の男がコインランドリーから出てきた。両端のふたりは屈強そうで、刑務所にいたダライアス・コールの護衛たちを思いださせた。どちらも黒いTシャツ姿だ。ひとりは黒いトレーナーパンツ、もうひとりはゆるいジーンズを穿《は》いている。

中央にいるのがタイロン・ハリスだ。顔写真を取りだすまでもなく、すぐにわかった。両隣の男と比べると、ずいぶん小さく見える。白い夏用のドレスシャツの裾《すそ》をグレーのスーツズボンの上に出し、肩からノートパソコン用のバッグをさげている。

これから殺すのはこの男か。そんな考えがいともたやすく心に浮かぶのに驚いた。しかし、それは単純にして厳然たる事実だ。タイロン・ハリスはおのれの命が尽きていくのを知らずに歩いている。

なぜあの男が標的であるのかを知ったほうがいいかもしれない、とメイソンは考えた。自分のためにも少しばかり調べよう。うまくいけば、暗殺リストにあと何人載っているのか、手がかりがつかめる。

三人が車に着くと、護衛のひとりはハリスといっしょに後部座席に乗りこんだ。もうひとりは助手席にすわる。車は走りだした。メイソンも数秒遅れで出発し、それからUターンをした。南へ向かう一行の車の半ブロック後ろからついていく。

到着した先はワシントン・ハイツの小さな食料品店だった。いま自分が通ってきた環状のルートを逆にたどるのだろう。ハリスと護衛ふたりは店内へはいっていった。ハリスはまだあのパソコン用バッグを肩にさげている。自信に満ちたゆったりとした足どりは、ありとあらゆるものを所有していると言わんばかりだ。ほんとうにそうなのかもしれない。護衛たちのほうは、怪しげなものはないかと、通りのあちらこちらへ目を光らせている。

三人はほんの数分しかその店にいなかった。出てきたとき、前を歩く護衛をメイソンはしっかり観察した。腰のあたりまで垂れたTシャツの右側がわずかにふくらんでいる。ベルトに拳銃《けんじゅう》が差してあるにちがいない。

二番目の護衛の様子はよく見えなかった。つぎの目的地まで待たなくてはならない。

ハリスの車が出発して、メイソンもあとを追おうとしたそのとき、食料品店の主人が表に出てきた。棒のように痩《や》せた黒人で、白髪が薄くなりかけている。煙草に火をつけ、通りの熱気に包まれたまま、大きく息を吐く。煙草をひと吸いした手は震えていた。

ハリスの車はローズランドへ向かった。あの酒屋へ行くのだろうと思ったが、酒屋ではなく、別のコインランドリーだった。三人が車からおりたとき、二番目の護衛の全身がはっきりと見えた。Tシャツからズボンの左脚にかけて、大きく盛りあがっている。

冗談だろ。あれは短銃身のショットガンだ。

護衛たちはハリスの両脇を固めていた。ハリスはあのパソコン用バッグを手放すつもりがないらしい。まさに二十一世紀の事業主であり、以前聞かされたコールの身の上話を考えあわせると、ハリスがコールの青写真を護衛に至るまでそのまま模倣しているのは明らかだった。高額を動かす合法的なビジネスに参入し、そこで土台を築く。勝手を知る場所、受け入れてもらえる界隈《かいわい》からはじめて、勢力を拡大していく。

なぜこの男が標的にされたのか、徐々にわかってきた。

唯一驚いたのは、ハリスみずからが出向いて、このような集金をしていることだった。手下にまかせてもよさそうな仕事だ。あまり信用していないのかもしれない。何事にも直接かかわらないと気がすまない性格なのかもしれない。

あるいは、ほかの場合も考えられる。たびたび街に出て、妙なことを見聞きした者がいないかと探っているのかもしれない。

ハリスが車にもどると、メイソンはキンテーロに電話をかけた。

「とっくに報告があるものだと思ってたが」キンテーロが言った。

「見つけるのに、ちょっと時間がかかった」メイソンは言った。「いま尾行してる」

「撃てそうな距離か」

「ばかを言うんじゃない。やつはいつもふたりの護衛をはべらせて、両方とも武装してる。ひとりが持ってるのは短銃身のショットガンだ。車には運転手もいる。このぶんだと、そいつはバズーカ砲を装備してるだろうな」

「監視をつづけろ」キンテーロが言った。

そして通話が切れた。

メイソンは携帯電話を助手席へほうり投げ、運転にもどった。

これは昔していたことの繰り返しだ。車のなかでしっかり目をあける。待つ。見張る。退屈すると注意が散漫になるから、つねに気を引きしめる。仕事のときは、ずっとそうしてきた。

だが、いまの仕事は人殺しだ。待ち、見張るのは、撃つ角度を探り、相手の数を知るためだ。まずはショットガンの男を始末しなくてはならない。つぎに拳銃の男。運よくふたりを片づけることができたら、第三の男が車から出てくるだろう。あるいは、ハリス自身も何か持っているかもしれない。小型で軽量の武器を。持っていなかったら、かえって驚きだ。

ここでは撃てない、とメイソンは心のなかで言った。相手がひとりのときでないと無理だ。


シカゴ市警ホーマン・スクエア署は、市の警察官たちからは単に〝ホーマン〟と呼ばれている。かつてはシアーズ社の倉庫で、社の本拠として使われていたほかの古い建物とともに九〇年代に改修され、シカゴで最も大きな警察施設になった。赤煉瓦《あかれんが》造りの要塞《ようさい》には、組織犯罪対策部のあらゆる課――麻薬取締、非行防止、ギャング団規制、資産押収など――がはいっていて、さらには科学捜査部や証拠資料管理部もここにある。事件の証拠を公判の日まで保管したり、イリノイ州警察の鑑識へ送ったりするために、サンドヴァルもたびたび証拠資料管理部を訪れていた。

SISがこの建物にはいっているのは、実に理にかなっている。ここにいれば、階下の麻薬取締課から優秀な捜査官を引き抜けるし、有能な人材をほかのどの課からでも見つけられる。SISのオフィスはもちろん最上階にあり、東側にある大きな窓から市街を見渡せる。

このオフィスを拝めたシカゴの警察官は、ほとんどいない。きょうサンドヴァルはその機会を得たが、少しもありがたくなかった。

サンドヴァルがエレベーターで階上へあがると、長い廊下の突きあたりにドアがあった。〝特別捜査課〟というプレートが掲げられている。小さな待合室にはいり、ブルームに面会に来たと受付嬢に告げた。赤毛の魅力的な女だ――SISは受付にとびきりの美女を置くことさえできるらしい。受付嬢はすわって待つように告げた。

ここは警備の行き届いた警察署だ――警察官でなければ、あるいは警察官に連れてこられなければ、この階まで来ることはできない。とはいえ、せまい待合室で硬い木のベンチで待たされるのは、まるで食事代をせびりにきた街の情報屋になった気分だった。仕切りのカウンター越しにSISのオフィスが見え、そこかしこに机が固めて置かれているのがわかった。十人ほどの捜査官が机のあいだを歩きまわったり、電話で話したりしている。SISの制服はオーダーメイドの高級スーツらしい。みな、上着は椅子の背にかけて、ワイシャツにネクタイのいでたちで、サスペンダーをしている者が何人かいる。

オフィスを満たすエネルギーを、サンドヴァルは否応なしに感じさせられた。男性ホルモンにあおられた熱気が、嵐の前の空電のように充満している。

そのとき、一同のなかでじっとたたずむ男の姿が目に留まった。上着は身につけていて、大きな格子窓のそばで夏の日差しへ目を向けている。

わざと待たせているのか。この街でいちばんの刑事たちが集う場の空気を吸わせようというのだろう。

血圧があがるのを感じながらサンドヴァルが待っていると、ついにその男が向きを変え、歩いてきた。ブルーム部長刑事はきょうも皇帝さながらの足どりで、冷たい灰色の目は高みから世界を見おろしているかのようだ。さらに近寄ると、ベルトの銀の星ふたつの下に小さな黒いリボンが見えた。

この部署の全員が着用しているのだろうか、とサンドヴァルは思った。ジェイムソン部長刑事を偲《しの》んで。

「サンドヴァル刑事」ブルームがカウンターのドアをあけて言った。「はいってくれ」

サンドヴァルはブルームを追って、オフィスを進んでいった。あたりにすばやく目を走らせると、三つの掲示板に写真が何枚も貼ってあるのが見えた。上半身写真や、望遠の偵察カメラで撮ったらしい写真だ。机のあいだを歩いていくサンドヴァルに全員の目が向けられていた。呼びだされた部外者を観察して、それぞれに値踏みしている。

「ここで話そう」ブルームは面談室へと導いた。そこはほかのすべての場所と同じく、中央地区のどこの殺人課にある面談室よりも新しく清潔だった。ブルームはドアを閉め、サンドヴァルが机の片側につくのを待った。それから向かいに腰かけた。

「きみの時間をこれ以上無駄にするつもりはない」無駄になったのは自分自身の時間だと露骨に伝える口調で、ブルームは言った。「きみがある車のプレートナンバーについて問い合わせてきたと、きょう部下から聞いてね」

「プレートナンバーについて問い合わせた警察官。こいつは驚きですね」

すわっていてさえ、ブルームはサンドヴァルを見くだしているようにみえる。表情は変わらない。「なぜその車の持ち主に興味を持ったんだ」

そこらじゅうに耳があるのか、とサンドヴァルは思った。こちらが無線で一分やりとりしただけで、すべてをつかんでいる。こんな騒ぎになるとわかっていたら、自分はやり方を変えていただろうか。

いいや、おそらく変えまい。

「ここではもっとましな仕事はないんですか。日がな一日、ただすわって無線に耳を傾ける以外に」

ブルームはじっと目を凝らした。「言っておくが」閉ざされたドアのほうへ顎《あご》をしゃくる。「われわれは今年度だけで計四百ポンドのヘロインを押収した。銃器に至っては数えきれないほどだ。証拠保管室まで行って確認するか？」

「おことばを信じましょう」

「本部長に直接申請すれば、われわれはいつでも望みどおりの事件を扱える」

サンドヴァルはあのモーテルの部屋ですでにそれを目のあたりにしていた。あのときブルームは、ジェイムソン殺害事件の捜査はSISが引き継ぐと宣言した。それは絶対の命令で、しかもシカゴ市警察本部長がじきじきに発したものだ。SISが担当する事件からは手を引くしかない。主張も請願もいっさい認められず、話しあいの余地はない。SISが要求すれば、事件はSISのものになる。

だがメイソンだけはなんとしても渡したくない、とサンドヴァルは思った。これはただの一事件ではない。それ以上の意味がある。

「あのエスカレードに乗っている男」サンドヴァルはブルームの目を見据えて言った。「マーコス・キンテーロです。わたしの担当事件にそいつがからんでいるとお考えでしょうか。そして、この件をSISで扱いたいと」

「きみの担当事件のことなど知らない」ブルームは言った。「だが、殺人課の刑事たちがいつも手いっぱいなのは知っている。キンテーロにはたまたま前から目をつけていたんだ」

「なぜですか」

ブルームが答を探すのをサンドヴァルは見守った。

「興味があるからだ」ブルームはついに答えた。「それしか言えない」

サンドヴァルは少し間を置いた。どう渡り合うかを決めなくてはならない。「わたしが見張っていたのは別の男です。そこへキンテーロが現れた。何者なのか気になった。それだけです」

ブルームは椅子の背にもたれていた。何も言わない。

ここは自分も口を閉ざすべきところだ、とサンドヴァルは自分に言い聞かせた。待ちつづけて相手の出方を見る。そうすれば知りたいことはすべてわかるだろう。

「部下をふたり連れてくる」ついにブルームが口を開いた。「それから話しあいをつづけよう」

自分は別の男を見張っていたと言った。しかしブルームはだれを見張っていたのかとは尋ねなかった。

だれなのかを知っているからだ。

サンドヴァルが立ちあがると、ブルームは驚きの表情を浮かべた。こんなことははじめてだったのだろう。退出してよいと言われるまで、部屋から出ていった者はいなかった。

「サンドヴァル刑事」ブルームが言った。「いったいどこへ向かうつもりだ」

「ただ仕事にもどるだけです」サンドヴァルはドアをあけ、後ろを振り返ることなく面談室の外へ出た。オフィスを抜けていくとき、燃え盛る視線がいくつも体を貫くのを感じた。


すでに夕方に近くなっていた。メイソンはエングルウッドを抜けて北上しながらクライスラー300を追っていた。車はウッドローンでいったん停まり、購入選択権つきレンタル店に立ち寄った。この手の店では、毎月少額を払って家具や電化製品などを借りられる。

店主との話がすむと、ハリスたち一行はまた車に乗って出発し、こんどは高速道路に乗って、ダウンタウンへ向かった。中心街《ループ》のあたりで高速をおり、夕方の混雑にまぎれた。メイソンは二度見失いかけたが、そのたびに見つけだした。やがて〈モートンズ・ステーキハウス〉の前で車は停まった。

別の黒いクライスラー300が、すでに店の前にいた。その車のドアが開き、後部座席から女が出てきた。四十ヤード離れていても、五、六人の男がその女に見とれているのがわかった。完璧《かんぺき》な金髪と完璧な肉体を持つ、ストックホルム出身のモデルみたいな女。タイロン・ハリスのような男だけが手に入れられる女だ。

ハリスが女にキスし、四人——ハリスと女と護衛ふたり——は店内へはいっていった。運転手ふたりは外の車に残った。

メイソンは自分の車を停めて外へ出ると、道の少し先でポーリッシュ・ドッグを買って勢いよく食べた。そこならハリスたちの車から目を離さずにすむ。またキンテーロに電話すべきかと迷ったが、とりあえず最後まで見届けることにした。そこでBMWにもどり、待ちながらレストランの様子を想像した——何本ものワイン、四人を精いっぱいもてなすウェイターたち。

食事を終えると、四人は表へ出てきた。運転手たちも車からおりて迎える。男たちはうなずいたり、こぶしを突きあわせたりした。まだ仕事中だが、少しだけくつろいでいるのは、ボスにならっているからなのか。

今回は女もハリスと同じ車に乗りこみ、護衛たちも同乗した。ハリスの車が動きだし、もう一台は逆方向へ走り去った。メイソンはハリスの車を追って、ふたたび高速に乗った。日が沈みかけている。ガソリンメーターを見たところ、あといくらも残っていなかった。

けれども、あまり遠くまで行かずにすんだ。ハリスの車は近距離用のレーンにとどまって進み、四十三番ストリートで高速をおりて、さらに数ブロック走った。ふたつの空き地にはさまれた三階建ての古い煉瓦《れんが》造りの家の前で停まる。ハリスと女と護衛たちは中へはいり、運転手は車に残った。

メイソンは一ブロック離れて待機した。いまはあまり近づきたくない。通りにほかの車がないから、すぐ気づかれてしまう。

では、ここがハリスの根城か、とメイソンは思った。外からはたいした家に見えないが、たぶんそれが狙いなのだろう。中にはたくさんの部屋があり、金をかけて快適に整えられているにちがいない。

何はともあれ、メイソンにとっては、現在地が正確にわかるのがありがたかった。ここはフラー・パークだから、石材工場の脇の道を行けば、四十五番ストリートのトンネルへ出る。そのトンネルはコンクリートの鉄道高架を貫通していて、抜けた先はカナリーヴィルだ。さらに数ブロック行くと、自分の昔の家がある。

その鉄道高架は、メイソンがカナリーヴィルで育った当時は〝ベルリンの壁〟と呼ばれていた。その手のことは変わらないものだから、いまでもそうかもしれない。トンネルを抜けて、ベルリンの壁の向こうへ行ってはいけない。おのれの居場所で、勝手を知ったものに囲まれて過ごすのがいちばんだ。

メイソンは携帯電話をつかみ、キンテーロを呼びだした。背後で女の声がして、スペイン語のやりとりがあった。メイソンは最新の情報を伝えた。ハリスの根城を見つけたこと。とはいえ、いつも護衛に付き添われていること。いまもふたりの護衛がハリスと女とともに家のなかにいる。もうひとりは外に停めた車のなかにいて、おそらくひと晩じゅうでもそこにいるだろう。

「やつに近づくのは楽じゃない」メイソンは言った。「ひとりになるときがないんだ」

「見張りをつづけろ。なんとか手立てを探せ」

「無理を言うな。ワイアット・アープだって始末できない」

「あす、助けを送りこめるかもな」

「なんだって？　どんな助けだ」

「そのときが来ればわかる」キンテーロは言った。「そうしたら撃て」

電話は切れた。

あたりが暗くなっていくなか、メイソンは携帯電話を握りしめたまま、命の尽きた男の家を見つめていた。

22

時間切れだ。きょうはハリスを殺せそうもない。

もう真夜中だった。あの運転手はまだ路上に停めた車のなかにいる。車の窓があいているので、一ブロック先でも煙草の小さな赤い火が見えた。家の最上階の窓で、青い光がしばらくまたたき、やがて消えた。ハリスと女がベッドにはいったにちがいない。ふたりの護衛は階下のどこかで、おそらく交代で睡眠をとっているのだろう。

メイソンは路肩から車を出し、北へ向かった。こんな時間にダイアナがレストランにいるかどうかわからなかったが、ラッシュ・ストリートに帰ると、カマロは店の前に停まっていた。この車を一日じゅう見張っている者がいるとは思えなかったが、用心のために一帯をまわってから裏に駐車した。裏口から中へはいると、ダイアナがひとりで事務所にいた。従業員が記帳したその日の売上を見なおしていたらしい。目を閉じ、右手で頬杖《ほおづえ》を突いている。

「もどったよ」メイソンは声をかけた。

ダイアナはびくりと目を覚ました。

「驚かせてすまない」メイソンは言った。「もう帰ったほうがいい」

「店じまいしなくちゃ」

「いつも裏のドアをあけっぱなしにしておくのか」

「だれもが出ていくのよ。忘れる人だっている」

メイソンは事務所を見まわし、それから暗い店内へ目をやった。「こんなところに、ひとりでいちゃだめだ。いつだれが来てもおかしくない」

「わたしのことなら心配しないで、ニック」

メイソンは事務所のドア枠に寄りかかった。この一日でしたことと言えば、車を乗りまわして、ひとりの男を見つけだし、そいつを見張っていただけだ。ほかには何もしていない。それなのに、なぜこんなに疲れているのか。

「どうしてここにいるのか、まだ聞いてなかったな」メイソンは言った。

ダイアナは目を向けた。「ここで働いてるからよ」

「そういう意味じゃない」

メイソンはダイアナが答えるのを待った。しばらくして、ようやくダイアナが口を開いた。

「父がコールと働いてたことは、もう話したでしょう？　はじめて会ったときからずっと、コールには惹《ひ》かれてたの。あの人には……独特のものがある。貫禄《かんろく》というのか。

父が殺されたあと、タウンハウスに越してこないかって言われてね。そのときにはもうあの人に夢中になりかけてたから、決心するのはむずかしくなかった。ほかに行きたいところもなかったし。でもそれから、あの人のほんとうの生き方が見えはじめた」

ダイアナは一瞬口をつぐんだ。

「コールはわたしに何も隠そうとしなかった。秘密なんかひとつもなかった。わたしが出ていくなんてありえないからよ。ぜったいに。コールは捕まったとき、わたしにここにいろと言った。片時も忘れず、ずっとわたしのことを見てるって。そして、いつかもどってくるって」

「やつはこの先ずっと塀のなかだ」メイソンは言った。「終身刑で、仮釈放もない」

「それでも、あの人は手立てを見つける」

メイソンは言い争わなかった。心のどこかで同じように感じていた。

「それに、わたしにはここがある」ダイアナは軽く顎《あご》をあげて店のほうを示した。「このレストランがね。ここをやっていくことにすべてをかけてるの。世界一の人生ってわけじゃない。それはわかってる。でも、これがわたしの人生よ」

ダイアナはようやく顔をあげて、目を合わせた。メイソンはうなずいた。ダイアナの言いたいことはよくわかる。そんなことを理解できるのはこの世で自分だけかもしれない。

「行きましょう」ダイアナが立ちあがった。「もうこんな時間」

メイソンは裏口から外へ出て、ダイアナが鍵《かぎ》をかけるのを見守った。ダイアナは自分のBMWでひとり走り去った。メイソンは店の正面へまわって、カマロに乗りこむと、そのまましばらくすわっていた。タウンハウスに帰り着くころには、ダイアナは自分の部屋にいるはずだ。メイソンのほうはひとりでプールサイドにでも腰かけていることになるだろう。とても眠れそうにない。今夜は無理だ。

こうしてダイアナと話し、人生が一転したいきさつを聞かされたあとでは、眠るなんて不可能だ。たった一日で人生がまったくちがうものになることもある。

ダイアナにとって、そのきっかけは父親の仕事仲間であるダライアス・コールという男と出会ったことだった。

メイソンにとって、きっかけはまったく別のものだ。

メイソンは南へ車を走らせた。静まり返った通りを抜け、街はずれへ向かう。九十五番ストリートの橋を渡り、柵《さく》の前で車を停めた。エンジンを切り、窓をあけて夜風を入れる。

あれから五年。ニック・メイソンはついに港にもどった。

州間鉄道から分岐した線路が港湾地区を楕円《だえん》形に囲んでいる。柵の内側では、整然と並べられたコンテナ車が照明を受けて輝きを放つ。背後では、キャルメット川の暗い水がミシガン湖へ流れこんでいる。大きな船は、みなここへ積荷をおろしにくる。ここはシカゴの最果ての地で、インディアナ州に隣接している。

もともとシカゴはみずからをあまり装わない街だが、このあたりはとりわけ風景がむきだしになっている。見渡すかぎり土砂と鉄屑《てつくず》だらけで、一方の川岸には、まるで通りすがりの船が捨て去ったごみのように、車の残骸《ざんがい》が積み重なっていた。

そう、ここだ。自分はここで一生を台なしにした。

はじめてその仕事について聞いたときは、はなから無理だと思った。相手が別のだれかを見ているとき、注意をほかへ向けているときに、すぐそばで作業を進めて逃げようという話だった。この港へ来て、ありとあらゆる種類の貨物船が積荷をおろしているのを見たら、思いつく仕事はひとつだろう。どれかのコンテナに、ある品がはいっている。それを仲間と手分けして二台のバンに積みこみ、デトロイトへ運ぶ。それで十万ドルを手に入れられる。

成功すれば、ひと晩の仕事としては莫大《ばくだい》な実入りになる。だがもちろん、うまくいくはずがない。惜しいところまでもいくまい。この国際港湾施設のセキュリティレベル、検疫エリア、監視カメラ、二十四時間体制の警備を考えたら……。たとえ内通者がいたとしても、だれにも気づかれずに二分以内ですべてをバンへ移せるとでも？

メイソンは最初、そう言って反対した。四人で〈マーフィーズ〉のテーブルを囲んでいたときのことだ。そのときはじめてジミー・マクマナスと会った。

マクマナスは高価そうな服を着て、片耳に金のフープピアスをつけ、万事を心得ている男のような話し方をした。しかし、その口が第一声を発するや、メイソンは見抜いた。八歳のころのマクマナスは、裏庭で母親に呼ばれたら、何よりまず「ぼく、何もやってないよ!」と言い張る子供だったにちがいない。子供のころから第一級の間抜けで、十代でも第一級の間抜けで、大人になっても第一級の間抜けのままだ。こんな男といっしょに仕事をするなんて、まっぴらご免だった。テーブルで話を聞いているだけでも、半ダースもの自分のルールにそむいていた。

「そんなに大量の荷物を港から運びだせるわけがない」メイソンは言った。「ぜったいに無理だ」

「おれのことをどれほどのばかだと思ってんだ?」マクマナスが尋ねた瞬間、メイソンの頭にひとつふたつの答が浮かんだ。しかしそのとき、マクマナスが計画を説明しはじめた。

港の少し手前、川がいったん湾曲したあたりに、ヨットや小型の船舶が乾ドックにはいる場所がある。目的の船はそこに停まっている。警備の目が港に向いている隙に、バンは乾ドックを出て走り去ればいい。

「どうしておまえなんだ」メイソンは訊《き》いた。「大事な荷物を積んだ船がそのドックにはいってくるのはわかった。でも、それをデトロイトまで届ける責任者が、なぜおまえなんだよ」

「地元のやつを四人集めろって言われただけさ。シカゴ出身の白い顔の男を四人。乾ドックにいても怪しまれねえで、いちいち道を尋ねずにバンを乗りまわせるやつを」

「報酬は十万ドルだと言ったたな。ひとりあたりか」

「おれは準備したから二十万。おまえらは十万ずつだ」

「それなら、やらない」メイソンは言った。「危険が同じなら、分け前も同じだ。ひとり十二万五千だな」

いま思うと、分け前のことで言い争ってなどいないで、さっさと立ち去るべきだった。マクマナスが折れたとき、メイソンはエディーの顔を見た。あれこれ思案しているらしかった。エディーはいつもどおり、ゆったりすわって注意深く耳を傾けている。それがエディーのやり方だった。ひとことも漏らさずに耳を傾け、頭のなかでまとめる。

メイソンはエディーを店の外へ連れだした。

「あの男はとんだへっぽこ野郎だよ」エディーは言った。「でも、目のつけどころは気に入った。微妙な点はごまかすけど、やたらと隠そうとしないところはいいと思う」

「家を買いたいからって理由で話に乗るなよ」メイソンは言った。「無事にやりとげて帰れるかどうかで決めてくれ」

「その金があれば、おまえだっていろいろできるんだぞ。ジーナのことを考えろよ。エイドリアーナのことも」

「おまえがからんでなかったら、こんな話は聞こうとも思わなかった。おまえがやるなら、おれもやるまでだ」

「おれはいつでもおまえの味方だ」エディーは言った。「ずっとそうだったろ」

「じゃあ、やるんだな」

エディーはメイソンを見た。ことばは必要なかった。やるしかない。

二日後、四人の男たちは二台のバンに乗って乾ドックへやってきた。バンはマクマナスがどこからか見つけてきたもので、走行距離がずいぶん長く、タイヤもすべてひどい状態だった。ダンパーはまったく残っていない。とはいえ、小ぎれいで目立つ特徴もないので、それでじゅうぶんだった。

一方のバンの運転はメイソンが受け持った。隣にはフィンがすわったが、それは事が予定どおりに進まない場合、フィンを落ち着かせられるのがメイソンだけだからだった。そしてエディーとマクマナスがもう一台に同乗した。日が沈みかけたころ、一同は乾ドックに到着した。四人とも、そろいのグレーのつなぎに野球帽という服装だ。その恰好《かっこう》で忙しそうに働いていれば、常連に見えるという判断からだった。四人の男がバンに荷を積みこみながら退屈そうにしていたら、だれも疑うまい。

船の近くまで行くと、メイソンは驚いた。船はその日の早くに着いて、ドックの端につながれていた。思っていたよりもずっと大きい。ある種の連絡船で、トロント港で何年も使われたあと、カナダから長旅を経てたどり着いたらしい。少なくとも全長百フィートはあり、旧式の外輪船に似せて造られている。二階には長い屋根がついていて、座面にパッドのはいったベンチが二十列余り並んでいた。

四人はバンからおり、船に乗り移った。座面のパッドを剝《は》がし、それをバンへ運びこむ。もうかなり遅い時刻で、乾ドックのまわりにはだれもいなかった。とはいえ、ぜったいに姿を見られないほどの深夜でもない。エディーはわざわざ時間を割いて、見咎《とが》められた折の言いわけを考えていた。この船は明朝から整備にはいるから、自分たち四人はそれまでに船内の装飾をすべて引き剝がすよう依頼されている。だれもやりたがらない、退屈できびしい汚れ仕事だ。そう、おまけに仕事がはじまるのも遅れた。ついていない日で、せっかく人を集めたと思ったら、バンが故障してしまった、などなど。通りかかっただれかが見せるよう求めたときのために、作業指示書まで用意していた。

エディーは話をでっちあげるのがうまく、天性の役者だった。フィンもそれに調子を合わせることはできたが、役を演じていられるのはある程度までだ。呪文が解けて正体が見破られると、取り返しのつかない壊れ方をするので、ゲームに完敗する。

パッドをつぎつぎと剝がすあいだ、メイソンはずっとフィンに目を光らせていた。いまのところは問題なくやっている。エディーの作り話を使う機会も、通りすがりの穿鑿《せんさく》好きなドックの作業員に指示書を見せる機会もなさそうだった。港のほうから単調な鈍い音が絶えず響いてきたが、乾ドックのあたりは静まり返っている。

鼻を突くにおいが漂っていた。軽油、ガソリン、死んだ魚。その日最後の陽光で水面が虹色《にじいろ》に輝いている。

四人は一時間以上にわたって作業をした。座面のパッドを引き剝がすのは重労働だった。パッドはメイソンが予想していたよりも重く、両腕をしっかり巻きつけて、船からバンまで苦労しながら運ぶしかなかった。裏の木材が腕にあたって痛く、顔のすぐそばにかかえているせいでほこりを吸ってしまう。パッドを運び終えると、つぎは救命胴衣だった。救命胴衣はベンチの下にぎっしりと積まれ、左右の船べりに配された物入れにもはいっていた。

「十二万五千ドルだぞ」最後に船からおりるとき、フィンが言った。「ひと晩の仕事にしちゃ悪くない」

「まだ終わってない」メイソンは言った。「気を抜くな」

「言ったろ、あいつはすげえやつだって」フィンは言った。「どう考えてもぼろ儲《もう》けだよ」

いいからだまれ、とメイソンは念じつづけた。しかし、フィンは仕事中にしゃべりつづけているのが好きだし、そのほうが本人も落ち着く。排気弁のようなものだ。だからそのままにしておくと、フィンはすでに手中におさめたかのように、大金について、そしてその金でどうするつもりかについてまくし立てた。

そうたやすいはずがない、とメイソンにはわかっていた。まだすることが残っている。バンの扉を閉めてここを出なくてはいけない。それから四時間半のドライブだ。ミシガン湖の南端に沿ってインディアナ州を抜け、ミシガン州南部の広大な平野を突っ切って、デトロイトまでひたすら走る。届け先の住所は控えてあった。デトロイト中心部の奥にある古い建物で、四人のだれも詳細を知らない。メイソンはどうもその点が気になった。しかしフィンとマクマナスは、そこに大物がいて気前よく報酬を払ってくれると信じきっていた。二台のバンが古い船の座面のパッドと救命胴衣を載せてきて、それが一千万ドルの価値を持つとなれば、とりわけ上機嫌だろう、と。メイソンの推測では、これからバンで運ぶのはコカインで、五百ポンドほどある。一トンの四分の一。古いベンチのパッドと救命胴衣にそんなに詰めこめたとは信じられないが、そうでなければこれほど苦労して船から運んだ意味はない。あすの朝は体じゅうがとんでもなく痛むにちがいない。だが、大金がいともたやすくそれを和らげてくれるだろう。

ジーナに、いまよりもいい家を与えてやりたい。エイドリアーナを大学へかよわせることもできるかもしれない。メイソンの頭のなかはそれだけだった。

バンの扉を閉めて運転席に乗りこんだとき、あたりはほぼ真っ暗になっていた。メイソンとフィンはまた同じバンだ。助手席のフィンが体を小刻みに揺すっているのが感じられた。マクマナスが車を出し、メイソンもつづいた。線路を越え、二階建ての煉瓦《れんが》造りの建物が並ぶ古い界隈《かいわい》を抜けていく。

後ろの車には気づかなかった。その車にＤＥＡの捜査官がふたり乗っていることも知らなかった。その夜、港で大規模な荷おろしがあるという情報が伝わり、このふたりを含む六人の捜査官が張りこんでいた。捜査官たちは、メイソンがはじめてこの仕事について聞いたときと同じ推測をした。積荷はコンテナで港へ運ばれてくるのだろう、と。

捜査官たちは夜を徹する監視をおこなっていた。目を光らせるべき場所はたくさんある。道路、線路を囲む長い柵《さく》、そして水面そのもの。河口に高速船を停めてそこへ荷を積みこみ、湖へ出ることもありうる。

乾ドックを走り去る二台のバンに注意を向ける者はいなかった。ショーン・ライトと相棒は港の南端付近を見張っていて、重たげな音を立てて走る二台のバンにはたまたま気づいたにすぎない。ショーンの相棒は車を出して、そのあとを追った。乾ドックから出てきた二台のバンなど、あまり脈はなさそうだが、見逃してはならないものだったらボスから大目玉を食らうから、たしかめるに越したことはない。


メイソンはマクマナスの運転するバンを追って、ユーイング・アベニューを南へ向かった。目の前に高架橋がいくつか見えてきた。鉄道の線路二本、高速道路一本の下をこれからくぐることになる。フィンがまた興奮しはじめ、メイソンはとにかく落ち着けと言おうとした。ことばが舌の先まで出かかっていた。

すぐ後ろに尾《つ》けている車に気づいたのは、そのときだった。どこにでもありそうな黒っぽい色のセダンで、特徴のなさこそが怪しい。メイソンは大きなサイドミラーを数秒間見つめたが、暗すぎてフロントガラスの奥は見透かせなかった。

ちょうど最初の高架橋の下に差しかかろうとしていた。橋桁《はしげた》が低く、崩れかけたコンクリートが頭のすぐ上にある。橋の下の暗がりで何もかもがせばまって見え、錆《さ》びついたI型橋脚に両側から押しつぶされそうだ。ナトリウム灯の薄明かりがあらゆるものを熱病のときの夢のように浮かびあがらせている。メイソンは後ろの車をたしかめた。近すぎる。こちらがブレーキを踏んだら、ぶつかってしまいそうだ。

前方のマクマナスが速度を落とした。道幅がせまいため、速く走れない。少しでも運転を誤れば、車体が鉄かコンクリートにこすれるか、そのあいだで跳ね返りつづけるだろう。一番目の高架橋の下から出ると、広々とした夜空が見えた。安堵《あんど》する暇もなく、すぐに二番目の高架橋が迫った。荒れ果て方は一番目以上で、丈の高い雑草が橋桁のへりに細く生えている。マクマナスのバンが暗がりに呑《の》みこまれた。ナトリウム灯がちらちらと明滅する。一拍遅れて、メイソンも同じ暗がりにはいった。またせまく長い道がつづく。メイソンは息を凝らし、開けた場所へ出るのを待ちながら、ここをくぐり終えたあとの空と、三番目の高速道路の高架橋に思いを向けた。行く手をさえぎるものはなく、高速の高架橋の先にある信号がすでに青に変わっている。それらを一瞬のうちに見てとり、メイソンは安全な場所へ抜けだしたと信じた。

そのとき、マクマナスのバンの前に一台の車が現れた。

インディアナポリス・アベニューからの側道が急角度でユーイング・アベニューとぶつかる地点だった。その覆面パトカーは回転灯を光らせながら進み出て、いきなり停まった。つづいて起こった一連の出来事は、タイヤとブレーキに支障のある二台のバンが急停止したことを物理の法則に基づいて考えれば、当然予測できた。

先頭のバンが覆面パトカーにぶつかった。メイソンのバンが先頭のバンに突っこみ、最後尾の車がメイソンのバンに突っこむ。すさまじい轟音《ごうおん》がメイソンの耳をつんざき、そのあとのすべてはスローモーションのパントマイムのように見えた――恐ろしい敵さえいなければ喜劇そのものだっただろう。すると、三台の覆面パトカーが現れ、最初の一台の後ろにひろがった。防弾ヴェストを着た私服刑事たちがすばやくドアをあけ、いっせいに駆けてくる。目の前のバンからマクマナスが早くも逃げだした。頭を低くした妙な体勢で道路脇の鉄柵《てっさく》を乗り越えて、歩道を走っていく。一瞬遅れて、エディーもそのあとにつづいた。メイソンのバンは運転席側のドアが橋脚にふさがれ、たとえそこをこじあけたとしても、どこへも抜けだせそうもなかった。助手席側のドアから出るしかない。

そのとき、銃撃がはじまった。

助手席の窓から外を見たまさにその瞬間、メイソンの後ろの車から出てきたふたりに向けてマクマナスが発砲した。ひとりに命中した。運転手のほうは車の陰へ身を投げだした。

断末魔の叫びがあがるなか、正面にいる刑事たちが発砲し、フロントガラスが粉々に砕けてメイソンのまわりに散った。メイソンは身をかがめ、フィンにも同じ姿勢をとらせようとした。頭を押さえつけようとしたとき、左目から銃弾が貫通しているのが見えた。

メイソンが助手席のドアを押しあけると、フィンは転がり落ちた。引きあげて立たせようとしたが、すでに事切れていた。

　正面の刑事たちが先頭のバンを楯《たて》にして何かわめいている。後ろの車を運転していた男が「撃つな！」と叫んだ。相棒が地面に倒れている。すべての銃声が消えたその数秒間が、この場から逃げだせる唯一のチャンスであり、メイソンはもと来たほうへ駆けだした。高架と高架のあいだに隙間があり、コンクリートの土台が壁をなしている。草やぶやごみを掻《か》き分けて進むと、高々と電線を掲げた電柱が並ぶせまい草地へ出た。あたりの草葉は、先に通ったマクマナスとエディーになぎ倒されている。メイソンも丈の高い草を踏みしめて、電柱から電柱へとふたりを追ったが、真っ暗でどちらの姿も見えなかった。

　遠くからサイレンの音が聞こえた。街じゅうの警官がこの捜索に駆りだされているのかもしれない。あの暗さと混乱状態では、こちらの顔をはっきり見た者がいるとは思えなかった。もはや、それだけが救いだ。右側に木立が見えてきた。メイソンはそこへ向かったが、そちらは東にあたり、自宅から、そして車を停めた〈マーフィーズ〉の駐車場からはむしろ離れる。駐車場までは何マイルもあるが、いまは一刻も早くそこへもどらなくてはならない。となると、バン以外の車が必要だ。

　このあたりには不案内なので、車を盗みやすい場所があるのかどうかわからないし、道具も持ってきていなかった。その手の道具はもう何年も持ち歩いていない。木立から出ると、丸裸にされたように感じたが、そのまま通りを進んでいった。通り沿いの教会と酒屋の前を過ぎた。スペイン語の看板がいくつかあり、反対側の歩道を行く人々はみな、メイソンより肌の色が浅黒い。だれかに近くから見られたら、場ちがいで目立つはずだ。パトカーが一台、回転灯を光らせてやってきた。メイソンはそばの駐車場へ忍びこみ、パトカーが行き過ぎるまで塀に体を押しつけていた。

さらに半ブロック進むあいだに、何台ものパトカーをやり過ごした。空ではヘリコプターが円を描いて飛び、ぎらつく白い光で地上を照らしだしている。路上に横たわるフィンの死体のことは考えないようにした。いまはまだそれどころではなく、ここから抜けだすのが先決だ。そのとき、そばの建物の通用口が開き、光が漏れた。男がひとり出てきて駐車場を歩きだし、おぼつかない足どりで自分の車へ向かった。右手に車のキーを持ち、スペイン語で何やら歌っている。

メイソンはまっすぐ男に近づき、今回だけはフィンの流儀を選ぶことにした。ほしいものがあれば奪ってしまえ、よけいなことは考えるな。薄暗い駐車場で迫りくるメイソンを見た男は、目を大きく見開いた。メイソンの胸を指さして、〝血《サングレ》〟と言う。だがメイソンは、相手にまったく隙を与えずに襲いかかった。男はひどく酔っていて抵抗できない。メイソンは男を地面に突き飛ばし、車のキーをもぎとった。

おんぼろの車に乗りこみ、駐車場を出た。数ブロック行ったところで自分の胸を見おろすと、血がついていた。一瞬、撃たれたのかと思った。それから、フィンの血だと気づいた。

サウスサイドの中心部へもどる途中、さらにパトカー数台とすれちがった。カナリーヴィルまで一マイルのところで車を乗り捨て、後部座席で見つけたブランケットで体をぬぐう。ハルステッド・ストリートを歩きながらなんとか気を静め、夜の散歩をごくふつうに楽しむ男を装った。〈マーフィーズ〉の裏口から中へはいり、トイレでどうにか体を洗う。だが、肘《ひじ》にまでは思い至らなかった。

フィンの血が排水管へ流れ落ちていくのを、最後の一滴まで見守る。

それから自分の車に乗って、家へ帰った。

ジーナはメイソンがあまりに早く帰宅したのを見て驚いた。夜半過ぎまで〈マーフィーズ〉で仲間と飲んでくるものだと思っていた。

「帰りたかったんだ」メイソンは言った。「ここにいたい」メイソンは娘の部屋へ行って、長々と寝顔を見つめた。そのあと、ジーナとベッドにはいり、愛を交わした。最後の夜になるかもしれなかったからだ。

あれから五年余りを経て、メイソンは車のなかであの夜のすべてを思い返していた。あの港が目の前にあり、闇のなかで照らしだされている。後ろを向くと、乾ドックがぼんやり見えた。

もらった新聞はまだ後部座席に積んであった。手にとってからルームランプをつけ、ぱらぱらとめくる。新しい日付から順に並んでいるので、自分が新聞の第一面にはじめて載ったときの写真が上にあった。警察署へ連行されるところで、後ろ手に手錠をかけられている。

それをめくると、写真入りの一面記事がもうひとつ現れた。シカゴ市警察本部長がマイクの前に立ち、満座の報道陣に向けて会見しているものだ。殺されたのは連邦麻薬取締局の捜査官だったが、きょうは管轄や対抗心など忘れよう。ショーン・ライトはわれわれの仲間だった、などなど。

さらにもう一枚。手入れがあった翌日の一面記事で、写真には、誇らしげに並ぶ警官たちと、その前のテーブルに積まれた白い粉の袋が写っている。メイソンは写真をよく見た。何かがおかしい。

もっとたくさんあったはずだ。何時間もかかって、あの重たい代物を船からバンへ移したのに、署へ運びこまれたのはこれだけなのか？　写真におさまるほどの量しかないなんて。

ルームランプを消し、暗いなかで考える。それから新聞を置いてエンジンをかけ、当時走ったルートをもう一度たどった。夜陰に包まれたユーイング・アベニューを南下していく。

なぜあのとき、この道を使ったのだろうか。なぜ、すぐ高速に乗って、さっさとデトロイトへ向かわなかったのか。

高架橋が近づいてくると、コンクリートと鉄に閉じこめられそうな恐怖をふたたび感じた。五年前と同じ弱々しいナトリウム灯の光で、あたりは異世界のように見える。通る車も人もなく、二番目の高架橋の下にいるのはメイソンだけだった。あの場所に差しかかり、メイソンは速度を落とした。ここでフィンは撃たれた。ここでフィンは死んだ。自分の隣で。

ふたつの高架橋の下を抜けると、刑事たちが待ちかまえていた場所に出た。

まさにこの場所だ。言うまでもない。あいつらはここで待っていた。

メイソンは暗い道の真ん中で車を停め、ドアをあけて外へ出た。高架橋を振り返る。完璧《かんぺき》な漏斗型だ。ここにいれば、この道をやってくる者を待ち受けるのはたやすい。そう、まさにこの場所なら。

これが真相か、とメイソンは思った。あの刑事たちはここで待ち伏せをしていた。マクマナスがバンを引き連れて罠《わな》へ飛びこむのを、ひたすら待っていたのか。

メイソンはエディーのことばを思いだした。警察が発砲してもいないうちから、マクマナスはバンを離れたという。そして、自分自身が見たものも覚えていた。マクマナスは目の前の刑事たちを撃たず、後ろから来た麻薬捜査官だけに発砲した。捜査官たちの車に逃げ道をふさがれて取り乱したからだ。

あの夜の出来事はすべて仕組まれていた。自分たち三人を罠にかけるために、全員が策を弄《ろう》していた。いっしょに仕事をしようと最初に持ちかけてきた男も含めて。

メイソン、エディー、フィン……三人には勝ち目がなかった。

その後、あまりにも多くのことが起こった。刑務所送りになって、家族を失ったこと。ダライアス・コールと出会い、ここへもどるために契約を結んだこと。そのせいで、人を殺さなくてはならなかったこと。さらにひとり殺そうとしていること……。

その原因はすべてあの夜にある。

自分たちが裏切られた夜に。

23

二秒半で五人殺す。

メイソンは両手にグロック20を一挺《いっちょう》ずつ握っていた。モーテルの部屋で使ったのと同じ型の銃だ。左撃ちの経験はないが、最初のふたりは同時に倒さなくてはならない。まずひとり目の護衛、それからふたり目を片づける。たやすく倒して、つぎは運転手。ひたすら撃ちつづければ、五人とも始末できる。二秒半ですべてをやってのければだ。

銃弾がふたりの護衛の胸を貫くや、時がゆるやかに流れ、そのふたりは何が起こったかもわからぬまま、心臓を吹き飛ばされる。つづいて、運転手ふたりがベルトから銃を抜いて構えかけた瞬間、メイソンは両手のグロック20を引き寄せる。引き金にかけた指に脳の指令が届く間もなく、ふたりはもう死んでいる。

残るは五人目のタイロン・ハリスだが、そもそも丸腰で、持っているのはパソコン用バッグだけだ。ハリスはそれを楯《たて》のように体の前に突きだす。二秒半が経《た》とうとしているが、焦ることはない。ひと息ついて、右手の銃に目をやるだけの余裕はある。仕事を終えて歩き去るだけでいい。

ところがそのとき、ハリスのバッグが落ちかけ、その後ろから短銃身ショットガンの二連の銃身がのぞく。音とともに一方の銃身から閃光《せんこう》が放たれ、メイソンの両手と銃が吹っ飛ぶ。つぎの音と閃光で、胸が吹っ飛ぶ。ようやくハリスの顔が見えたとき、三度目の音が聞こえた。

メイソンは目をあけ、ベッドの上で体を起こして荒く息をついた。

窓から朝日が差しこんでいる。

チャイムの音がする。玄関の呼び鈴だ。

立ちあがって服を着ると、ちょうどダイアナが階段をおりてきた。まだ早い時間だが、すでに着替えをすませ、仕事に出かける支度ができている。

「だれか来る予定なのか」メイソンは尋ねた。

「いいえ」ダイアナは答えた。

メイソンは下へ行き、ドアをあけた。コンクリートのポーチにローレンがいて、その足もとにマックスがおとなしくすわっている。メイソンを見たとたん、犬はその脇をすり抜け、階段をのぼってタウンハウスへはいっていった。

「きょうは車が使えるから、仕事の前にマックスと寄ろうと思って」ローレンは言った。「お邪魔じゃないといいけど」

メイソンは一瞬そこに立ちつくし、この場をうまく切り抜けるにはどうすべきかと考えをめぐらした。

「書類で住所を確認したの。きのう、マックスを引きとりに来なかったから……」

「あら、だれの犬？」ダイアナの声が後ろから聞こえた。

「ダイアナだ」メイソンは言った。「レストランの支配人だよ」

ローレンは、階段をおりてくるダイアナを見て言った。「あ、こんにちは」

ダイアナはメイソンをちらりと見たあと、手を差しだしてローレンと握手をした。

「こっちはローレン」メイソンは言った。「グラント・ストリートでペットショップをやってる」

ふたりの女はじっと見つめあった。

「なるほど」ダイアナは冷ややかな笑みを浮かべて言った。「で、この人の犬なの？」

「いや」メイソンは言った。「マックスはおれの犬だ」

「おもしろいのね」ダイアナは言った。「あとで話そうと思ってたわけ？」

メイソンはだまりこんだ。女たちはふたりともその場でメイソンを見つめている。

「ちょっと外へ出ないか」メイソンはローレンに言った。それからダイアナに向かって言った。「失礼するよ」

メイソンはローレンを連れて歩道へ出た。

「彼女のレストランで働いてるんだ。まだ新しい家が見つからなくて」

「ごめんなさい、ニック。来ないほうがよかったのね」

「いや、来てくれてうれしいよ」メイソンは冷静でさりげない声をつくろって言った。私生活と仕事を分けるという自分のルールをこれまで懸命に守ろうとしてきたが、いま、そのルールがある意味は大きい。とはいえ、守るのはますますむずかしくなっている。ローレンがこのタウンハウスにやってきて、あろうことか、ダイアナと鉢合わせする……。こんなことは想定外だ。

「きょうはいろいろやることがあってね」メイソンは言った。「もうしばらくマックスの面倒を見てもらえないかな。ここで一日じゅう留守番をさせたくないんだ」

「たぶんだいじょうぶよ」

「今晩、きみのところに寄るようにする。遅くなるかもしれないけど」

ローレンは探るような目でメイソンを見つめた。「来る前に電話をもらえるかしら」

「ああ」メイソンはそう言って、マックスをつかまえに家のなかにもどった。マックスはすっかりプールに夢中になっている。ダイアナはそばでじっと見ているだけだ。ようやくマックスをつかまえて、階段をおりると、ガレージの扉はすでにあき、ダイアナが自分のBMWで走り去ろうとしていた。

「あの人といっしょに住んでるのね」通りの先に消えていく車を見つめながら、ローレンが言った。

「さっきも言ったが……」

ローレンは片手をあげて制した。「説明しなくていいのよ、ニック。それじゃ」

ローレンがすばやくキスをしたが、そのときもメイソンはまだためらいを感じていた。しかし、ローレンはにっこり笑ってマックスといっしょに車に乗りこんだ。

メイソンはゆっくり息を吐いたあと、家のなかにはいって身支度をした。数分後には、カマロに乗ってレストランへ向かっていた。車のことを話せずじまいだったが、レストランに着いたとき、ダイアナの車がまた建物の裏手に停めてあるのに気づいた。通りには駐車スペースがなかったが、建物の横の駐車場に乗り入れたところ、通りにいちばん近いスペースが空いていた。ここなら通行人の目に留まるだろう。

店にはいると、ダイアナは厨房《ちゅうぼう》にいた。

「ローレンってきれいな人ね。それにマックスもいい犬だし。いっしょに暮らしたらきっと幸せになれると思う」

「何かまずいことはないかな」

「わたしが犬好きでよかったね」そう言うと、ダイアナはＢＭＷの鍵《かぎ》を手渡した。

メイソンは厨房を出た。まだ軽く首を振りながらダイアナの車に乗りこむ。ようやく座席に身を沈めると、任務のことが頭をよぎった。浮かびかけていた笑みが消えるのを感じながら、メイソンはエンジンをかけ、仕事に向かった。

フラー・パークに着くと、ハリスの車は二台とも家の前に停まっていた。一台は夜通しそこにあったようだ。もう一台はけさになって女を迎えにきたにちがいない。女が家から出てきて、車で出かけるのが見えた。ハリスは運転手とふたりの護衛の後ろにいる。四人とも車に乗り、走り去った。

メイソンはまた四人を追ってサウスサイドを走った。この日まわっているのはきのうとは別の場所で、もとのリストに載っていながら、きのう出向かなかった床屋やレストランも含まれていたが、手順はまったく同じだった。中にはいって少し立ち寄るだけで、ハリスはずっとパソコン用バッグをかかえている。あるコインランドリーでは、窓から店内の様子がはっきり見えた。ハリスはテーブルについてノートパソコンをひろげ、その隣に店長が腰をおろす。護衛たちは落ち着いた様子で待機する。ハリスは立ちあがって相手の男を軽く抱擁したあと、護衛たちといっしょに表へ出て、車に乗り、つぎの店へ向かった。

日が暮れるころには、また一日を張りこみに費やしていた。いずれ感づかれるのではないかと不安になりはじめる。どんなにうまくやっても、尾行というのは長くできるものではなく、じきに相手が振り返って、しっかり姿を見られるのが落ちだ。

つぎに寄った場所は様子がちがった。一行はふたたび北へ向かい、川を渡ったあと、ホーマン・スクエアの近くにある小さなコーヒーショップの前で停車した。三人が車をおり、店へはいっていく。ハリスだけが別の男ふたりとテーブルについているのが見えた。護衛ふたりはすぐそばの別のテーブルにいる。三十分後、五人がそろって出てきた。ハリスと話していたふたりの男の顔がはじめて見てとれた。どちらも黒っぽいスーツを着ている。年上のほうがその場を仕切っているらしい。短く刈り上げた髪は色が淡く、ほぼ白髪に近い。ハリスの肩に腕をまわす様子には父親を思わせるところがある。こんな態度をとれる男はそう多くいまい。

メイソンはこれまでずいぶんたくさんの警官を見てきた。このふたりはまちがいなく警察の人間だ。

五人は数分ほど歩道に立っていた。その後、警官ふたりが黒のアウディに乗って走り去った。ハリスと護衛たちはもうしばらく話しつづけた。親しげな笑みはとうに消えている。やがて三人は車に乗り、その場をあとにした。

メイソンがその車を追ってダウンタウンへはいると、一行はまた〈モートンズ〉の前で停車した。ハリスは習慣から抜けきれないタイプの男にちがいない。それは弱点かもしれないが、護衛の一団を従えて歩くのなら話は別だ。

キンテーロは、きょうは助けをよこすと言っていた。それがどんな意味かわからないが、まだ現れていないのはたしかだ。

例の女が車をおりた。輝く金髪と華やかさは相変わらずで、ショッピングだか脱毛だか、ああいった女が一日じゅうしていそうなことをしてきたのだろう。ハリスは女にキスをし、それから全員でレストランにはいっていった。二時間経《た》ってようやく一行が店から出てきたとき、メイソンはまた二台の車がふた手に分かれるものと思っていたが、こんどは同じ方角へ走りだした。

メイソンもあとについて車を出し、街じゅうを追跡した。二台は高速道路の真下をくぐり抜けた。フラー・パークへはもどらないらしい。レイク・ストリートを西へ向かい、なじみのない地域にはいっていく。やがて二台の車は右側の走行車線でスピードを落とし、脇へ折れて駐車場にはいった。これですべてが呑《の》みこめた。

ストリップ・クラブだ。

メイソンもつづいて片側に車を寄せた。ひとつ向こうの列に停車し、全員が車を離れるのを確認する。ハリスと女。男たち全員。駐車場にはだれも残さないらしい。

ストリップ・クラブは騒音と混乱そのもので、ステージ以外にはほとんど照明がなかった。集まっている連中が別の星から来たのでもないかぎり、ここに満ちているのは狂気そのものだ。メイソンは車にとどまったまま、携帯電話を手にとった。しばらく、じっと画面を見つめる。やがてキンテーロに電話をかけた。

「全員クラブにいる」メイソンは言った。「チャンスかもしれない」

「トランクをあけろ」キンテーロは指示した。「スペアタイヤを持ちあげるんだ」

メイソンは車をおり、携帯電話を耳にあてたままトランクをあけた。中敷きを持ちあげると、スペアタイヤの収納がむきだしになった。タイヤはねじで固定されていたため、トランク側面のポケットを探って道具袋を見つけ、ねじをゆるめた。駐車場の左右に視線を走らせ、それからタイヤを引きあげる。

黒い革手袋がひと組。銃はない。

くそっ、どういうことだ。手袋を取りだすと、その下にナイフが見つかった。刃は内側に折りたたまれているが、ボタンをひと押しすれば飛び出るはずだ。刃渡りは六インチで、切れ味はまちがいなく鋭い。

「いいか」キンテーロは言った。「ゆっくりと、冷静に動くんだ。集中していないと、へまをやらかすぞ。しっかり目をあけておけ。安全な退路が確保できなければ、何もするな」

まるで自分のルールを読み聞かされているようだった。メイソンは携帯電話をしまった。長いあいだ、何を見るでもなく車の後ろに立っていた。脳裏に響く音のボリュームを絞り、静寂が訪れるのを待つ。エイドリアーナの顔が浮かぶ。そしてサッカー場を走る姿が。まる一分、そのイメージを心にとどめた。それから動きはじめた。

トランクをあけ、手袋をつけてナイフをつかんでから、それを右ポケットの携帯電話の横に入れる。手袋をはずし、左のポケットに滑りこませる。

シカゴの銃器法は笑い話のようなもので、マシンガンを携帯しているところを見つかっても、かならずしも実刑にはならない。だが、ナイフは？　この街では規制の対象だ。刃渡りが二インチ半を超えるもの、スプリング式のものは認められない。ほかにも意味不明瞭《ふめいりよう》な文言の条例があり、ナイフを隠さずに携帯することはほぼ禁止されている。ボーイスカウト用の折りたたみ式ナイフは、ポケットに入れて携帯するのはいいが、ベルトにつけて持ち歩くことはできない。そんな具合だ。

メイソンは入口で金を払った。長い階段がメインフロアへとつづき、すべての段に白く細長いライトがついている。階段をあがりはじめると、早くも大音響の音楽が聞こえてきた。一段ごとに音量が増す。階段をのぼりきったところに、飛行機の格納庫並みの空間がひろがっていて、ランウェイ三本と椅子の固まり五、六か所が見えた。どの椅子もダンス用のポールのほうを向いている。おそらく百人くらいだろう、あらゆる人種の男たちがそこにいる。女たちは三本のランウェイすべてで踊っているが、少し奥まったエリアはがら空きで、いちばん奥のコーナーだけが埋まっている。そこにすわっているのがハリスとその部下たちだとわかるまでに、一秒もかからなかった。

音楽が耳でがんがん鳴り響く。点滅する照明のせいで、すべてが現実離れして見える。メイソンは部屋の中央近くで、ハリスのほうを向いた席を選んだ。ウェイトレスがやってきて、メイソンの上にかがみこみ、肌を大胆に見せつける。メイソンはグースアイランド・ビールを注文し、椅子に腰を落ち着けて部屋を観察した。

危険なもの。目撃者。退路。

ダンサーのひとりが漂うように近づいてきて、メイソンに小さく手を振った。身につけているのはバタフライだけ。それが法律だ。下半身を覆っていなければ、酒を出すことはできない。メイソンはうなずいて、部屋の向こう側に視線をもどした。

店の看板ダンサーは向こう側のポールについている。五人の男たちはそろってそのダンサーに見入り、金髪の女がハリスの隣の席にすわっている。薄暗がりのなかで、髪が光って見える。女は完璧《かんぺき》な白い歯を輝かせて微笑み、今宵《こよい》のこの街をわが物にしたかのような男の腕にもたれている。楽しげな様子で、まわりの男たちに劣らず熱心にショーを見つめている。

メイソンは男たちを数えた。ハリスを入れて五人。全員いる。こうして金曜の夜に外へ繰りだすのは、一週間ずっと、あちらこちらで見張りに立ったり、何時間も、ときにはひと晩じゅう、車で待機したりしてきた部下たちの労を盛大にねぎらうためだろう。

メイソンに手を振ったダンサーは、いちばん近いポールについている。メイソンは二十ドル札を取りだした。すわっているだけで、だれにもチップを払わない客として目立つのは避けたかったからだ。視線をとらえて近づいてきたダンサーがひざまずいたので、メイソンはバタフライに札を滑りこませた。ダンサーはメイソンにキスを投げ、自分のポールにもどった。

音楽がさらに大きくなる。照明は点滅しつづける。メイソンはビールをひと口飲み、グラスを下に置いた。

今夜かもしれない、とメイソンは心のなかでつぶやいた。ハリスがひとりきりになりさえすればいい。ほんの二、三秒でじゅうぶんだ。そうすれば、信じられない行為に及ぶ二度目のチャンスが訪れる。そして、ハリスが生きてこの場を出ることはない。

向こう側へ目をもどすと、護衛のひとりが立ちあがり、後方の壁伝いに歩いて仕切り壁の裏へ消えるのが見えた。トイレだろう。二分後、帰ってきた。護衛が女の隣に腰をおろすと、こんどはハリスが立ちあがった。護衛はふたたび腰をあげたが、女がその肘《ひじ》に手をかけた。ダンサーに向かって手ぶりで示す。だめよ、この人をここに釘《くぎ》づけにして、見せつけてやってちょうだい、とでも言うように。

護衛はもう一度腰をおろした。ハリスは女にキスをすると、後方の壁に沿って歩き、護衛と同じ道筋をたどって、ひとりでトイレに向かった。

メイソンは立ちあがった。

部屋の後方へ向かって、ゆっくりと移動する。動きには細心の注意を払い、計算しつくしてある。刺客だと悟られてはいけない。隅にいる一団へ目をやるな。おまえの目当てはダンサーだから、そちらを見つづけろ。だれかに見咎《とが》められても、部下たちのだれかがトイレまで追ってきても、ただの客で通る。何者でもない、ただの客だ。

音楽がどんどん大きくなる。照明が点滅をつづける。

メイソンは仕切り壁の裏へまわった。男子トイレのドアの前で立ち止まり、護衛の手がいまにも肩に置かれるのではないかと、一瞬待ち受ける。何も起こらない。部下たちは全員、奥でショーを見ている。

引き返すならこれが最後のチャンスだ。こんなことに手を染める人間にならずにすむ最後のチャンス。

なぜ自分なのか。またしても同じ疑問が頭をもたげる。答はまだ見つからない。だが、そんなことはどうでもいい。とにかくいまはいい。おまえは取引をした。契約を交わした。

ほかに道はない。

自分の仕事をしろ。

メイソンはドアを押しあけ、男子トイレに足を踏み入れた。ドアが閉まると、音楽のボリュームが半分に落ちた。自分の体から抜けだしたように感じる。どこか高いところから見おろして、すべてが起こるのをながめている。

洗面台の前にいる男は、いまやずっと小さく見えた。守ってくれる護衛のいない、ちっぽけな弱々しい男。メイソンはすでに手袋をはめていた。相手はまだ下を向いている。ようやく顔をあげた男が最初にメイソンに向けたのは、見くだすような視線だった。白人の若造がトイレに舞いこんで、ひとりきりの時間を邪魔したと言わんばかりだ。その男はふたたび下を向き、それからまた顔をあげた。メイソンの顔に消えかかった痣《あざ》があるのを見て、手ごわそうな白人だぞ、と思う。そして手袋に気づく。これは妙だ。まったくわけがわからない。

そして意味を悟った。だが、そのときはもう遅い。

メイソンはすでにハリスの上にのしかかっていた。ハリスはもがき、メイソンの脇腹に肘鉄《ひじてつ》を食わせようとする。メイソンは相手の左右の肺を突き、つぎに心臓を刺した。すばやく三回刺したあと、片手でハリスの口をふさぎ、ナイフの刃を喉《のど》にあてて真横にさっと滑らせる。細い線が一瞬で現れ、それが鮮やかな赤い帯へと変わる。メイソンはしっかり押さえつけた。その瞬間、われに返った。ハリスを押さえつけたまま、鏡に映る互いの姿を見つめる。腕のなかの男が、麻薬の売人から、死を前にして怯《おび》える男へ変わっていく。前歴も家族もある男。ベルリンの壁の反対側のフラー・パークで育った男。

メイソンはなおも押さえつづけた。両腕を相手の体にきつく巻きつける。最後の抱擁だ。ハリスが懸命に息をしようとし、胸を上下させるのが感じられた。

ハリスの心臓が脈打つ。勢いよく。やがて途切れはじめる。そして完全に止まる。命が体から離れていくのを感じる。このときはじめて、メイソンは鏡に映る自分の顔を見た。冷酷な殺し屋の顔。

血が流れつづける。手を離すと、ハリスは洗面台にぶつかり、そのまま床に崩れ落ちた。メイソンはナイフを洗面台のなかに落とし、手袋をはずして左のポケットにしまった。床に倒れた死体からあとずさった。汚れたタイルの上にもう血だまりができている。自分の服に汚れがないかとたしかめた。問題ない。肩でドアを押しあけ、喧《けん》騒《そう》と照明のなかへもどったが、奥の隅には目を向けなかった。体が求める半分の速さで動くよう、自分を抑えつけた。

ゆっくり歩け。ゆっくり歩け。ゆっくり歩け。

永遠にも思える時間をかけ、ようやく階段にたどり着いた。照明のついた階段を一段ずつくだっていく。振り返りはしないが、いまにも重い足音に追いつかれるのではないかと思いながら。

何も起こらなかった。だれも追ってこない。だれにも気づかれることなく、ニック・メイソンは店のドアを押しあけ、夜の闇へ消えた。

24

ＳＩＳの部長刑事の惨殺、そして、一週間とあけずに大物麻薬密売人の処刑――このふたつの事件から、フランク・サンドヴァル刑事はニック・メイソンが周到に用意されたリストに従って殺人を重ねていると確信した。問題はリストにあと何人の名前があるかだ。

また夜の十二時を過ぎていた。サンドヴァルは入口にいた巡査に星章を見せ、階段をのぼってクラブへ向かった。金曜の夜ともなれば、こういった高級クラブは大にぎわいのはずだが、音楽は聞こえないし、客もダンサーもいない。天井からさがる数々の醜悪な蛍光灯に照らされ、警察の人間であふれ返っている。

椅子やランウェイのあいだを縫うように歩いていくと、トイレでフラッシュが光るのが見えた。サンドヴァルは仕切り壁の裏にまわり、あけ放たれた戸口で立ち止まった。ドアは椅子で押さえてある。床の死体は、生きている人間では考えられないぶざまな恰好《かっこう》で横たわり、両脚がもつれ、上体がねじれて横を向いている。どす黒い血の海が三、四フィート四方にひろがり、男の喉を横切るなめらかな線が見えた。目は大きく見開かれている。

　トイレの奥に警察のカメラマンが立っていた。白い布をかぶせた靴を履いている。カメラマンが機材を調整してもう一枚写真を撮ったので、サンドヴァルは閃光《せんこう》で目がくらんだ。

「凶器は？」サンドヴァルは尋ねた。

「洗面台のなかです」カメラマンは目をあげずに答えた。「はいらないでくださいよ」

　カメラマンはもう一枚撮った。さらに一枚。

　サンドヴァルはドアから離れ、仕切り壁をまわって部屋にもどった。北地区の若手の刑事が数フィート離れたところで手帳に何か書いている。

「目撃情報は？」サンドヴァルは尋ねた。

「ありません」刑事が答えた。「店員の話では、被害者は取り巻きを連れてやってきて、向こうの隅にすわっていたそうです。証言によって数に食いちがいがありますが、黒人の男が四人か五人。それと白人の女がひとり。でも、われわれが着いたときには、だれもいませんでした」

　そのとき、階段をのぼる重い足音が聞こえた。三秒後、別の男たちの一団が部屋へなだれこんできた。六人いて、全員が黒っぽいスーツを着ている。ＳＩＳだ。

「なんてことだ」若い刑事は言った。だれでもいいからつかまえて話をしようと、その場を離れかけたが、そこにブルーム部長刑事が現れた。

「この件はSISが担当する」ブルームの声がした。

驚くにはあたらない。この前の事件も横からさらわれた。主導権は向こうにある。

「わかりました、部長刑事」若い刑事は言った。「すべておまかせします」

ほかの警官たちもみな、その刑事のあとについて階段をおりていく。カメラマンもだ。サンドヴァルは半歩前に出た。体が自然に反応した。だが、そこで思いとどまる。この一瞬で、心を決めた。

はじめてブルームと出くわしたときは、ただの邪魔者扱いをされた。二度目は、揺さぶって情報を聞きだそうとした。

三度目となれば、こちらも引きさがるつもりはない。いまこそ立ち向かうときだ。力でかなわなくても、粘り抜いて糸口を見つけることはできる。いずれ突破する。

脅しに対する答はただひとつ。人目にさらすことだ。

サンドヴァルは息を吸い、力強く呑《の》みこんだ。サンドヴァルに気づいたブルームが部屋を横切ってくる。

「サンドヴァル」ブルームは言った。「頭が悪いのか？　さっさと出ていけ」

「SISの指図は受けません」サンドヴァルは言った。「こっちも自分の事件を捜査中ですから」

ブルームはしばし黙して一考した。「ここはだめだ」

「わたしを見るたび、なぜそんなに苛立《いらだ》つんですか」

ブルームは眉《まゆ》をあげた。声が届くところにいたSISの刑事ふたりが立ち止まって振り返り、耳をそばだてる。

「おかしな話だ」サンドヴァルは言った。「なぜそんなにわたしが気になるんですか。SISの部長刑事が殺され、その三日後に大物密売人が殺された。何かつながりでもあると？」

「そこに突っ立って、あれこれほじくり返すのはなんのつもりだ。このわたしが街でしょっぴいたヤク中だとでも？」

落ち着け、とサンドヴァルは自分に言い聞かせた。相手は一発でけりをつけようとしている。そっちが強く出たら、こっちは引く。そうやって追いつめる。

すべてを明るみに出すために。

「この街に殺人担当の刑事は何人いる？」ブルームは尋ねた。「何百人か知らないが、それで検挙率はどれだけだ。四十パーセントか？　いい年で五十というところか。ふざけた話だよ、サンドヴァル。きみたちはただの厄介者だ。だからこそSISができた。仕事がわかる本物の警察官が必要だからな。お勉強する気があるなら、そばで見学させてやってもいいぞ」

ふたりを遠巻きにながめるSISの刑事はさらに増えていた。その顔を見ればわかる。ブルームに対してこんな口をきいた者は、いまだかっていないらしい。

「この男が信じられるか？」ブルームは部下たちの顔を見渡し、笑みを浮かべた。いよいよだ、とサンドヴァルは心のなかでつぶやいた。ブルームの態度でわかる。神経をとがらせ、肩をそびやかせた姿は、まるでいまにも飛びかかってきそうな野良猫だ。どう対処したらいいかわからないのだろう。

「事によると、きみの部署の部長刑事に電話するかもしれない」ブルームは言った。

「いますぐ電話して、説教してもらうというのはどうだ」

「部長刑事なんて時間の無駄ですよ」サンドヴァルは言った。「警部、いや署長でもいい。内務調査部にも加わってもらって、パーティーをはじめましょう。それにFBIも。もちろんDEAは喜ぶでしょうし」

「この件とレイ・ジェイムソン殺しは無関係だ」

「じゃあ、なぜ汗をかいてるんですか」

ブルームはじっとサンドヴァルを見つめている。かかったぞ、とサンドヴァルは思った。静かに突き進んで、しっかりつかまえた。さあ、手をゆるめるな。

「組合委員長にも電話してください」サンドヴァルは言った。「いますぐ弁護士を叩《たた》き起こして、洗いざらい話してもらおう」

ブルームは微笑を漂わせている。「何かつかんだのか。大事件を解決できる手応《てごた》えがあったとでも？　こんなに早く？」

ブルームが一歩にじり寄る。

「サンドヴァル、きみだっていつも清廉潔白というわけじゃあるまい。きみの相棒が不正を働いたことくらいだれでも知っている。われわれがきみの弱みを握るのにどれくらいかかるだろう。五分か？」

サンドヴァルは一歩も引かなかった。

「ここはわれわれの街だ」ブルームはサンドヴァルを見ながら言った。「そろそろわかってもいいころだ。この街を動かすのはわれわれで、ほかはみんなただの客だということを」

「あなたがこの街の帝王だというなら」サンドヴァルは言った。「その二百ドルのシャツが汗でぐっしょり濡《ぬ》れてるのはなぜですか」

ブルームは一瞬だまった。そして、もう一歩近寄った。

「きみに興味が湧いてきたよ」ブルームは言った。「それは困るだろう、サンドヴァル。警察官について確実に言えることがひとつある。人生のどこかで大きな問題をしょいこむことだ。弱みだな。守るべき大切な人もできる。わたしはどんなことでも突き止めて、きみの人生を隅々まで調べあげる。きみにかかわる人物もひとり残らずだ」

仕留めたぞ、とサンドヴァルは思った。こっちのものだ。

「退場カードをやろう」ブルームはさらに詰め寄り、ふたりは数インチの距離でにらみ合った。「わたしを追いつめようとすると厄介なことになるぞ」

「どこにいようと」サンドヴァルは言った。「そこで自滅するでしょうよ。さあ、消えてください」

あとは何でも来いという気持ちだった。肩に一方の手がかけられる。いや、両手だろう。そして部屋じゅうのSISの連中の手も。

「何が望みだ」ブルームが言った。

「なんの話ですか」

「手柄か？　これは注目の事件だ、サンドヴァル。捜査に加えて、指揮を執らせてやってもいいぞ。こっちの流儀に従ってもらうが、英雄になれる。胸に勲章をつけて、写真撮影もある。昇進も、かなりの昇給も望める。年末には部長刑事だ」

サンドヴァルは答えなかった。ただ首を横に振る。脅しに対してはすでに一蹴《いっしゅう》した。こんどは鼻先のニンジンを一蹴している。

だが、それよりはるかによいものを持ち帰れる。答だ。ブルームはすでにキンテーロとのつながりを明かしている。ふたつの事件とのつながりも明かし、いまはもっぱらサンドヴァルを買収しようとしている……。

ブルームが短縮ダイヤルでダライアス・コールに電話をかけ、スピーカーフォンからコールの声が聞こえたとしても、これ以上の結果は得られなかっただろう。

「きみは大きなまちがいを犯そうとしている」ついにブルームは言った。「仕事にご執心になりすぎないことだな」

サンドヴァルは最後にもう一度ブルームの目を見据えた。

「自分が警察官だったときのことを覚えてますか？」

25

サッカーの試合を観ている三十人の親たちのなかで、二度の殺人を犯した経験があるのは自分だけだとニック・メイソンは自信を持って言えた。

メイソンはこの日もソフトボール場のバックネットにもたれて立っていた。サッカーの観覧席の後ろではあるが、同じ角度でフィールド全体が見渡せる。晴れた日ではないのに、サングラスをかけていた。どんよりとして寒くなりはじめているが、それを感じる余裕はない。ざらついた木の柱に背中をつけ、腕を組んでじっと立っていた。ストリップ・クラブの鏡に映った顔がいまも目に焼きついている。二番目の男の顔だ。知らない男の。

知りたくもない男の。

だが、すぐにまた同じことをするだろう、とメイソンはサッカー場を見渡しながら思った。何度機会が訪れたとしても、あそこから出て、あの九歳の女の子がボールを追いかけて走りまわる姿を毎週数分でも見られるのなら……。

いつだってまた同じことをする。

フィールドで試合が進むあいだ、メイソンはひとりの選手だけを見ていた。プレーが中断したときも、娘が数分外に出て向こう側のサイドラインでチームメイトを応援しているときも、娘だけを目で追いつづけた。

ハーフタイムになると、親たちは立ちあがってストレッチをしたり、離れた場所へ行って煙草を吸ったり、携帯電話をかけたりした。メイソンはその場にとどまり、娘が芝生に腰をおろしてチームメイトふたりと話す姿を見つめていた。後半がはじまろうというとき、メイソンはふとあることを思いついた。動くきっかけとしては、それでじゅうぶんだった。ポケットに手を入れて携帯電話を取りだす。ペットショップの番号を押しながら、ゆうべローレンの家へ行くとはっきり約束したのか、それともたぶん行くと言ったのかを思いだそうとした。どちらにしても、もう一度会いたい。通りを連れ立って歩き、もう一度あの別の人間になりたい。たった数時間でいいから。

選手たちはふたたびフィールドを走りまわっている。呼びだし音を聞きながら、娘の姿を探したが、すぐには見あたらなかった。しばらくして、フィールドの向こう側の隅でフリーキックのために並んでいるのが目にはいった。娘が蹴《け》り入れたボールはすばやくクリアされ、反対サイドへ運ばれていった。エイドリアーナは後方に残り、芝生に膝《ひざ》を突いて靴ひもを結んでいる。ほかの子供たちはボールを追って反対側のゴールに向かっていたが、メイソンにとっては、だれが点を入れようが入れまいがどうでもよかった。ただひとり、フィールドの反対側に残っている娘を見つめつづけた。

そのとき、駐車場の端の、エイドリアーナから二十ヤードほど離れたところに、男が立っているのが見えた。

ジミー・マクマナスだ。

相変わらずタンクトップに細身のジーンズといういでたちで、首にはいつもの金の鎖をかけている。同じ公園にこの男がいるという事実を呑《の》みこむのに、しばらくかかった。マクマナスは試合を観ている人々をながめまわしていたが、やがてその目がメイソンに向けられた。メイソンを見てうなずき、つぎにエイドリアーナ、そしてふたたびメイソンを見てうなずく。ほんとうにメイソンの娘かどうかを確認するかのようだ。自分なりの結論に至ったらしく、マクマナスはメイソンに親指を立ててみせた。

それからマクマナスは携帯電話を取りだし、口笛を鋭く鳴らした。まだ芝生にひざまずいていたエイドリアーナが顔をあげ、とまどったような表情を浮かべるのが見えた。マクマナスは携帯電話をエイドリアーナに向け、ボタンを押した。写真を撮っている。

メイソンはすでに動きだしていた。

バックネットの陰から出るや、観覧席の後ろを走って駐車場へ向かう。マクマナスは参ったとばかりに両手をあげたが、すぐに身をひるがえし、駐車場の中央へもどっていった。動きは速いが、走るでもなく、メイソンの出方を待つでもない。

メイソンはマクマナスに追いつき、首の後ろをつかんだ。手のなかで金の鎖が少なくとも一本はちぎれたと感じた瞬間、マクマナスは身を振りほどいて走りだした。

すでにひとつ先の列まで逃げたマクマナスを追い、メイソンはミニバンからおりかけている家族のなかを突っ切った。背後で悲鳴があがる。マクマナスがあたふたとキーを差しこみ、真っ赤なコルベットのドアをあけようとしているところに、メイソンはちょうど追いついた。マクマナスの首の後ろをつかみ、顔を車のルーフに叩《たた》きつける。

一回。

二回。

三回。

金属と骨がぶつかる音が駐車場に響き渡り、打ち砕かれたマクマナスの鼻から血が噴きだす。メイソンはその体をくるりとまわし、肋骨《ろっこつ》に左手で強烈なフックを何度も打ちこんだ。肋骨が折れ、内臓が傷つき、体外ではなく体内で出血を起こさせるようなフックだ。

「港で罠《わな》にかけただけじゃ不足だっていうのか」メイソンは小声で言うと、マクマナスの喉《のど》もとをつかみ、引っ張りあげてまっすぐ立たせた。「娘の写真まで撮りやがって」

つぎの一発で、マクマナスの体がふたつに折れ、コルベットの側面を滑り落ちた。もう一度マクマナスを引きあげて立たせようとしたとき、「動くな」という声が背後から聞こえた。声を無視して殴りつづけていると、背後からすさまじい重みで倒された。両手を背中でねじあげられ、手錠がかけられる。

メイソンは二、三分、そこで横たわったまま息を整えた。目をあげると、駐車場に集まった人だかりにジーナの顔があった。

エイドリアーナの姿はない。いるのはジーナだけで、どう感じているかは表情からわかる。

あの子を守ってるだけだ。そう声に出そうとした。おれたちの娘を守ろうとしてるだけなんだ。しかし、ジーナには聞こえなかった。

やがてメイソンは地面から引きあげられ、そのままパトカーの後部座席に押しこめられて連行された。

26

ニック・メイソンはたった一週間で、三方をコンクリート壁、一方を鉄格子に囲まれた場所にもどった。

エルムハースト警察署の留置場の壁は淡黄色に塗られたばかりで、ステンレスの洗面台とトイレは汚れひとつない。腰かけているベンチのクッションは厚手で、その上でもじゅうぶん眠れそうだ。これまで見てきたなかでおそらく最高の監房だろう。

とはいえ、監房は監房だ。

両手を見ると、まだ真っ赤に腫《は》れあがり、特に右手は関節の皮がめくれていた。この手でマクマナスを少なくとも三回か四回は殴った。おそらく車も、地面も。

両手が痛むが、それだけではない。マクマナスを叩きのめしたのは浅はかだったかもしれないが、ともあれ自分の意志でやったという実感があった。出所して以来はじめて、他人に命じられるのではなく、自分の意志で力を振るった。ほかのだれでもない、みずからの意志で。

大いなる瞬間だった。監房のなかで坐《ざ》したまま、両手をじっと見つめた。この瞬間から、ニック・メイソンは思いはじめた。ぜんまい仕掛けのロボットであることをやめて、自分の人生をふたたびこの手に取りもどすことができるだろうか、と。

通路に足音がした。しかし、エルムハースト署のだれかが釈放のために来たわけではない。サンドヴァル刑事だった。

メイソンはベンチの上で背筋を伸ばしたが、何も言わなかった。

「連行されたと聞いたんでね」サンドヴァルは言った。

サンドヴァルは監房と外壁にはさまれたせまい通路から折りたたみ椅子を一脚引きずってくると、それに腰かけてメイソンを見つめた。

「試合に非番の警官が居合わせてな」サンドヴァルは言った。「あの男を殺す前に、おまえを止めてくれた」

メイソンは何も答えない。

「つぎは正式に通報するという警告をして、そのあとで釈放になる。だが、おまえと話がしたくて、少し時間をもらった」

その時間を大いに待ち焦がれてたよ、とメイソンは思った。

「モーテルの一室で部長刑事が殺され、ゆうべはタイロン・ハリスだ。忙しそうだな」

メイソンは押しだまったままだ。

「それでおまえに行き着いたわけだ」サンドヴァルは言った。「コールにもな。おまえのお友達のマーコス・キンテーロにもだ。元ラ・ラーサのやつだよ。あいつはいつからコールの下で働いてるんだ。あそこを抜けるにはずいぶん入り用だったはずだ。それとも、コールにまるごと買収されたのか？」

メイソンはコンクリートの壁に背中をもたせかけた。

「おまえの同居人で、コールのレストランを経営してるダイアナ・リヴェリのことも調べた。用心するんだな。あの女に手を出してると知ったら、コールは不愉快だろうよ」

その点についてては、メイソンはかぶりを振った。

この男はコールを挙げたくてたまらないのだろう、と思った。自分よりも、キンテーロよりも、コールのために働くだれよりも。この先もそうだろう。コールはピラミッドの頂点にいるから、この刑事は命を懸けて追いつめようとしている。

その過程で別に十人逮捕するかもしれない。そうなれば、昇進し、勲章をもらい、市長と写真におさまるだろう。

だが、コールを挙げるまではけっして満足しまい。

「おれは何もかも自分の判断で動いてる」サンドヴァルは言った。「警察のエリート部隊が束になってかかったとして、何か見つけられると思うか？」

「話は終わりなのか」メイソンは言った。

「ちゃんと聞いてたのか？　ＳＩＳという名を聞いたことは？　麻薬密売人捜査のために、数年前に作られた組織だ。そいつらはなんでもやりたい放題なんだよ、メイソン。ずいぶんな実績をあげてるから、だれも口を出さない。最強のカードを振りかざし、市長や警察本部長の名のもとに大手を振って歩きまわる。だれかれかまわず車から引きずりだしては、叩きのめして金だの麻薬だのを奪う。令状なしで家をがさ入れする。それなのにだれも問題にしない」

「ここはシカゴだ」メイソンは言った。「いまにはじまったことじゃない」

「組織ができて七年になる」サンドヴァルは言った。「それがどういうことかわかるか」

メイソンは顔をあげてサンドヴァルを見た。

「港での手入れをしたのはやつらだ」サンドヴァルは言った。「ＳＩＳだよ」

ベンチの端をつかむメイソンの指に力がはいった。トラックの前に数台の車が現れた光景がよみがえる。ふつうのパトカーではない。あれは覆面だった。

「度肝を抜かれたか？　抜け目のないコールのことだから、ＳＩＳができたとたんに買収ぐらいしてもおかしくあるまい。業務提携ってわけだよ、メイソン。関係は長年つづき、やがて抜き差しならない状態になった。そこにおまえが来たんだ」

メイソンはベンチのクッションをきつく握りしめながら、この男が言おうとしていることについて考えをめぐらした。

「この世でいちばん危険なものは何かわかるか、メイソン。汚職警官だよ。だれも監視しない。だれも手をふれることができない。何もかもやりたい放題だ。汚職警官《たち》とかかわると、大変な問題をかかえることになる。だが、汚職警官よりはるかに性質が悪いのはなんだと思う？　汚職警官の集団だ」

ハリスがそいつらに会っているのを見た、とメイソンは思い返した。スーツを着た男たちだった。尾行をはじめて二日目のことだ。

「ブルームという部長刑事がいる」サンドヴァルが言った。「長身で色白、灰色の目をした、ロシアの国境警備兵みたいなやつだ。そいつが近づいてきても、向こうが名乗るのを待つことはない」

メイソンはその男の姿を頭に描くことができた。コーヒーショップの外で、ハリスに腕をまわして立っている姿を。「なぜそんな話をするんだ」

「おまえが殺したのはそいつの相棒だからだ、メイソン。そいつにとって、おまえは世界一重大な問題だってことだよ。いまごろはもう、おまえがコールのまわし者だと知れてるはずだ。コールにおまえが守れると思うか？　毎日二十四時間ずっとだ。どこかに身を隠せるとでも？　やつらはどこにでも現れる。まだここに来てないのが不思議なくらいだ。ＳＩＳの刑事がふたり組でここへやってきて、受付の巡査部長におまえを引きとりたいと言ったら？　おまえは道のりの半分も行かずに消されるわけだ。死体は出ない。ただ消える」

サンドヴァルは立ちあがって鉄格子に近づいた。「おまえは民衆の敵なんだよ、メイソン。おれが賭《か》け好きなら、いつまでその足で立っていられるかで勝負してやるさ。家族も狙われる。身近な人間はみんなだ。あいつらはどんなことだってする」

メイソンはしばらく目を閉じていた。ゆっくりと息を吸う。そしてもう一度。娘はいま、自転車に乗っているか、テレビを観ているかはわからないが、とにかく外の世界にいる。それなのに、自分はこの監房に閉じこめられている。いまにも娘が連れ去られるかもしれないのに、それを食い止めることさえできない。

「抜けだす方法がひとつある、メイソン。おれだ」

メイソンはサンドヴァルを見つめた。

「狼たちは野放しだ」サンドヴァルは言った。「おまえを狙ってる。おれはロープを投げてやってるんだぞ。生き延びるにはそれをつかむしかない。おまえがただの兵士なのはわかってるさ、メイソン。上からの指図で動いてるだけだ。すべてを明るみに出すために協力してくれたら、こっちも手を貸す。知ってることを洗いざらい話せば、あいつらの手の届かないところへ逃がしてやる。おまえだけじゃなく、おまえの身近な人間だれでもだ。なんとしてでも助けるさ。だが、おまえがこの監房を出たら、その時点でこの申し出は無効だ。ここから出たら助けてやれない」

「あんたがここにはいってきた瞬間、もう無効になってたさ」メイソンは言った。

「あんたはおれがやったと言うが、おれは何ひとつ認めてない。もっとも、その半分が事実だとしても、あんたに話せるわけがないがね」

サンドヴァルは鉄格子の前でしばしたたずみ、メイソンのつぎのことばを待った。やがて向きを変えて出ていった。

27

野放しの狼たち。その狼たちを、なんとしても守りたいふたりの人間のもとへ引き寄せてしまったのは、ニック・メイソン自身だった。

薄暗い通りに停めた車のなかで、メイソンはジーナの家をじっと見つめた。エルムハースト警察署から釈放され、警官の車で自分の車の場所まで送ってもらい、それからすぐにここへ来た。そのあいだずっと、サンドヴァルのことばが脳裏に響き渡っていた。

車をおり、通りの左右へしっかり目を向けた。それから私道を歩いていく。ガレージの上のスポットライトが前庭に光の弧を描いている。家のなかから、さらに明るい光が漏れている。

入口のドアがあいた。ジーナの夫が出てきて、ドアを閉めた。

「出ていってくれ。いますぐに」コーチ用のユニフォーム姿のまま、前庭の芝生をゆっくりと歩いてくる。

メイソンは相手の顔が見える距離まで近づいた。「ブラッド。それがあんたの名前だな？」

背はメイソンよりも二インチ高く、体重はおそらく二十ポンドほど多そうだが、その筋肉は路上ではなくジムで築きあげたものだ。とはいえ、この男とやりあうつもりはない。少なくとも今夜は。「話がある」

「なんの話だ。きょうのグラウンドでのことか」

「聞いてくれ」メイソンは言った。そして口をつぐんだ。いったい何を話そうとしてるんだ。どうやったらこれを説明できる？

「警察を呼ぶぞ、ニック。ここはおまえが来るべきところじゃない」

メイソンは名前を呼ばれて驚いた。この男と会ったことはない。ことばを交わしたこともない。

「ここを出るんだ」メイソンは言った。「三人とも。いますぐに」

ブラッドはただじっとメイソンを見つめている。

「どこか安全な場所へ行ってくれ」メイソンは言った。「だれにも行き先を言わずに。携帯の番号を教えてくれないか。状況が変わったら連絡する」

ブラッドはことばのひとつひとつに耳を傾けている。メイソンが言い終えると、ブラッドは首を横に振った。

「いったい」ブラッドはゆっくりと言った。「なんの話をしてるんだ」

「いまは言えない。おれを信じてもらうしかない。ふたりを連れて逃げろ」

ブラッドは一歩さがると、首の後ろをさすり、悪い夢を振り払おうとするかのように首を左右に振った。メイソンのほうに向きなおって言う。「きょうはもうじゅうぶん面倒を起こしたんじゃないのか」

「わかってる。だが、いまはただジーナとエイドリアーナを守りたい。それにはあんたの助けが要るんだ」

「いいか、わたしはまさにそうしようとしてる。あの子を……」ブラッドは口ごもり、家のほうを一瞥《いちべつ》した。「おまえの娘を守ろうとしてる。それがおまえの望みなんだろう？」

「そうだ」

「なら、わたしにまかせろ。ここに何を持ちこもうとしているか知らないが、なんにしても、あの子にとっていいことじゃない。あの子の人生には関係のないことだ。おまえ自身も含めて」

メイソンはここ数日、この男を憎みつづけてきたが、いまは納得できた。この男は全力でエイドリアーナを守ってくれるだろう。命を懸けて。いまはその思いに訴えかけるしかない。

「おれがあんたの立場なら」メイソンは言った。「やっぱり腹が立つさ。だが、おれみたいな人間がほんとうに危険だと言ったときには、しっかり耳を貸す」

「なら警察へ行こう」

この男は自分とは育った場所がちがう。この数日を生き抜いてきたわけでもない。最後に制服警官とかかわったのは、スピード違反監視区間で減速し忘れて、免許証や車両登録証や保険証を見せたときだろう。

「この件は警察に知らせるわけにいかない」メイソンは言った。「信じてもらうしかないんだ」

ブラッドが何か言うより早く、玄関のドアがあいた。芝生へ光が長方形に伸び、一瞬、エイドリアーナの影が見えた。

つづいて、ジーナがエイドリアーナを戸口から引きもどし、ドアを閉めるのが見えた。まさにそのとき、かつてないほどの強烈な衝撃を受けた。目を閉じて、こらえるしかない。

「あの子と話がしたい」メイソンは言った。

ブラッドは首を横に振った。

「娘に話があるんだ。ここでもいい。どこでもかまわない。あんたがいっしょでも、あんたとジーナがいっしょでもいい。一分でいいから会わせてくれ」

「あの子にとって大変な一日だったんだよ、ニック」

「一分でいい」

ブラッドは家のほうを見やった。「フィールドでの出来事にかなり動揺してたよ。だが、おまえの顔はわかったらしい。父親かと訊《き》いてたよ。ジーナはおまえに二度と会わせないと言ったがね」

また強烈な一撃だ。メイソンは受け入れ、つぎに来るのがなんであれ、それを待った。

「すぐにもどる」そう言うと、ブラッドは背を向けて家のなかへはいっていった。メイソンは暗闇に立ちつくしていた。ようやくブラッドが出てきたが、芝生の中ほどまで来てはじめてその顔が見えた。

「一分だぞ」ブラッドが言った。

メイソンは目を閉じ、息を吐いた。それからブラッドのあとについて、玄関まで歩いていった。

ブラッドがドアをあけると、ジーナが立っていた。

エイドリアーナもいっしょだ。

パジャマを着ている——小さなゾウたちが、それぞれ前を行くゾウの尻尾《しっぽ》を鼻でつかみ、一列になって体のまわりを行進している。サッカー場で見かけたときは、髪を三つ編みにしていた。いまは濡《ぬ》れた髪を肩に垂らしている。

「こんばんは」メイソンの娘が言った。

このときのために用意していたことばが、ひとつ残らず消えてしまった。頭のなかが真っ白だ。

「やあ」メイソンは言った。

ジーナに目を向ける。ジーナは唇を結んで、片手を胸にあて、もう一方の腕をエイドリアーナの肩にまわしている。

「サッカー、じょうずだな。すごく足が速い」

エイドリアーナはうなずいた。

「どの男の子よりも速いよ」メイソンは言った。

「ひとりだけ、かなわない子がいる」エイドリアーナは言った。「ブランデンよ」

メイソンは微笑んだ。

「きょうはごめんな」

「男の人を追っかけてたでしょ」エイドリアーナは言った。「あの人、あたしの写真を撮ってた」

「こわい思いをさせて悪かった」

「あの人、やな感じだった。だから、追っぱらってくれてうれしかった」

ことばが途切れた。ジーナの目がメイソンを凝視している。メイソンはどうつづけたらいいかわからなかった。

「エイドリアーナ」やっとのことでことばが出た。「覚えててくれたのか」

「前の試合にも来てたでしょ」エイドリアーナは言った。「観覧席にすわってた」

「三人で暮らしていたころのことは覚えてるかい。四歳のころだ」

「刑務所に行っちゃうまでね」

メイソンはジーナに目をやった。「そうだな」

「それからしばらくはママとふたりでいて、そのあとここに引っ越したの」

「ずいぶん昔のことのように感じるだろうね」メイソンは言った。「でも、お父さんにとっては、ついきのうのことみたいだ。おまえとお母さんを置いていくのが、どれほどつらかったか」

「何をしたの？」

メイソンはふたたびジーナの顔を見た。「おまえも失敗をすることがあるだろう？」

「うん」

「そうだな、お父さんは大失敗をしたんだよ。してはいけないことをしてしまった」

エイドリアーナはうなずいて、母親を見あげた。

「これだけはわかってくれ」メイソンは言った。「おまえたちといっしょにいたいって、毎日それだけを願ってた。おまえのお父さんでいることだけを」

エイドリアーナはしばらく考えた。「刑務所って鉄の棒で囲まれてるの？」

メイソンは声をあげて笑いそうになった。「最初の四年はね。最後の年はガラス張りだったよ」

「ガラスの牢屋《ろうや》？　割れないか心配じゃない？」

メイソンはまた微笑んだ。「とっても厚いガラスなんだよ」

エイドリアーナはふたたび母親を見あげた。それからメイソンに視線をもどした。

「刑務所から出られてうれしいでしょ？」

メイソンは娘を見おろした。「いまはね」

「さあ、もう寝る時間よ」ジーナが言った。

メイソンは顔をぬぐった。「帰る前に抱きしめてもいいか」

ジーナはためらったが、エイドリアーナの肩を離した。

娘が近づいてきて、メイソンの腰に両腕を巻きつけた。メイソンは目を閉じ、娘の背中をさすった。

そして、エイドリアーナは離れた。

娘が後ろを向き、母親といっしょに階段をのぼる姿を、メイソンはじっと見守った。姿が見えなくなるまで。男ふたりは入口に立ちつくしていた。もうことばは交わさなかった。ブラッドがうなずく。それでじゅうぶんだ。メイソンは夜のなかへもどっていった。

しばらくのあいだ、車のなかで、体にまだ残る娘の両腕の感触を味わっていた。やがて、また顔をぬぐい、キーをまわした。

これで覚悟はできた、と自分に言い聞かせた。これから何が起ころうと、覚悟はできている。

28

五年ぶりに娘を抱きしめたことで、この悪夢から抜けだす道を見つけようという思いがいままでに増して強くなった。動きつづける力の源はそれしかない。

市境の近くまで来たとき、携帯電話が鳴った。

「レストランへ来い」キンテーロが言った。「いますぐだ」

電話は切れた。

レストランが意味するのはただひとつ――ダイアナだ。自分に劣らず危険な立場にあるのかもしれない。

コールとの結びつきが強いのはダイアナも同じだ。サンドヴァルもそのように言っていた。だが、ダイアナはだれに狙われているかを知らずにいる。

メイソンはカマロのエンジンを吹かして猛然と高速道路を飛ばし、キンジー・ストリート橋を渡って、ラッシュ・ストリートへ折れた。

キンテーロのエスカレードが駐車場で待っていた。メイソンが隣に車を停めて出ていくと、運転席の窓があいた。

「ダイアナはどこだ」メイソンは尋ねた。

「だいじょうぶだ」キンテーロが言った。「中で仕事をしてる。心配は無用だ」

「電話の用件は？」

「ハリスといっしょにいた女を見つけてもらいたい」

ストリップ・クラブでの記憶がよみがえる。護衛を引き止め、ハリスがトイレでひとりになる機会を作ってくれた金髪の女。

「あの女をどうするんだ」

「見つけだして、これを渡してくれ」キンテーロは言った。

キンテーロは助手席に手を伸ばし、黒い革のキャリーバッグを取りあげてメイソンに手渡した。大きくはないが、何かがぎっしり詰まっていて、重さ二十ポンドはありそうだ。いくらはいっているのかは尋ねなかった。

「女はあるものを持ってくることになっていた」キンテーロは言った。「だが、姿を消した。女を見つけたら、そいつが持ってるものを受けとって、すぐにおれのところへ届けろ。一分でも無駄にするな。わかったな？」

メイソンは二日間の尾行で見てきたお決まりの経路を思い返した。「あの女を見つけられそうな場所がひとつだけある。そこにいなければお手あげだ」

「なら、そこにいることを祈るんだな。名前はアンジェラだ」

「聞いてくれ」メイソンは言った。「あの女が何を持っていて、なぜあんたがそんなにほしいのかは知らないが、おれにはそれよりずっと大きな心配事があるんだ」

「そんなものはない」キンテーロは言った。「時間を無駄にするな。あの連中はおまえだけじゃなく、女も狙ってるんだ」

それ以上は尋ねなかった。相手は長年にわたって警察の連中を扱ってきた男だ。メイソンがこの仕事をはじめたら何が起こるかくらいわかっていたはずだ。前もってだれかが教えてくれていたら、と思いながら、メイソンはバッグを肩にかけた。

「おい」キンテーロは言った。「ちょっと待て。きょう逮捕されたのは、いったい何をやらかしたからなんだ」

メイソンはかつてのキンテーロのことばを思いだした。最初の日、タウンハウスの前に停めた車にいたときだ。〝なんであれ、しょっぴかれたら、おまえは問題をふたつかかえることになる。しょっぴかれた事件そのものと……このおれだ〟。

「あいつが娘を追いまわしてた」メイソンは言った。

「ひと晩勾留《こうりゅう》されたら、いまごろ何もかも台なしになってたんだぞ」

メイソンは車に片手をついて寄りかかった。「聞こえなかったのか？　おれの娘なんだよ」

「そいつの名前は？」

「知ってどうする」

「そのばかはなんて名前かと訊《き》いてるんだ」

「マクマナス。ジミー・マクマナスだ」

「家族のためを思うなら、いまは自分の仕事をしろ」キンテーロは言った。

「おれの仕事は、おまえの仕事に邪魔がはいらないようにすることだ。マクマナスはおれの問題でもある」

メイソンはキンテーロの目を見据えた。どういう意味かはよくわからないが、マクマナスにとって朗報ではないだろう。

「女を見つけてこい」キンテーロは言った。それからバックで車を出し、走り去った。

車にもどるとき、正面ドアからレストランへはいっていく男女の姿が見えた。ゆっくりと、おいしい夕食を楽しむつもりだろう。幸せそうなふつうの人たち。ダイアナは店内で仕事をしている。

ダイアナに話さなくてはいけない、と思った。狼たちのことを知らせなくては。今夜のうちに。この仕事が片づいたら。

メイソンは車に乗りこみ、通りを進んだ。息を整えながら、いま向かっている場所について思いをめぐらし、ハリスの家で何を見つけることになるのかを想像した。

あの女が持っているもの、この街の汚職警官どもがあんなにほしがっているものとはなんだろうか。

ダン・ライアン高速道路に乗ったところで、パトカーが一台後ろから来た。メイソンは体をこわばらせ、選ぶべき手をひととおり考えた。一気にスピードをあげて、つぎの出口で高速をおりるか。それとも、中央分離帯の切れ目を見つけてUターンし、反対方向へ行くか。だが、パトカーはすぐ横を走り抜けていった。メイソンは大きく息を吐き、運転をつづけた。

フラー・パークに着くと、スピードを落として徐行し、例の家に近づいた。この前と同じで、通りには人影ひとつない。ハリスを尾行してこの家へやってきた夜と同じだ。家のなかの明かりもついていない。黒のクライスラー300は二台とも家の前に停まっているが、だれも乗っていない。タイロン・ハリスの護衛はもはや無用のことだ。おそらく、まだダウンタウンのどこかで金属の台に横たわったままなのだから。

その家をしばらくじっと見つめた。それから脇道のひとつにはいり、一ブロック離れたあたりに停車した。車内灯を消して数分待った。闇に目を慣らせ、と自分に言い聞かせる。外に出たらすばやく動かなくてはいけないが、速すぎるのもだめだ。近くの住人を装え。

メイソンはグローブボックスから懐中電灯を取りだした。そっとドアをあけて車の外に出てから、静かにドアを閉める。例の家へと引き返す――無防備に姿をさらしているという思いで、一分が長く感じられた。

車は二台ともここにある。とすると、部下たちはどこだろうか。家にはまったく人《ひと》気《け》がない。

裏庭は、壊れかけた古い金網の柵《さく》に囲われていた。メイソンは通りの左右へ目をやり、乗り越えられそうな場所を見つけた。裏口まで行って、ふたたび四方へ視線を走らせ、それからドアノブをまわしてみる。施錠されている。

ドアの窓にはガラスが九枚はまっていた。手の付け根で右下のガラスを叩《たた》くと、割れた感触があり、内側の床に落ちる音がした。そこから手を入れ、ドアの鍵《かぎ》をはずした。

ドアを一インチ押しあけ、耳を澄ます。

何も聞こえない。

完全な静寂。

懐中電灯をつけて、レンズのほとんどを手で覆い、ひと筋の細い光でキッチンを照らす。まず目にはいったのは荒らされた跡だった。冷蔵庫の扉は両方とも開いたままで、中身がすべて床に散乱している。キャビネットの扉もひとつ残らずあけ放たれ、皿はすべて割れている。

一歩踏みだすと、足の下でガラスの破片が砕けるのを感じた。歩を止めて耳を澄ましたところ、どこか上方から音が聞こえた。きしむような音が一回、そしてもう一回。古い家ならではの床鳴りかもしれない。昼夜を問わず、あんな音を立てているのだろう。

メイソンはそのまま動かずに待った。もう音は聞こえない。懐中電灯を動かすと、地下へ通じるドアが見えた。ドアをあけ、懐中電灯を下に向けて階段を照らした。じめついた空気と黴《かび》のにおいが立ちのぼってくる。

そして、何か別のものがある。

死体が四つ、階段のいちばん下に積み重なっている。

すべて黒人だ。

この男たちがだれなのか、メイソンにははっきりわかった。

29

死体のなかにアンジェラがいないことを確認しなくてはならない。階段を半分くだったあたりで、ひとりひとりの体がはっきり見えた。どんな具合に落ち、ほかの体とどうもつれ合っているかまでわかる。女はいない。

やつらもその女を探している、とキンテーロは言っていた。女がここにいたのなら、男たちを殺したあとで連れ去ったにちがいない。

遅きに失したわけだ。いますぐここを出ないとまずい。

階段をのぼって引き返しながら、頭のなかでこの家での自分の足どりをたどり、接触した可能性のあるものを残らず思い浮かべた。裏口のドア以外、どこにも手をふれた覚えはない。いずれにせよ引き返すのだから、外へ出るときにドアノブを拭《ふ》けば問題はないだろう。メイソンはキッチンの布巾《ふきん》をつかんだ。

裏口のドアをあけ、ドアノブをぬぐいはじめる。そのとき声が聞こえた。

こういう古い家では、換気のために各階のあいだにむきだしのダクトがめぐらされている。子供のころ、カナリーヴィルの汚らしい建物を細かく仕切った古いアパートメントに住んでいたが、通気口から下の部屋が見えることがよくあった。のぞきがいのある人物が下の階に住んでいればおもしろい。だが、下着姿で妻を怒鳴りつける飲んだくれだったら、おもしろくもなんともない。

また声がした。しゃがれて張りつめた声で、ことばは聞きとれない。動物の鳴き声かもしれない。頭のなかではすでに警報が鳴り響いている。ここに長くいすぎた。地下室に四人の死体が積みあがった家に数分以上とどまるのは、おそらく自分のルールに反するだろうし、そうでなくても、とんでもなくまずい状況だ。

とはいえ、声がどこから聞こえるのかを突き止めなくてはならない。

居室部分にはいっていくと、ひっくり返った家具の影がぼんやり見えた。食堂のテーブルは横倒しで、椅子という椅子が部屋じゅうに投げ飛ばされて壊れている。キャビネットの抽斗《ひきだし》も掻《か》きだされている。

メイソンは歩みを止めて、もう一度耳を澄ました。それから通りに面した部屋にはいると、床に細い糸がからみ合ったような血痕《けっこん》が見えた。

壁には弾痕《だんこん》がいくつもある。

メイソンは階段をあがった。

タウンハウスにあるよりもさらに大きなハイビジョンテレビがあり、巨大なスクリーンの中央から蜘蛛《くも》の巣のような亀裂がひろがっている。部屋じゅうのあらゆるものがこじあけられ、ひっくり返されているが、ここには血痕はない。弾痕もない。ただ怒りと破壊だけだ。

三階にはつづきの寝室がふたつあり、それぞれに泡風呂《ぶろ》やタイル張りのシャワー室、キングサイズのベッドなどなど、だれもがほしがりそうなものがそろっている。抽斗やキャビネットはどれも中身がぶちまけられている。

さらなる怒り、さらなる破壊。

だが弾痕はない。血痕もない。

まず最初の部屋で、メイソンはかがみこんでベッドの下を見た。クロゼットは空だったが、床に積みあがった衣類の山をゆっくり蹴散《けち》らしながら歩いていった。つぎの部屋も同じだ。クロゼットの衣類の山はさっきよりもずっと大きいが、だれも隠れてはいない。メイソンは天井を見あげ、屋根裏が怪しいと感じた。

また声が響き、こんどははっきりことばが聞きとれた。女の声で、ほとんど抑揚がない。同じことばを何度も繰り返している。どうやら……「ジョーダン？」と言っているらしい。

メイソンは待った。

何も起こらない。

そこで、奥の壁をもっとじっくり調べた。中央部分に切れ目のはいったスチールの棚が壁の奥に取りつけられている。メイソンは手に布巾を巻きつけてから、棚をつかんで引っ張った。

壁の半分が手前に揺れはじめる。壁の向こうに見えるのは闇だけだったが、懐中電灯を動かすと、女の大きく見開かれた目がそこにあるのがわかった。

メイソンの胸にまっすぐ銃口が向けられている。

女の目はさらに大きくなり、指はすでに引き金を絞りかけている。

銃の初心者が撃つときには、引き金を強く握りしめるため、弾は高く右にそれる。それに賭《か》けるしかない。

メイソンが床に伏せると同時に、銃声が部屋の静寂を破り、弾が左肩をかすめた。転がりながらクロゼットを離れ、片膝《かたひざ》を突いて身を起こす。「撃つな!」メイソンは言った。「アンジェラ、おれを信じてくれ。ここから出してやる」

「ジョーダンはどこ?」女がかすれ声で聞いた。

「だれのことかわからない。どれくらい隠れてたんだ」

「わかんない。何時間もよ。ここにいろって、あの人に言われたの。だれかが部屋に来たら撃てって」

車をおりるアンジェラと、護衛も兼ねているらしい運転手をレストランで見かけたことを思いだした。あれがジョーダンにちがいない。

だとしたら、ジョーダンは地下室の階段の下で倒れていた男たちのひとりだ。

「ジョーダンは死んだ」メイソンは言った。

しばらく待ち、女が静かに泣くのを聞いた。それから立ちあがった。

「さあ、来るんだ」メイソンは言った。「ここから出なきゃ」

アンジェラは銃を握りしめたままクロゼットから出てきた。

ベレッタM9。おそらくジョーダンの銃だ。おそらくこの銃だから命拾いできた。

重さが二ポンドで、装塡数《そうてん》が十五発。アンジェラが持っていたのが自分用の小型のベレッタ・ナノだったら、メイソンは頭をぶち抜かれていただろう。

「銃をこっちへよこせ」

アンジェラは銃に目をやり、それからメイソンに手渡した。

メイソンはそれをベルトにはさんだ。

泣きつづけているのと、どれぐらいの時間か、ずいぶんせまい場所に隠れていたせいで、アンジェラの顔も髪もひどいありさまだ。

それでもやはり美しい。

「どこ行くの？」アンジェラは両手で涙をぬぐいながら尋ねた。

「どこでも好きなところへ行ってやる」

「ジョーダンが死んだのはほんとう？」

〈モートンズ〉の外でハリスといるところをはじめて見たときから、アンジェラはスウェーデン出身のファッションモデルか何かだろうと思っていた。しかし、いま話しているのを聞くと、母音を引き延ばす典型的な南部訛《なま》りがある。ストックホルムより家畜囲い地《ストックヤード》のほうがお似合いだ。

「死んだ」メイソンは答えた。「全員死んだ」

アンジェラがまた泣きだすのではないかと思ったが、突然憎しみが湧き起こったのか、きびしい目でにらみつけてきた。「思いだした。あんた、あのクラブにいたでしょ」

「おれを助けてくれたろう？」時間が一気に逆転し、ハリスがテーブルから立ちあがった瞬間、そしてトイレへ同行しようとした護衛をこの女が引き止めた瞬間の記憶がよみがえった。

「そうよ」アンジェラはそう言って目をそらした。「たしかに助けた。じゃあ、あれを買いたいのね」

アンジェラは隠れ場所にもどり、暗がりにかがみこんで何かを拾いあげた。ふたたび立ちあがり、それをメイソンに手渡した。ハードカバーの本くらいの大きさだ。しかし、光沢のある黒いプラスチックでできている。

「これがなかったら、何もくれないんじゃない？　あたしがここから出られなくても、ぜんぜんかまわないんでしょうよ」

ぜんぜんかまわなければ、いますぐ撃ち殺して、死体からそれを奪うさ。

「これはなんだ」メイソンは手のなかで黒い箱をひっくり返しながら尋ねた。

「お巡りたちが探してるものよ」

「さあ行くぞ」メイソンは言って、アンジェラの腕をつかんだ。

先に立って階段をおりたが、アンジェラはキッチンで立ち止まり、ジョーダンがどこにいるのかを知りたがった。メイソンはアンジェラを追い立てるようにして、地下室への階段のそばを通り過ぎ、忘れずに裏口のドアノブをぬぐってからドアを開いた。

外へ出ると、これまでにも増して身の危険を感じながら、アンジェラを連れて裏庭を抜け、壊れた柵《さく》を乗り越えて通りへ出た。

「車はどこよ」アンジェラが尋ねた。

「すぐそこだ」そう言いながらも、女を家のなかへ押しもどしたい衝動と闘っていた。

助手席のドアをあけて女を押しこんだとき、ヘッドライトに目がくらんだ。運転席側にまわると、車が背後から猛スピードで迫っているのがわかった。回転灯が明滅し、赤と青の光がふたつのヘッドライトのあいだで踊っている。覆面パトカーだ。

メイソンはキーを探し、カマロのエンジンをかけた。アクセルを踏みこんで車を出すと、タイヤが舗装道路をこする音が響き渡った。

30

最初の曲がり角でパトカーが追いついた。メイソンのカマロの前にフロント部分をじりじりと寄せながら、路肩へ押しだそうとする。

ふつうのセダンタイプの覆面パトカーではない。ダッジ・ヘルキャットだ。運転手の顔は見えない。その必要もないが。

ハンドルを左に切り、パトカーの鼻先ぎりぎりでバックさせると、運転席側のドアがこすれるのを感じた。ダン・ライアン高速道路はすぐそこだが、そこへ向かうつもりはなかった。いま掩護《えんご》がなくても、すぐに大量に駆けつけるだろうから、一直線の道に出るような愚行を犯せば、たちまち餌食《えじき》にされる。ガードレールに追いこまれて、ふたりとも撃たれる。車からおりることすらできないかもしれない。

メイソンはハンドルを右に大きく切り、さらにもう一度右に切った。アンジェラは揺さぶられて助手席のドアにぶつかりそうになり、悲鳴をあげた。

「しっかりつかまれ」メイソンは言った。

二度のターンで折り返し、西へ向かう。背後の車は見えなかったが、そう離れてはいまい。アンジェラがシートベルトを留め、座席に深く身を沈めて目を閉じると、メイソンはアクセルを強く踏みこんだ。

これはチャンスだ、とメイソンは四十五番ストリートに向かいながら思った。堤防がどんどん近づいたが、わずかにスピードを落としただけで、橋の下をくぐり抜けた。ベルリンの壁。子供のころから知っている境界線だ。車の両側わずか数インチのところを橋桁《はしげた》が飛び去っていく。橋の反対側に出ると、そこはもうカナリーヴィルだった。ここはわが家だ。いまや、最速の車も地の利もこちらにある。

メイソンは急ハンドルを切って四十七番ストリートへはいった。この道は自由に走れるだけの幅がある。同じ車線の車をすべて追い抜こうと対向車線に出て、またもどることを繰り返した。背後から色とりどりのクラクションが鳴り響く。夜も更けてきたこともあり、なんとか切り抜けられるだろう。

バックミラーをのぞくと、二ブロック後方にヘルキャットが見えた。回転灯をつけたままなので、ほかの車が数台、路肩に寄って道を譲っている。

脇道を使うためにじゅうぶんなスペースがほしい。つぎの赤信号で停車中の車列の脇をまわりこんだとき、対向トラックに急接近し、後部バンパーの角がこすれるのを感じた。急ハンドルで右に切り、ハルステッド・ストリートを疾走していく。見通しのよい広い道なので、ぐんぐん飛ばせる。赤信号をさらにふたつ走り抜け、ミラーをのぞくと、回転灯は数ブロック後ろにかろうじて見えた。

カナリーヴィルを案内してやろうじゃないかと思い、メイソンはパーシング・ストリートとの交差点で右に急ハンドルを切った。振り返って、追っ手がいないのをたしかめると、最初の脇道にはいってもう一度曲がり、この地域の中心部を突き進んだ。このあたりは道幅がせまい。前方に要注意だ。私道からバックしてくる車が一台でもあれば、ひどい目に遭う。だが、どの道なら通り抜けでき、どの道が行き止まりになっているかは、すべて頭にはいっている。子供のころ近道にしていた路地だって忘れていない。

そんな路地のひとつで、いくつもの裏庭のガレージ脇をどうにか進んでいき、道をふさぎそうな大型のごみ容器のそばをすり抜けた。ようやくひとまわりし、一世紀にわたって鎮座する古い精肉工場の積みおろし場に乗り入れた。大型輸送トラック二台にはさまれたせまい空間に車を割りこませる。ここならだれにも見られまい。低くうなるアイドリング音を聞きつけられないように、エンジンを切った。

メイソンが息を整えていると、アンジェラは座席を起こして窓の外を見た。

「ここはどこ？」

「安全な場所だ」メイソンは答えた。「しばらくのあいだ、やつらを走らせておく。探しまわるうちに、どこかよそへ行くだろう。そうしたら、こっちはまた道にもどる」

「あたし、殺されてたね」アンジェラは言った。「あの家で見つかってたら……」

メイソンはうなずいた。

アンジェラは目を閉じ、頭を座席に預けた。全身が震えている。ほとんど真っ暗なのに、髪が輝いて見える。

「どうしてこんなことに？」アンジェラは言った。「ジョーダンはただ逃がしてくれようとしただけなのに。ふたりで逃げようと」

いかにもありそうな話だ。あの男はこの女の護衛をまかされていた。女とともに長い時間をともに過ごす。車のなかで、ふたりきりで。女の香水のにおいを嗅《か》ぎ、女の冗談に笑う。女が打ち解けて話すようになる。男に何かを見いだす。何か特別なものを。

「あの人、あんな暮らしに耐えられなくなったの」アンジェラは言った。「いっしょに逃げるつもりだった。チャンスだったのよ。だから、あたし……」

アンジェラは最後まで言いきらなかった。その必要はない。ふたりとも、あの夜に自分が演じた役を知っている。

メイソンは手を後ろへ伸ばし、後部座席から黒い箱を取りだした。

「これがなんなのか教えてくれないか」

「タイロンの保険よ」

あらためて観察すると、片側にポートが並び、電源プラグ、それにコンピューターに接続するコードが差しこめるようになっていた。

ノートパソコンにも使える。

「あいつらと会うときはかならず記録を残してたの」アンジェラは言った。「どんな取引も。どんな支払いも」

「バックアップのハードディスクか」メイソンは言った。ノートパソコンを持って通りを歩き、そこかしこへ移動していたハリスの姿が目に浮かんだ。毎日そうやって仕事をしていたのだろう。

「取引だけじゃない」アンジェラは言った。「あの人は、いつもこの……これをノートパソコンにつないでたの。あいつらのだれかといっしょのときは、かならずスイッチを入れて話を全部録音してた。ノートパソコンを閉じてるときもね。録音は全部そのなかよ」

メイソンはホーマン・スクエアのそばのコーヒーショップを思いだした。ハリスの肩に腕をまわしていたスーツ姿の男。内容がなんであれ、あのときの会話もこのハードディスクに残されている。

「これで自分の身を守れると思ってたのよ」アンジェラは両手を見つめながら言った。「みんなを守れるってね。部下全員も。あたしも」

メイソンは手でその重さを量った。硬いプラスチックとコンピューターの部品、その他一連の部品を含めて二ポンドほどだ。

汚職警官の集団を一掃するのにじゅうぶんな証拠となる。

「この街を出るんだ」メイソンは言った。「そして、ぜったいにもどるな」

「MLK大通り二一二〇番地へ連れてって。そこなら二、三日いられて、そのあと逃がしてくれる」

驚くにはあたらない。この容貌《ようぼう》なら、手を貸してくれる男には不自由しまい。

さらに二十分待つ。それから駐車場を出て路地を引き返した。四十七番ストリートにぶつかると、左右を見渡し、ヘルキャットか、なんであれ追いつかれそうなほど速い車がいないかを確認した。そこで曲がり、流れに乗ろうとふつうのスピードで走った。とはいえ、いつでも逃げる準備はできている。回転灯が見えたら、すぐにエンジン全開だ。

MLK大通りへ行き、その番地を見つけた。家の前で車を停め、ドアがあくのを待つ。バッグを渡すと、アンジェラはファスナーをあけて中身をすばやくたしかめた。ひと息ついて、うなずく。

「じゃあ」アンジェラはすばやく車をおり、玄関へ向かった。メイソンは家にはいるのを見届けた。すぐにドアが閉まった。

携帯電話が鳴った。キンテーロだろうと思いながら、電話を取りだす。いまいましい荷物を受けとった、と口から出かかる。どこにいるのか教えろ、と。

ところが、電話はダイアナからだった。

「ニック」たったひとことだが、声に恐怖がにじんでいる。

「ダイアナ、どうした？」

「あなたと話したいって。ニック、助けて」

なんの話かと尋ねる必要はなかった。胃の底を焼かれ、穴をあけられたような気分だ。

「メイソン」声が響いた。

「だれだ」

「ブルームだ。そのハードディスクを持ってこい。取引だ。ふたりとも逃がしてやる」

それが嘘なのはわかっている。問いただすつもりはない。そんなことをしてもなんの助けにもならない。ダイアナを助けてやれない。

「どこにいる？」メイソンは聞いた。

行き先を説明する相手のことばに、注意深く耳を傾ける。

「あんたの部下がおれの車を追ってる」メイソンは言った。「それをやめさせてくれ」

「もう指示したよ」ブルームは言った。「街なかでやるわけにはいかないからな」

「すぐそっちへ向かう」

メイソンは電話を切った。すぐに、アンジェラから渡されたベレッタM9を取りだす。装塡《そうてん》の具合をたしかめる。アンジェラが撃ったとき、弾倉はフル装塡されていた。つまり、いまは薬室の一発を入れて十五発ある。

十五発。

31

メイソンが巨大な採石場の深い谷底を見おろしていたとき、そこにはすでに高性能スナイパー・ライフルの照準が合わせられていた。門のそばに停まった車のなかから、旧友エディー・キャラハンがプレシジョン・プロ２０００をメイソンの背中に向けている。

メイソンは世界のへりに立っている気分だった。切り立った崖《がけ》の上から採石場の底まではゆうに四百フィートある。北側のふちに沿って走る幹線道路には車列の細い筋が見え、ちっぽけな光の群れが彼方《かなた》で輝く星のようだ。ここことあそこのあいだには、空っぽの闇だけがひろがっている。

この採石場では一世紀近くにわたって石灰石が切りだされ、粉状に砕かれて道路やセメントや高層ビルに使われている。メイソンは空気に石のにおいを嗅ぎとりながら、谷底に目を凝らして、明かりや動きの気配、敵の居場所を示す手がかりを探した。そしてダイアナの居場所を。

先刻、メイソンは南東の角からこの敷地へはいり、いったん車をおりて門の鎖をはずした。ブルームが言ったとおり、南京錠はかかっていなかった。それから、塵埃《じんあい》が舞うなかで車を走らせ、ここまでやってきた。この先は崖に刻まれた細い道を延々とおりていく。

ひとつ息を吸って、頭をすっきりさせようとした。計画は単純だ。ダイアナを助ける。ほかは全員殺す。目にはいった者はだれでも。

モーテルで覚えたためらいを、いまは感じない。ストリップ・クラブで覚えた恐怖も、いまは感じない。ダライアス・コールから人生に押しつけられた暴力のすべてを、ここにいる敵にぶつける。

自分が選ばれた理由はそれだったのか、とメイソンは思った。ようやくわかった。コールが求めていたのは、すでに手を血で染めた服役囚ではなかった。自分の手で殺人者を作りあげたかったのだ。

刑務所の食堂でテーブルをはさんで向きあったあのとき、すでにコールはこちらの素質を見抜いていた。必要となるすべての素質を。

そしていま、自分はここにいる。

メイソンは両手を振り、もう一度深呼吸をしてから車に乗りこんだ。市境を越えてここまで車を運転しながら、知りえたことを頭のなかで整理していた。

警察のやつらは後部座席にある黒いボックスをほしがっている。おのれの身を守るために。いったん手に入れたら、自分を殺すだろう。コールがこの戦いに送りこんだ兵士である自分を消して、脅威を取り除こうとする。

それからダイアナを殺すはずだ。そうとしか思えない。ダイアナは目撃者であり、それにも増して、やつらにとってはコールに打撃を与えうるただひとつの材料だ。コールの唯一の弱点だ。

二百マイル離れた連邦刑務所にいるコールに、やつらは直接手出しができない。自分を殺すことならできるし、キンテーロも殺せる。コールがシカゴに放った人間を片っ端から始末すればいい。だがそうしたところで、コールはまた新たな刺客を送りこむだけだ。

ダイアナはコールが世界でただひとり大切にしている人間だ。代わりはいない。ダイアナを殺せば、コールに全面戦争を挑んだことになる。

戦いの行方がどうなるかは想像がつかない。それでも、自分が巻きこまれることだけはわかっている。

そして、戦場へ向かうには掩護《えんご》が必要だ。

「どこにいる？」メイソンは言い、左耳につけたブルートゥースのイヤフォンにふれた。

「門のところだ」エディーの声がした。「おまえが見えるよ」

「これから下へ向かう。こっちからいいと言うまで、後ろに離れてててくれ」

メイソンは、ガレージでビールを飲みながら話していたときにエディーが言ったことを覚えていた。軍隊を離れて何年も経《た》つが、まだたまに射撃をしているという。いまでも千ヤード以内の的なら命中できることを祈るばかりだ。

「遠すぎる」エディーが言った。「掩護するには暗い」

「なんとかがんばってくれ。あまり近づきすぎるな」

メイソンは崖をのろのろとおりていった。こんなものを道と呼ぶことはできない。ひどく急で、柵《さく》もついていない。スリップしたが最後、車は真っ逆さまに転落し、五秒後には地面に直撃するだろう。

エディーが乗っているのが四輪駆動車でよかった。

「おい」メイソンは歯を食いしばり、タイヤをまっすぐに保ちながら言った。「いまのうちに言っておくが……」

「なんだ」

「だれでも好きに撃っていい。おれとダイアナ以外なら。わかったか」

イヤフォン越しに、ぎこちない笑い声が聞こえた。

急カーブに差しかかり、メイソンは車を大きく方向転換させて進んだ。ヘッドライトを横切るものは何もない。ようやく谷底へたどり着き、しばし間を置いてから車をおりて、あたりを見まわした。

採石場の底はほぼ平坦《へいたん》で、がらんとしていた。離れたところに、砕けた石灰石を積みあげた黒っぽい小山がいくつかある。視線をあげると、北側の幹線道路を走る車の細い筋がかろうじて見えた。

自分の墓場へおりてきたというわけだ。

「下に着いた」メイソンは言った。「だれもいない」

ふたたび車に乗って、採石場を横切っていくと、荒れた地面で車体が大きく揺れた。北壁に近づいたが、四十階建ての高層ビル並みの切り立った崖があるだけだった。ハンドルを切り、崖に沿って走ると、やがて幹線道路の下を通る道が見つかった。

そこを抜けるとまた別の谷があった。さっきのところに劣らず大きくて深いが、いたるところに水がたまり、遠くにぼんやりと光の輪が見える。

「幹線道路の下に通路がある」メイソンは言い、四輪駆動車の運転席にすわるエディーの姿を頭に浮かべた。「そこを抜けて反対側に出た」

「ずいぶん先にいるな。待ってろ」

メイソンは返事をしなかった。そのまま車を走らせ、夜の闇で静かに待ち受ける何台もの建設車両をヘッドライトで照らしていく。タイヤの直径が十フィートはあろうかという大型のバックホーと、それに負けず大きなダンプカーの脇を縫うように通り過ぎた。自分はちっぽけな車に乗ったちっぽけな人間で、巨大な谷を進む小さな点にすぎない。それでも向かうしかない。引き返すことはできない。

相手がこの場所を選んだ理由をメイソンはまだ測りかねていた。静かで人目につかない場所だから、ぐらいしか思いつかない。だが、それならここである必要はない。シカゴのど真ん中にも、麻薬の取引にうってつけの廃屋ぐらいある。たとえばフラー・パークの家がそうだ。自分をそこへ呼びだす。そして始末する。麻薬の売人たちのように階段から突き落とす。そしてダイアナも。間の悪いときに間の悪い場所に居合わせた人間がふたり増えたというだけのことだ。かかわるべきではないことに巻きこまれた人間だ。あとの処理は巡査たちにまかせておけばいい。

だが、やつらはそれをここでしようとしている。よりによって石灰石の採掘場で。

もう二台の建設車両のあいだをすり抜けたところで、遠くに光の輪が見えた。あれは一マイル先か、それとも宇宙の彼方なのか。たまり水をはねあげ、一台、また一台と建設車両をよけながら、メイソンはそちらへ突き進んだ。光の輪がひろがり、明るさがしだいに増してくる。ついに光源の近くにやってきた。メイソンは車を停めておりた。

トンネルの入口だ。

高さ四十フィート。崖に穿《うが》たれた完全な円形のトンネルだ。木の幹ほど太い網状の鉄筋が周囲を補強している。外べりに五、六個のハロゲンランプが取りつけられ、入口を不気味に照らしていた。

メイソンはそこで立ち止まってトンネルを見あげた。

「どこだ」エディーの声がした。

「トンネルを見つけろ」メイソンは言った。「すぐにわかる」

カナリーヴィルに住んでいた子供時代から、〝ディープ・トンネル〟の話は聞いていた。シカゴは沼地に作られた都市なので、激しい雨が降るたびに下水管や配水管に水があふれ返る。雨水や糞尿《ふんにょう》やその他もろもろをまとめて郊外のばかでかいパイプへ流しこむために、かれこれ四十年にわたって工事がつづけられている。それがこの採石場にあるというわけだ。いずれここは水に沈むだろう。死体が転がっていても、深さ四百フィートの水に呑《の》みこまれて、二度と浮かびあがるまい。

なるほど、そうだったのか。だからやつらはここを選んだのか。

メイソンはベルトに差した拳銃《けんじゅう》を手にとった。

トンネルに足を踏み入れる。

地面は平らだった。歩いたり車を走らせたりするにはじゅうぶんだ。両側の壁がはるか頭上で合わさって弧を描き、それを補強するコイル状の鉄筋はクジラの肋骨《ろっこつ》を思わせた。ケーブルの太い列が地面の右側を這《は》っている。電気と水、それにおそらく空気を通しているのだろう。数フィートおきに照明器具が置かれているが、ほんの一部しか点灯していない。天井には百フィートごとに電球が左右にひとつずつ配され、トンネルの内壁を輪のように照らしていた。その輪が延々とつづいて、奥へ行くほど暗くなり、やがて無限の闇に溶けこんでいく。夜間の緊急時に足もとが見える程度の明るさしかない。日中は作業員たちが行き交い、工事車両が往復し、換気扇がまわってすべての照明がともされるにぎやかな地下道なのだろう。だが、いまは本来の闇にすっかり支配されている。

あとどれくらい歩けば人影が見えるのか、見当もつかなかった。自分の命はあとどれくらい残されているのかも。

メイソンは大きな水たまりを進んでいった。冷たい水で靴がずぶ濡《ぬ》れになり、足の感覚が鈍ってきた。いたるところで水がしたたる音がする。濃密な湿った空気が水のにおいを含んでいる。

引き返せ、とメイソンは自分自身に言った。車でトンネルの奥をめざしたほうがいい。アクセルを全開にして。だがそのとき、前方に物影が見え、近づくとそれは側面がオレンジ色の巨大なクレーンだった。車では横をすり抜けられそうもない。

メイソンはベルトに拳銃をもどし、クレーンの運転席へつづくはしごをのぼった。

もうやけくそだ。もしかしたら鍵《かぎ》がつけっぱなしかもしれない。しかし、鍵は見あたらず、いずれにせよ、こんな乗り物をどうやって動かすのかわからなかった。メイソンは地面に飛びおりた。

後ろを向いたが、入口はもうまったく見えなかった。地下に吸いこまれてしまったのか。

「ニック！」イヤフォンから聞こえるエディーの声はそれだけだった。電波が途絶えつつある。

「ここだ」

「見えない……。明かりが弱い……」

メイソンはひそかに悪態をつき、トンネルの先へ目をやった。かすかな光の輪、漆黒の闇、かすかな光の輪、漆黒の闇。エディーのライフルの照準器がどんなものであれ、これでは見通せるはずがあるまい。

とはいえ、エディーをこれ以上近づかせるわけにはいかない。これは自分の戦いで、あいつのものじゃない。

メイソンは別の冷たい水たまりを歩いた。また物影が見えたが、こんどは光の輪の右側上方にあった。近づくと、岩壁に切れ目があって、金属の階段が固定されているのが見えた。階段をのぼって、作業員用のせまい通路を進んだところ、ドアの前に出た。分厚い金属のドアで、真ん中に潜水艦を思わせる円形の取っ手がついている。まわそうとしたが、動かなかった。

メイソンは階段をおりて地面にもどった。気持ちを落ち着かせようと何度か深呼吸をする。空気が一段と濃密さを増して水分を含み、石灰石のにおいが強くなった。まるでミネラルウォーターを飲んでいる気分だ。

「おい、どこだ？」メイソンは大声で言った。その声が闇に消え、左右の岩壁にあたって反響した。

メイソンはイヤフォンをはずして叫んだ。

「いったいどこにいる？」

賢明なやり方ではないが、もはやどうでもよかった。もうここまで来てしまったのだから。あたりは真っ暗で、エディーの掩護《えんご》はとうてい期待できない。脚がしびれ、濃密な空気で窒息しそうだ。何をしたところで、こちらがはるかに不利なのは変わらない。自分が向かっていることを相手は知っている。こちらの姿はずいぶん遠くから見えるだろう。驚くことは何もない。向こうはみな防弾ヴェストを着ているはずだ。もし着ていなかったら、とんだ間抜けだ。ケブラーの防弾ヴェストは、エディーのライフルには太刀打ちできなくても、メイソンのM9を通すことはない。だから、敵はこちらが来るのをただ待つだけでいい。そして引き金を引く。

お望みとあらば。

メイソンは一考した。もしかすると、相手は別のことを考えているかもしれない。そこにわずかなチャンスがある。

「おれはここだ！」メイソンの叫び声がふたたび壁に反響した「おい、何を待ってる？」

メイソンは耳を澄まして待った。ついに声がした。

「こっちだ、メイソン！　ゆっくり歩いてこい！　両手を頭に置け！」

その声がどこから響いてきたのかはわからなかったが、敵が前方にいるのは確実だった。

おまえたちは最初のミスを犯した、とメイソンは胸のなかで言った。やはり刑事の性《さが》は捨てられないらしい。

イヤフォンを耳に、拳銃をベルトにもどした。グリップを前へ傾けて左の腰に差す。それからまた歩きだした。岩壁を水が流れ落ちる音が聞こえ、顔にしぶきがかかる。背中を冷たいものが走る。

細い光の輪をひとつ、またひとつとくぐって進みながら、メイソンは思った。おまえたちは刑事だ。腐っていようと真っ当だろうと、警察の人間であることに変わりはない。

そして、おれは警察のやつらを知りつくしている。

遠くでかすかに動く影が見えた。どれくらい離れているかはわからない。三つ先の輪の下か、それとも十以上先か。だが、あそこに何かがある。メイソンは歩きつづけた。

近づくにつれて暗い影が大きくなる。さらに肥大し、ついに前方の薄明かりのなかでふたつに分かれた。メイソンは両手を揺すって体の緊張をほぐそうとした。冷たく湿った空気を深々と吸いこむ。

吸う。吐く。深呼吸する。鼓動を鎮める。

輪と輪のあいだの闇をさらにひとつ通り抜けながら、右手を伸ばして、左の腰に差した拳銃の位置を確認した。ある。たしかにここにある。

相手がまだ自分を制止しないのが不思議だった。つぎの輪の下に出た。向こうにはこちらの姿が見えているはずだ。それなのに、だれもひとことも発しない。自分以外のだれも動かない。

前へ、前へ。冷たい水をまた靴ではねながら進んだ。もはや何も感じない。ただ足を動かしている。無意識に。

「両手を頭に置けと言ったんだ！」

聞きまちがいようのない、刑事の声だ。こうするように訓練を受けてきたのだろう。

千回も繰り返してきたにちがいない。こんな地下の果てで相手を冷酷に射殺するときも、刑事らしくふるまおうとしている。

やつにとってはこれが日常だ。DNAに刻みこまれているのだろう。つぎは後ろを向けと言うはずだ。両手を頭に載せたまま、後ろ向きにこっちへ歩いてこい、と。そして膝《ひざ》を突くように命じる。

「聞こえる……」イヤフォンから声がしたが、いまにも通信が切れそうだ。「……すぐ行く……」

だが、いまエディーが来ても、どうすることもできない。メイソンは頭の上で両手を組んで歩きつづけた。やがて光の質が変わったのがわかり、左右の壁が外側へ湾曲して見えた。そこだけトンネルのなかが広くなり、片側の岩壁に階段がはめこまれて上方のドアに通じている。前方のふたつの人影が焦点を結び、一方がロングコートを着た男の姿になった。

もう一方はダイアナだ。立ってはいるものの、半ば上体を折ってうつむいている。

たぶん距離は百フィートほどだろう。メイソンは片側の壁から反対側へすばやく視線を移し、少しずつ状況をつかんだ。左側にブルドーザーが鎮座し、一方の岩壁が削られて空間ができている。ブレードのすぐ後ろの地面が大きくへこんでいるのが見えた。深さはわからないが、底にはブルドーザーで投げこまれた岩の破片が積まれているのだろう。

死体をふたつ葬るのに、これほどふさわしい場所はない。

ふたりを埋めて廃石を上からかけろ。掘り返そうなどと考える者はいない。そして、数か月もすればこのトンネルは水でいっぱいになる。

だからこの場所まで歩かせたのか、と思った。穴のへりに立たせて始末するつもりだ。おまえたちはただの腐った刑事じゃない。自分の手を汚すのをきらう、腐りきった刑事だ。

「そこで止まれ！」男が叫んだ。

メイソンはかまわず歩きつづけた。あと八十フィートだ。そばに仲間がいるのはまちがいない。刑事はけっして単独では行動しない。もうひとりはどこにいるのだろうか。

いた。全体がよく見渡せるよう、階段の上に移っている。制式のショットガン、モスバーグ500を構えて、こちらの胴体に狙いを定めている。

つぎの音だ、とメイソンは思った。人間はしゃべりながら撃つことはできない。つぎに口を開く瞬間。

それを待て。

「止まれと――」

メイソンは拳銃《けんじゅう》を引き抜いて撃った。閉ざされた空間に銃声が響き渡り、鼓膜が圧迫される。ショットガンを持った刑事を狙い撃ったが、この距離での命中はあまり期待できなかった。とはいえ、いまは撃つのが先決だ。メイソンが壁際へ身を投げだすと同時に、ショットガンの轟音《ごうおん》が地上のすべてを切り裂いた。ついさっきまで立っていた場所で水が跳ね、メイソンは相手をその場にとどめるためにもう一度発射したあと、頭上の電球を狙い撃った。いま必要なのは闇だ。一発、二発と撃ち、ひとつの電球が消えるや、メイソンは動きだした。後退はなく、前進あるのみだ。またショットガンの音が響き、すぐ背後で壁が崩れるのが聞こえた。メイソンは転がって仰向けになり、もうひとつの電球を撃った。すっかり暗くなったが、じっとしているわけにはいかない。またうつぶせになって這《は》うように前へ進み、一瞬だけ体を起こして、ショットガンの刑事へ向けてさらに二発撃った。ダイアナの横にいる男が狙いを定めて発砲し、一発がメイソンの頭からわずかに離れた壁にあたった。

メイソンは立ちあがり、闇が身を隠してくれることを祈りつつ、反対側の壁へ突進した。二発の銃声を聞きながら、右の壁際を走るケーブルのそばに腹這いになり、できるかぎり身を低くした。

ひと息つきながら、なぜその後ショットガンの銃声がないのかと不思議に思った。六発装塡《そうてん》できるはずだが、まだ二発の音しか聞いていない。視線をあげると、ひとり目の男が両手で拳銃を構えて慎重に狙いを定めていた。その背後でダイアナが地面に倒れている。

ひとり目が撃ってきた。さらにもう一発。だが逆光のなかにいた。また発砲してきたが、メイソンは照準を合わせて相手の頭を撃ち抜いた。

壁に身を寄せたメイソンの耳に、男が倒れる音が響く。

さらに待った。耳を澄ましたが、もう一度音がするとは思えなかった。一分間じっとしていたあと、起きあがって動きだした。拳銃を体の前にしっかり構えて、一歩ずつ足を動かす。ふたり目は階段にすわっていた。壁にもたれかかり、呼吸を整えているかのようだ。近づくと、ショットガンが階段の最下段に落ちていて、相手が首を押さえているのがわかった。指のあいだから血が流れ落ち、防弾ヴェストに垂れている。

懇願するような目でメイソンを見た。

メイソンは額を撃ち抜き、頭部の上半分を飛ばした。血が宙高く飛び散って、ダイアナの顔にもかかる。ダイアナは悲鳴をあげた。

メイソンは駆け寄って抱き起そうとした。ダイアナは叩《たた》いたり蹴《け》ったりして叫びつづけたが、頬を軽く打ってやると、ようやくおとなしくなった。

「おれだ。ダイアナ、おれだよ」

ダイアナは目を合わせたが、まだ焦点が定まっていなかった。息をするのもきつそうだ。

立ちあがらせたものの、ダイアナは力なくメイソンにもたれかかった。メイソンはその体をまっすぐに起こしてやり、しばらく強く抱きしめた。

「だいじょうぶだ」耳もとでささやいたが、聞こえているかどうかわからなかった。自分でも自分の声がよく聞こえない。「もう安心していい」

ダイアナはメイソンの胸でうなずいた。

「待っててくれ」メイソンはダイアナの手を離し、階段の刑事のもとへ行った。ショットガンを拾いあげ、光を失った目をもう一度見る。それから階段をのぼって通路を進み、岩壁にはめこまれたドアへ向かった。さっきと同じく、潜水艦を思わせるドアだ。しかし今回は円形の取っ手がまわった。

メイソンはドアの向こうにあるものに備えてショットガンを胸の前に構えつつ、ゆっくりと押しあけた。中へはいると、金属の格子でできた螺旋《らせん》階段が頭上高くまで延びていた。地上へ通じているのだろう。やつらはここからダイアナを連れてきたわけだ。

だが、この階段を使って帰ることはできない。エディーがいてもいなくても同じことだ。さらに多くの刑事が地上にいるかもしれないし、たとえ無人だったとしても、こちらには車がない。

メイソンはドアを閉めて階段をおりた。「こっちだ」ダイアナの手をつかんで歩きだす。

ここから出口までは長い道のりだ。ダイアナに歩く力が残っていることを祈った。ふたりは光の輪をひとつずつくぐり抜けて進んだが、前方の景色は変わらないように見えた。ダイアナに水たまりを歩かせないようにしたものの、うまくいかない。すぐにダイアナの足も濡《ぬ》れ、体が震えだした。

「エディー！」電波が届くかどうかわからなかったが、メイソンはイヤフォンに向かって言った。「片づいたぞ！」

「……すぐに……」

「逃げろ！」

「……行く……」

やがて、さっきのクレーンが目の前に現れた。出口まで半ばのところまで来たらしい。

「もう少しだ」メイソンは言った。

返事がない。ダイアナをまっすぐ立たせ、その目をのぞきこんだ。心がどこか別の場所をさまよっている。それでも体は機械のように動いていたので、メイソンは手をとって歩きつづけた。

光の輪をさらにいくつか通り抜けたところで、ようやく出口が見えた。最後の輪の向こうに夜空がのぞき、一歩ごとに空気が新鮮になっていく。

メイソンはダイアナの背中に腕をまわし、支えながらもう何歩か進んだ。

「ここで待っててくれ」

壁際の乾いた場所を見つけて、ダイアナをそこへすわらせた。ダイアナは膝《ひざ》を抱いて頭をかがめた。何も言わなかった。

「すぐにもどる。ここを動くな」

メイソンはショットガンを構えながら、ゆっくりとトンネルの出口へ向かった。夜の空気を吸うと、息苦しさが消えていく。気力を振り絞って最後の数ヤードを進んだ。

エディーに話しかけるつもりはなかった。いっさい音を立てたくない。

身を低くして、最後の輪へ小刻みに近づいた。一歩ずつていねいに足を進めるにつれ、外がよく見えてくる。一方の壁からもう一方の壁へと移りながら歩いた。一歩、また一歩。ようやく出口にたどり着き、あたりを注意深く観察した。

乗ってきた車が見える。その後ろにトレーラーの影がある。巨大な建設車両が相変わらず夜の闇で眠っている。はるか上方の採石場のへりがすべてを見おろしている。

メイソンは外へ足を踏みだした。両側の断崖《だんがい》線が見える。だれもいない。

エディーの姿もない。四輪駆動車もない。すでに外へ逃げたのだろう。

もう安全だ、とメイソンは心のなかで言った。いかれた計画だったが、うまくいった。コールが自分を選んだ理由がまたひとつわかった。この目でたしかめるまでは、自分でも気づいていなかった。いまは納得した。

単純な真実だ。こんなことをやってのけられる人間はそう多くない。

メイソンはなんの満足も覚えなかった。それが何を意味するのか、自分がほんとうはどういう人間であるのかすらわからない。けれども、そんなことはあとで考えればいい。

引き返すと、ダイアナはまだぐったりと壁にもたれかかっていた。メイソンが上体をかがめると、体を震わせて手で押しのけようとした。

「さあ、来るんだ」メイソンは言った。「帰ろう」

ダイアナをかかえてトンネルの外へ出たあと、懸命にバランスを保ちながら空き地を進んで、ようやく車にたどり着き、助手席側のドアをあけた。座席に押しこんでドアを閉めてやると、ダイアナは力なく腰をおろして窓に頭をもたせかけ、両手で顔を覆った。

メイソンは運転席側にまわってハンドルを握った。エンジンをかけ、ヘッドライトをつける。

車の正面に別の刑事が立っていた。

メイソンの頭に拳銃《けんじゅう》を向けている。刑事は車に轢《ひ》かれないよう、すばやく正面を離れた。

ショットガンは運転席と助手席のあいだに置いてある。刑事が銃口をメイソンに向けたまま、助手席側へとまわる。メイソンは自分がショットガンへ手を伸ばすところを想像した。そんなことをしようものなら、その瞬間に窓ガラスが砕けて一発食らうだろう。

刑事が何か言ったが、聞きとれなかった。さっさとおりろ、などと言っているのか。あるいは、もうどうでもよいのかもしれない。

ふたりは一秒間、そのままの姿勢で凍りつき、そこでメイソンは最後の望みに賭《か》けた。その一秒が過ぎたとき、三三八口径ライフル用のラプア・マグナム弾が刑事の体を貫き、防弾ヴェストをトイレットペーパーよろしく引き裂いた。刑事は鼻と口から血を流しながら、フロントガラスの上に崩れ落ちた。

そのとき、何かが動いた。左だ。どことなく見覚えのある顔が目に映った瞬間、メイソンは何も考えずにショットガンを手にとって撃った。きょう聞いたなかで最も激しい銃声が左右の鼓膜を震わせ、運転席のサイドウィンドウのそばに立っていた男のほうへ散弾とガラスの破片が飛んだ。ダイアナの悲鳴が響くなか、メイソンはアクセルを踏みこんで、石灰石の粉を高く巻きあげた。タイヤが地面をとらえると、死んだ男がフロントガラスから滑り落ちた。後方のどこかで倒れた第四の男を残したまま、メイソンは猛スピードで建設車両のあいだをすり抜け、地面にたまった水を切って走った。通路を抜けて採石場の反対側へ出たあと、岩壁に刻まれた長く急な坂をのぼりはじめ、奈落《ならく》の底へ転げ落ちないよう、細心の注意を払いつつ車を操った。

門を破って敷地の外へ出たとき、ダイアナはおとなしくなっていた。叫ぶだけの息がつけないからだ。力尽きている。何も残っていない。

だが、メイソンはそうではなかった。

32

メイソンは自分がどこを走っているのか、見当もつかなかった。どの方角へ向かっているのかもわからない。一刻も早く採石場から離れることしか頭になかった。とにかく逃げなくては。走りつづけろ、どこか安全な場所に着くまでぜったいに止まるな、と心に言い聞かせた。

ダイアナは隣の座席でぐったりしている。目はあいているものの、焦点がまったく合っていない。メイソンは腕をつかんで揺すった。

「ダイアナ！」

返事がない。

「ダイアナ！　だいじょうぶか」

急ハンドルを切ると、ダイアナの体がドアの内側にぶつかった。それからもとの位置へ揺りもどされる。まだ虚空を見つめていた。

「返事をしろ！　だいじょうぶか？」

ようやく水面に浮かびあがったダイバーのように、ダイアナは音を立てて荒く長い息を吸った「おろして!」

「だめだ」

「いますぐおろして! おろしなさい!」

ダイアナはメイソンの腕をつかみ、皮膚に爪を食いこませた。「すぐに車を止めて。さあ!」

メイソンはブレーキを強く踏み、車を横滑りさせて路肩に停めた。ダイアナの体がまた大きく前後に揺さぶられた。ドアの取っ手をつかむ。

「聞くんだ」メイソンは手を伸ばし、ダイアナの手を取っ手から離そうとした。外を見たが、自分たちがどこにいるのかわからなかった。まだ郊外のどこかだろう。道路の片側には暗い倉庫が、もう片側には空き地がある。「少しでいいから、話を聞いてくれないか!」

さっきまで生気がなかったダイアナは、いまでは檻《おり》から逃げようとする動物のように車のドアを引《ひ》っ掻《か》いていた。

「落ち着くんだ」

ダイアナはさらに数回、荒々しく息をついてから口を開いた。「落ち着けって? わたしは誘拐されたのよ、ニック。さらわれて、あのいまわしいトンネルへ連れていかれた。そこにあなたがやってきて……それで……」

ダイアナはことばを探した。

「わたしの目の前で四人を殺した！　四人の刑事を！　あの人たちの血がついてる！」

ダイアナはシャツの袖《そで》に目をやった。白い生地のそこかしこに鮮やかな赤い染みがついている。顔にもついていることは言うまい、とメイソンは思った。

そして、自分が殺したのはふたりであることも。

三人目を殺したのはエディーだ。四人目の男は……ウィンドウの向こうに立っていた男の顔がメイソンの脳裏をよぎった。あの顔、あの冷たい灰色の目、防弾ヴェスト。男の胸に狙いを定めて撃ったショットガンの一撃。

やつはおそらくまだ生きている。

あの男を前に見たのは一度だけ、しかも離れたところからだった。それでも、だれであるかはわかっている。

ブルーム部長刑事。

「血を浴びたのよ、ニック！　それなのに落ち着けって？」

「そうか、わかった」ニックはダイアナの腕を放した。「おりたいなら、おりればいい。あいつらに見つかって殺されるのが落ちだ。それでも、この車からは出られる」

ダイアナはまだ苦しげに息をついている。メイソンはギアを入れて車を走らせつづけた。

「きみにとって安全な場所はひとつしかない」メイソンはつとめて冷静な口調で言った。「おれのそばだ」

「正気なの？　街じゅうの警官があなたを探すに決まってる」

「いや」メイソンは言った。「いまのところ、向こうはそんなことを望んでいない。おれを逮捕して尋問する。そして、おれがあそこで何をしていたのかを訊《き》く。きみが何をしていたのかも。でも、向こうがほんとうに知りたいのは、ブルームとその部下が応援もなしに何をしていたのかということだろう」

「わたしが何をしたって？　あの人たちの狙いはなんだったの？」

「おれの手もとにあるものをほしがっていた」メイソンは言った。「そして、おれたちを殺すつもりだった」

ダイアナの呼吸がやっとふつうの速さにもどってきた。けれども、両手はまだ震えていた。

「これからどこへ行くの？」

「家でもレストランでもない」メイソンは言った「どっちも安全じゃない」

「じゃあ、どこへ？」

「わからない。いまそれを考えてる。とにかく車を走らせるしかない」

シカゴの街へまっすぐ向かっていることがわかったので、メイソンは西へ進路をとり、運河に沿ってひろがる森にはいった。車の両側を枝にこすられながら、木々に囲まれた暗い砂利道を走っていく。分かれ道に差しかかると左へ曲がり、つぎの分かれ道では右へ曲がった。森のなかを突き進んでいると、やがて道が途切れて森の中心の小高い空き地へ出た。

メイソンは車を停めた。ダイアナは座席に頭をもたせかけていたが、目はまだ大きく見開かれていた。この目がふたたび閉じられるときは来るのだろうか、とメイソンは思った。今夜の出来事を思いださずに。

「ここはどこ？」ダイアナは訊いた。

「どこでもない。さしあたって安全な場所だ」

「これからどうするの」

「わからない」

「家は？」

「もう帰れない」

「レストランは？」

「あきらめろ」

「わたしの、わたしの人生は？」

「これまでの人生は終わりだ」

ダイアナは首を左右に振って、外の木々をながめた。

「ダライアスのせいね。あの刑事たちは……」

「コールと手を組んでいた」

「でも、あの人はいつだって刑事を手なずけてたのよ」ダイアナは言った。「わたしの知ってるかぎりずっと。刑事たちはよく通りに車を停めてた。ダライアスがキンテーロに指示して、お金を渡してたのよ。ダライアスは生まれてこのかた、ずっと警察を憎んでいたの。小さかったころ、お巡りが街角で子供たちにどんなことをしてたか、わたしによく話してくれた。でもあの人は、いちばん憎いものをこそ利用すべきだと言ってた。自分の車を悪魔の尻尾《しっぽ》に結ぶんですって」

「その結び目がほどけたわけだ」メイソンは言った。「コールは手を打たなきゃいけなかった。それでおれをここへ送ったのさ」

「あなたが来るまでは、うまくいってたのに」ダイアナは言った。「望んだそのとおりの人生というわけじゃないけど、なんとかやってたのよ」

「おれにはどうにもならないんだ、ダイアナ」

「あなたがいたからこんなことになったのよ」

言ってはいけないことを口走りそうな気がして、メイソンは車をおりて歩いた。月のない夜空に浮かぶ星を見あげる。東の空が全体にぼんやりと光っている。生まれ育った街だ。とはいえ、以前とは何ひとつ同じではない。

　どこかへ逃げなくては、と思った。安全な場所へ行って、つぎに打つ手を考えよう。となると、できることはひとつだけだ。何かあったら自分に助けを求めろと言った男がいる。メイソンはその男のことばを頭によみがえらせた。〃おれに連絡しろ。何かあったら、おれに連絡しろ。よけいなことを考えるな。自分でなんとかしようとするな。おれに連絡しろ〃

　それが自分の仕事だ。あの男ははっきりとそう伝えた。

　メイソンは携帯電話を取りだした。

　いまの自分たちを助けられるのは、あの男しかいない。連絡するしかあるまい。

　背後で車のドアが開く音がした。悲鳴がそれにつづいた。振り返ると、ダイアナが車からおりようとして片足を地面におろしていた。サイドミラーをのぞいている。映っているのは血まみれの顔だ。

　メイソンは車にもどり、ダイアナをおろしてやった。両腕を背中にまわして抱きしめると、ダイアナはメイソンの胸で泣きじゃくった。

「だいじょうぶだ」

「これからどうするの？　どこへ行くの？」

「心あたりがある」メイソンは言った。「そこなら安全だ」

メイソンはふたたび携帯電話を手にとった。エディーを呼びだす。

「さっきは助かった。おまえのおかげで命拾いしたよ。これからそっちへ行く」

長い沈黙があった。

「うちへ持ちこむのはやめてくれ」ようやくエディーは言った。「力になれたことはうれしく思ってるよ。それはおまえもわかるだろう。だが、おまえのかかえてる問題がなんであれ、この家に持ちこむのは勘弁してくれ」

「玄関のドアをあけておけ」メイソンは言った。「ぶち破られたくなかったらな」

33

ヴィンス・ブルーム部長刑事は、友でありSISの同僚でもあった刑事の死体のそばにたたずみながら、この状況をいったいどうやって説明すればいいのかを懸命に考えていた。

サンドヴァル刑事の質問を思いだした。

〝自分が警察官だったときのことを覚えてますか？〟

シカゴ市警の警察官になって二十九年、麻薬捜査課で十六年、SISで七年。だがいまは、その質問の答がわからなかった。

ブルームは横たわったジェイ・ファウラーに近寄って片膝《かたひざ》を突き、仰向けにしてやった。目は開いている。背後から撃たれたらしい。課のなかでも格別に大事な友人。今夜ここに呼びたいと思ったごく少数のひとりだ。

脳裏ではまだ音が響いていた。吐き気とめまいがして、足もともおぼつかない。右肩と首筋をさわると、手に血がついた。散弾をいくつかとガラスの破片を浴びていた。防弾ヴェストのケブラー繊維が衝撃をあらかた吸収してくれた。

近くの闇に目を凝らして、建設車両、断崖《だんがい》、その上を走る無人の道路を見渡した。それから、この場でただひとつの明かりであるトンネルの光の輪へ目をやった。背後のトレーラーのドアはあいているが、暗いままだ。ほかにはだれもいなかった。

ブルームは死んだ男の顔へ目をもどした。ファウラーはSISに五年間在籍していた。ブルームと同じく、麻薬捜査課からやってきた。若々しく、野心に満ち、ロック・スターさながらの警察官になることをめざしていた。つまりSISそのものだ。あるとき、ホーマン・スクエア署でブルームを見かけたファウラーは、通路をまっすぐ歩いてきて、いつかチームの一員になりますと告げた。ブルームはそれを覚えていた。人員に空きができたときに、真っ先に呼んだのはファウラーだった。

ファウラーは結婚していた。妻の名前はジョアン。だれもがジョーと呼んだ。ジェイとジョー。ジョーは妊娠七か月だった。

わたしのせいだ、とブルームは心のなかで言った。ここに呼んだのは自分だった。もうファウラーが子供を目にすることはない。

立ちあがって首を動かそうとしたとき、筋肉がこわばり、表面のすぐ下に埋まった硬いもので皮膚が引きつるのを感じた。ブルームは首を動かすのをやめた。

「レーガン」ブルームは大声で言った。「コニチェック」

トンネルのなかのふたりだ。どちらも死んだのはわかっていた。十回余りの発砲音と、メイソンと女がどうにか逃げ延びた事実から単純に計算すればそうなる。

ふたりとも死んだ。

ウォルター・レーガン。ジョン・コニチェック。ファウラー同様、このふたりの妻もよく知っていた。子供たちのことも。

だれひとりとして、ここにいるべきではなかった。

地面に転がった自分の銃を見つけ、歩いていって拾いあげた。ホルスターにおさめる前に軽く手で払ったとき、この銃を買った日のことを思いだした。シカゴ市警の警察官は自分の銃器を購入することが義務づけられているので、四五口径ACP弾を使用するシグP250を選んだ。いまでは推奨リストからはずされたものの、ブルームはこの銃しか携帯したことがなかった。すでに所持している銃については、お咎《とが》めはない。

はじめてこれを街なかで発砲した日のことを覚えている。市警にはいってまだ数年のころ、ウェストサイドでの麻薬の囮《おとり》捜査で、下っ端の使い走りが隙を突いて路地へ逃げこもうとしたときだ。当時はまだ警察もまったく要領を得なかった。取引を見つけだすのに考えつくことと言えば、不似合いな界隈《かいわい》にいる白人の買い手を探したり、捕らえた中毒者を内通者に転向させて末端の客を見つけたりが精いっぱいだった。しかも成果はさっぱりだった。

麻薬捜査課の刑事となっても、状況はさして変わらなかった。毎日、負け戦《いくさ》のようなものだった。そのころ、レイ・ジェイムソンという名の刑事が相棒になった。ひしゃげた耳をした元学生レスリングの選手で、大柄で大雑把なジェイムソンの仕事ぶりは人間鉄球を思わせ、冷徹で機械のように精密なヴィンセント・ブルームとみごとな対をなした。五分たりとも、うまくいくはずのないふたりだったが、妻に家からほうりだされるたび、ジェイムソンがねぐらに選ぶのはブルーム宅のカウチだった。ともに事件を担当しはじめた瞬間から、街なかでの捜査において、互いの長所が完璧《かんぺき》な組みあわせとなったのは言うまでもない。

ブルームとジェイムソンは高成績をあげていたが、シカゴ全体の治安が年々悪化していった。さらなる麻薬、さらなる暴力。市長にはさらに重圧がかかった。何か手を打て、どうにかしろ、と。

そこでSISが誕生した。ブルームとジェイムソンは、ホーマン・スクエア署の最上階のがらんどうの空間に最初に足を踏み入れたメンバーで、すでにオフィスの配置について話しあってもいた。デスクはここにしよう、日差しがこっちの大きな窓からはいってくるから。取調室はあの壁沿いがいい。さあ、仕事だ。

この新しいチームのメンバーは、最初から何もかもがちがっていた。ほかの警察官より上等な服を着た。注文仕立てのスーツ、本革の靴、寒い時期には長いトップコート。以前より多く働いた。以前より長く働いた。勤務時間の記録すらつけないことがひとつの気風だった。超過勤務の申請もしない。週末じゅう働きづめで家族に会えなくても不平をこぼさない。仕事自体が報酬だった。

ＳＩＳの刑事として、ブルームとジェイムソンは望むがままに、あらゆる地位のどんな相手でも追うことができるようになった。些末《さまつ》な問題はもはや気にかけなくなった。下っ端の売人たちはその上にいる元締めへの足がかりにすぎないと見なし、その年の終わりには一度に何週間もかけて大がかりな事件に取り組んだ。逮捕に成功したときは、市長と撮影した写真とともに、略歴が六時のニュースで取りあげられた。

まさにそれが報酬だった。だからこそファウラーやレーガンやコニチェックのような若者が加入を志願した。

ブルームはつぎの標的を選ぶときに毎回よぎる感情も覚えている。その時点では掲示板にある名前と写真にすぎないが、標的となることは一巻の終わりに等しかった。自白しようが、口を閉ざしつづけようが、関係ない。犯行現場をとらえたカラー動画があろうが、あやふやな目撃談がひとつしかなかろうが、関係ない。ボードに貼られた顔写真を見た瞬間、その人物が監獄送りになると断言できた。一時間後かもしれないし、一週間後かもしれない。だが、いきさつはどうあれ、いずれ法廷に姿を現すことになる。

ときに、それは近道を意味した。ブルームはジェイムソンが偽の情報を捜査報告書に記すのをはじめて見たときのことも覚えている。逮捕したのは売人が車に麻薬入りの袋を置く直前だった。報告書では、袋はすでにトランクにはいっていたという。はじめ、ブルームはいくらか疑念を持った。麻薬捜査課にいたときは、虚偽の報告をしたことはなかった。ただの一度も。だが、ジェイムソンはブルームを呼び寄せて簡単に問いかけた。「結局、その袋は車のなかに置かれたのか?」

「ああ」ブルームは言った。

「袋が置かれるより前におれたちがしょっぴいたとしたら、ややこしいことになるか?」

「ああ」

「そのせいでやつが放免される可能性が少しでもあるか?」

「ああ」

話はそれだけだった。些細な嘘をともなっても、正しい成果が得られればかまわない。ジェイムソンとブルームは事件を仕立てあげ、そのうえどちらも表彰された。もはや自分たちには通常のルールがあてはまらない。ブルームが学んだ最初の教訓だった。SISではそうだった。

令状なしではじめてドアをぶち破ったときのことも覚えている。正当な理由なしではじめて車内を捜索したときのことも。街から邪魔者を一掃し、逮捕を繰り返す。警察の仕事を順調に進める新たな流儀だ。近道に異を唱える者はいなかった。検挙数は増え、シカゴは安全で薬物の少ない街へ変わっていった。それが何より重要だった。

ジェイムソンがはじめて売人から金を奪ったときのことも覚えている。売人にとっては失っても惜しくない金だ、とジェイムソンは言っていた。八時間あれば稼いで取りもどせる額だという。もともとその金は、街なかのどこかで金属の抽斗《ひきだし》に数か月居すわって、いずれほかのだれかがせしめるはずのものだ。

手当なしの超過勤務に費やした時間を思えば、ほんの埋めあわせにすぎない。まったく理にかなっている。

その夜、ブルームは眠れなかった。逮捕されると思った。されなかった。

次回はもっと気楽だった。二、三人の刑事と組んでやると、さらに気が軽くなった。自分には金を受けとる義務がある。チームの一員だから、受けとらないとほかの者が不安になる。

スーツはより高価になった。爪の手入れをしはじめ、散髪に百ドルかけるようになった。売人から奪った車が表で日差しを浴びて輝くのをながめた。メルセデス、ＢＭＷ、アウディ、ポルシェ。たいてい黒で、すべて高速だ。

だれもひとことも言わなかった。それどころか、大物の逮捕が増え、さらに表彰され、さらに市長と写真を撮られ、シカゴ一帯でSIS入りを志願する刑事がさらに増えた。

そこへダライアス・コールが現れた。

その名をはじめに持ちだしたのはジェイムソンで、上級の売人ふたりの会話の録音を耳にしたのがきっかけだった。ブルームは麻薬捜査課の一年目にコールについて聞いたことを思いだした。FBIは連邦RICO法でがんじがらめにしてコールを二度の終身刑に追いやっていた。何年も獄中にいる男が二百マイル離れたシカゴにそれほどの影響をいまだに及ぼしているというのが信じられなかった。ともあれ、ジェイムソンがその名を掲示板に書きつけ、ふたりは仕事に取りかかった。

ブルームとジェイムソンがコールと部下たちの情報収集に精を出していたとき、まさにその相手はブルームとジェイムソンの情報収集に精を出していた。彼らはふたりの刑事について逐一調べあげた。どこで生まれたか。子供たちはどこの学校にかよっているか。それまでに担当したすべての事件。受けとったすべての賄賂《わいろ》。そしてある日、看守の携帯電話からコールがじかに連絡をしてきて、ふたりに二者択一を迫った。大金持ちになりたいか。それとも、死体になりたいか。おまえが選べ。

ふたりは金を選んだ。毎月、コールの部下が封筒にはいった金を届けにくる。ギャング団あがりの男で、名前はマーコス・キンテーロ。はじめのうち、コールは敵対する組織のメンバーについての内部情報も提供したので、以前にも増して検挙数が増え、課でのふたりの評判も一段と高まった。

まだ警察の職務をしっかり果たしている、とふたりは自分に言い聞かせた。そのうえ、副業もいい金になる。だれにとっても、いいことばかりだ。

だが、コールの情報提供はいつしか依頼に変わっていった。そして依頼は命令の響きを帯びはじめた。

タイロン・ハリスが頭角を現したとき、コールの縄張りを奪えそうな才覚の持ち主と踏んだジェイムソンは、新たな取引を目論《もくろ》んだ。獄中の男との関係を断ち切って、すぐに手なずけられそうな新参者との関係を築こう、と。あまり要求がきびしくない相手と。

コールはわれわれに手を出せない。そう考えていた。

そのジェイムソンとハリスのどちらも死んだ。そして自分だけがここにいる、とブルームはひとりごとを言った。見よ、このていたらくを。見よ、わが身をかばおうとしてやらかしたことを。

いまここにジェイムソンがいたら、ふたりで話しあい、この場をどう見せかけるかを相談しただろう。採石場に刑事の死体が三つ。シカゴ随一のエリート課に所属する三人だ。夜の真っただなかに、掩護《えんご》もなしに。この捜査を知る者はだれもいない。どうやって説明しろと？

内務調査部に釈明する自分の姿がすでに見えていた。そして本部長に。そして市長に。そして公開法廷で連邦検事に。

〝だから、なんとか話をでっちあげろ〟

ブルームはまたファウラーへ視線を落とした。

〝もしくは、この三人が単独でここにいた理由を摩訶《まか》不思議な謎にしてしまえ〟

そんなことができるかどうかはわからない。ジェイムソンがいなくなってから、最も信頼していた三人だ。だからこそ今夜ここにいた。

だが、わが身を守るには仲間を裏切るしかないのもわかっていた。どこかで首の手当てをしなくてはならない。そして防弾ヴェストを始末する。あす、今夜のことについて何を尋ねられても知らないふりをする。これから先、生涯ずっと。

標的を定めたときにかならず沸き起こるあの感覚。相手を始末すると知って、内臓にひろがるあの冷たさ……。いま、ブルームはそれと同じ感覚を味わっていた。しかし今回、はじめて逆の立場になった。

メイソンが自分を永遠に葬り去れる証拠を持っているのはまちがいない。あの録音データ、ハリスと交わした会話の一部始終……。メイソンはそれを、もともと自分をここへ送りこんだ男に渡すだろう。そしてダライアス・コールはブルームを破壊する力を手に入れる。

戦争は終わった。

生かされたとしても、コールは自分を所有することになる。残る生涯ずっと。コールに命じられたことをひとつ残らずせざるをえなくなる。

たとえメイソンを仕留めても、あるいはキンテーロやほかに送りこまれる何者かを仕留めても……ダライアス・コールに手出しはできない。

刑務所は自分たちの安全を保証するものだと思っていた。

しかし、保証するのはコールの安全だ。

ブルームはトンネルに向かって歩いていった。ふたりの刑事ともう一度対面しなくてはならない。巨大な光の輪に向かって一歩踏みだすごとに、自分が縮んでいく気がした。地中にもぐり、最初の水たまりを歩いていたとき、あのことばがまた頭をよぎった。サンドヴァルが問いかけたことばだ。

〝自分が警察官だったときのことを覚えてますか？〟

エディー・キャラハンはサンドラに対して約束していた。手錠をかけられて家族から引き離されるようなことは二度としない、と。サンドラに求婚したとき、約束した。警察が来て港の件を尋ねたとき、約束した。双子の息子たちが生まれたとき、約束した。

34

今夜、エディーは約束を破り、すべてを危険にさらした。

スナイパー・ライフルは、すでに収納箱におさめて施錠した。銃はHSプレシジョン・プロ2000で、リューポルド・マーク4照準器を装着してあった。今夜は練習弾を撃つ余裕などなかったから、照準器が調整ずみだったのは幸運だった。いまエディーは、ニック・メイソンが玄関に現れるのを待っている。

床から玩具《がんぐ》をいくつか拾いあげた。ぼろきれを手にとり、コーヒーテーブルを拭《ふ》こうとしたところで、ふと思った。自分は何をやっているのか。

ようやくメイソンが来たときは二時をまわっていた。サンドラが眠ったままでいることにかすかな望みを託したが、白いバスローブ姿の妻が居間に現れて万事休すとなった。

「どうしたの？」サンドラは言った。そして、夫がドアをあけ、夫の旧友ニック・メイソンが居間に現れるのを見てとった。顔に血がついた女もいっしょだ。

悲鳴には心底うんざりしていたメイソンだったが、ここでまた聞く羽目に陥った。

「あなた、いったい……」叫び声のあと、サンドラは言った。「エディー、この人たち、ここで何してるの？」

「はいってもらう」エディーは言った。

「だめよ、そんなの！　ばかなことを言わな――」

「サンドラ、落ち着け。この人たちは助けが要るんだ」

「さっきの電話はあなたね」サンドラは言って、メイソンの目の前に立った。バスローブのベルトを締めなおしている。「だからエディーが出ていった」

メイソンがこの女を見たのは五年ぶりだった。数ポンド体重が増えたようだが、それ以外は変わっていない。男同士の友情にも、ともに育って築いたありとあらゆる絆《きずな》にもまったく興味がなく、ただ夫から遠ざけたいひとりの男としてしかメイソンを見ない女だ。

その点について、今夜は文句を言えない。

「ニックはおれの助けが必要だったんだ」エディーがサンドラに言った。

「こんな夜中に？　どこへ行ってたの？」

「気にしなくていい。サンドラ、だから――」

「エディーはおれを助けてくれた」メイソンは言った。「それだけ知ってもらえればいい。で、いまは別のことを頼みたい。ふたりともにだ」

「警察に通報する」サンドラは言った。部屋を横切って電話に手を伸ばす。

「だめだ！」エディーは言い、サンドラの手から電話を取りあげた。

「エディー、電話をよこして！」

「聞くんだ」エディーは言った。「一度しか言わない。おれたちのこの家だが」

エディーは四方の壁を手で示した。

「ニックがいなければ、この家は手に入れられなかった。おれたちは結婚できなかった。息子たちも生まれなかった。この家にあるものすべて、きみの目に映るものすべて、おれたちの全人生の何もかもがこの男のおかげなんだよ。何もかも、何もかもだ」

サンドラの口は開いたままだった。返すことばすらないらしい。

「この女の人にシャワーを使わせてあげてくれ」メイソンはダイアナにうなずきながら言った。「それからベッドも。面倒を見てやってくれ。大変な目に遭ったんだ」

ダイアナはうっすらと笑みを浮かべた。歴史上のだれよりも疲れ果てた人間に見える。

「ここにいることはだれにも教えてはいけない」メイソンは言った。「家族を危険にさらすことになるだけだ」

サンドラの口はまだ開いていた。

「ニック」エディーは言った。「わかったよ。引き受けた。心配するな」

メイソンは友人のほうに顔を向けた。

「約束してくれ」メイソンはエディーに言った。「ふたりとも約束してくれ。ダイアナをここで預かってもらいたい。三日経《た》ってもおれから連絡がなかったら、ダイアナを街の外へ連れだしてくれ。空港はだめだ。駅もだめだ。車で街の外へ出るんだ。どこかで車を調達してくれ。現金払いで。それが終わったら帰っていい」

「いやよ」ようやく声が出るようになり、サンドラは言った。「そんなこと、できない。なんの権利があって……」

「拒否する権利はきみにない」メイソンは言った。「今夜のところは」

メイソンは友に向きなおって言った。「なんとしても必要なんだ、エディー」

エディーの目はメイソンから離れ、妻のほうを向き、またメイソンにもどった。

「もちろんだよ」エディーは言った。「おまえのためなら、なんでもすると言ったろ」

サンドラはバスローブをさらにきつく締めた。唾《つば》を呑《の》み、一度だけ大きくうなずいたが、メイソンへは視線を向けなかった。

エディーのふたりの息子が廊下に出てきた。胸にシカゴ・ベアーズのヘルメットがプリントされた同じパジャマを着ている。ふたりはエディーのもとに来て、それぞれエディーの脚にしがみつき、居間に侵入した小さな怪物のようにメイソンを見あげた。

「ジェフリーとグレゴリー」メイソンは言った。「そうだったな？」

「ああ」エディーは言った。

メイソンは片膝《かたひざ》を突いて子供たちを見つめた。「おれには娘がいる」ふたりに言った。「名前はエイドリアーナだ」

ふたりともエディーの脚の後ろに隠れた。

「起こしてしまったなら謝るよ」メイソンは言った。立ちあがり、ダイアナを軽く抱きしめた。

「外に出るなよ」メイソンはダイアナに言った。「なるべく早く連絡する」

「何をするつもり？」ダイアナは言った。

メイソンは携帯電話を取りだして画面を見た。この数時間に十数件の着信がある。すべてキンテーロからだった。すべて未応答だ。

「これに決着をつける」メイソンは言った。

35

ニック・メイソンはフランク・サンドヴァルが現れるのを待っていた。命じられたことはすべて実行した。これからは別のことをする。自分自身のために。

疲れすぎて眠れなかった。疲れすぎて目を閉じることすらできない。刑務所の門から一歩踏みだして、新たな人生へと踏みだしたあの日から、あまりに多くのものを見つづけてきた。

グラント・パークのベンチは噴水を大きく囲むように並んでいる。噴水はまだ作動していない。空気が冷たく、メイソンは両腕で体を抱きしめた。黒い箱は上腕と胸のあいだにしっかりとはさんである。

いまはほかに行く場所もない。じっと待つうちに、夜の残りの数時間が過ぎていき、やがて暗い東の空の端がうっすらと白みはじめた。注意深く見ていなければ気づかないほどのかすかな変化だ。黒がなんとなく黒みがかった色へ、そして紫がかった色へと変わっていく。刻一刻と色合いが移ろうなか、腰をおろしたまま待ちつづけていると、ついに太陽がのぼりはじめた。

公園のまわりの道路から車の音が聞こえる。街が目覚め、一日がはじまろうとしている。背後の道をバイクがうなりを立てて走り抜けていく。

さらに数分待った。太陽が顔を出し、湖面をきらめかせている。ボートはどれも覆いをかけられ、錨《いかり》がおろしてある。目の前に動くものは何もない。そのとき、噴水のほうへ歩いてくる男の姿が目にはいった。青い夜明けに黒い影が浮かぶ。

メイソンは立ちあがり、疲れきった体を伸ばした。そして、サンドヴァルの待つ場所へ歩を進めた。

「なんの用だ」サンドヴァルが言った。

身につけているのは紺のウィンドブレーカーだ。いつもの皺《しわ》だらけのスーツの上着ではない。ネクタイはしていない。ひげが伸び、目は五分前にベッドから出てきたばかりのように見える。

「署にいたやつには、五時半と言ったんだがな」メイソンは腕時計を見た。「二分の遅刻だ」

「知ったことか」

「これがほしいんじゃないかと思ってね」

メイソンはハードディスクを手渡した。サンドヴァルは受けとって、ながめまわした。

「署へは持っていくな」メイソンは言った。「証拠品として提出なんかしたら、二度と拝めなくなるぞ。忘れるなよ。これを持ってることは、ほかの刑事に言うな」

「中身はなんだ」

「家へ持ち帰れ」メイソンは言った。「そしてコピーをとるんだ。十個コピーを作れ。それからひととおり目を通すといい。つぎに何をすべきかわかるはずだ」

サンドヴァルは人影のない公園を見まわした。

「わざわざこんな場所まで夜明けに呼びだしたのは、ハードディスクを渡すためだったのか」

「あんたは前に言ったろう、汚職警官ほど危険なものはないって。そいつらを根こそぎ叩《たた》きつぶすチャンスだ」

サンドヴァルはだまってメイソンを見た。

「あんたのいちばんの狙いがコールなのは知ってる」メイソンは言った。「だが、おれを追ってもコールにはたどり着けない。代わりにそれを持っていけ」

サンドヴァルはふたたび黒い箱に視線を落とした。「だれに関係のある話だ？」

メイソンは答えなかった。

「ＳＩＳの刑事三人の死体がソーントン採石場で発見された」サンドヴァルは言った。「近くの道路にいた通行人が銃声を聞いて通報してきた。おまえは何か知ってるのか」

メイソンは首を横に振った。「けさの新聞はまだ読んでいない」

「現場にいたのか？」

「正式な報告書を読んだな。何が書いてあるにしろ、そのとおりのことが起こった」

サンドヴァルは目をそらさなかった。「どこでこれを手に入れたのかはともかく……なぜおれに託そうとするんだ」

ほんとうの理由は言えなかった。キンテーロからは、この黒い箱をキンテーロ自身に渡すよう命じられている。ほかのだれにも渡すなと。コールが待っている。交渉の切り札に使うのだろう。脅しの材料としてポケットに入れ、あの刑事どもをもう一度手の内に置こうとしている。

指示はそうだった。メイソンはそれに逆らった。

あの刑事たちを倒したのは、そうしたかったからだ。自分自身の理由で。わが身のために。

自分の手でこの戦いを終わらせる。

そして、これ以上命令を受けるつもりはない。

「おれもあんたに負けず悪徳警官がきらいだ、とだけ言っておく」

「なぜFBIに渡さない？」サンドヴァルは箱を掲げた。

「なんだっておれがFBIの連中を探しにいかなきゃならないんだ」

「これを使ったらおれは爪《つま》はじきにされる」サンドヴァルは言った。「わかるだろう？　おれは内務調査部の人間じゃない。殺人課なんだよ。このあと七人のチームにもどって、毎日同じメンバーで働くことになる。仲間にこの件を知られたらどうなると思う？」

匿名でやればいい、などと気休めを言ったりはしなかった。嘘になるとわかっていた。

「いずれ話は漏れる」メイソンの心を読んだかのように、サンドヴァルが言った。「刑事ってのは情報交換しあうものだからな。じきにおれは警察でシカゴ一の鼻つまみ者になる」

「そうかもな」メイソンは言った。「だとしても、そもそもあんたが刑事になったのはこのためじゃないのか」

サンドヴァルは顔をそむけた。そして、しばし湖を見つめた。「忘れるなよ」視線はそらしたままだった。

「何をだ」

サンドヴァルは振り返った。

「いや、これから話すことをぜったい忘れるなと言った」

「聞こう」

「この件があっても、おれたちの関係は変わらない」サンドヴァルは言った。「いっさいだ」

「おれが逃げると決めても、半日の目こぼしもしないと？」

「しない……いっさいな」

「そうだろうと思ってたよ」メイソンは言った。

ふたりの男は互いを見やった。それぞれに、この会合を終わらせるつぎのひとことが発せられるのを待っていた。サンドヴァルには調べるべき証拠の詰まったハードディスクがあり、メイソンにはかけるべき電話がある。

「これからもおまえを追うことに変わりはない」サンドヴァルは言った。

「好きにしろ」メイソンは言った。

サンドヴァルはうなずいた。そして、歩き去った。

36

メイソンはリンカーン・パーク・ウェストに停めた車のなかにいた。もう二時間もそこを動かず、家にははいっていない。ひたすら車から外をながめ、壮麗な邸宅の高い窓を見あげながら、テレホート刑務所の監房にいるダライアス・コールのことを考えていた。

運転席の窓は割れて失われたままだった。助手席の窓はひび割れ、フロントガラスにも亀裂がはいっている。しかし、いまはそんなことよりも重要な問題を解決したかった。

携帯電話を取りあげ、キンテーロにかける。最初の呼びだし音で相手が出た。

「どこにいる」

「近くだ」メイソンは言った。「話がある。大事なことだ」

「例のものはどこだ」

「持ってない」

「持ってない？　どういうことだ」

「いまは別の人間が持ってる」メイソンは言った。「そのうちに新聞に載るだろう」電話の向こうで長い沈黙がつづいた。かすかに電動工具の音が聞こえる。キンテーロは解体工場にいるのだろう。

「くそおもしろくもない冗談なら……」

「あの人と話したい」メイソンは言った。

「それは無理だ」

「わかった、かまわない。土曜の朝は八時から面会がはじまる。朝いちばんに並ぶとしよう」

「大きなまちがいを犯すことになるぞ」

「なら話をさせろ。きょうじゅうにだ」

メイソンは電話を切り、隣の席にほうった。

また命令違反だ。メイソンはいま、禁じ手を打ってみなを危険にさらしていた。自分自身、キンテーロ、コール、それに、規則を破って携帯電話を手配する看守までも。

だが、こうするしかない。

すわったままメイソンは待った。タウンハウスを見やる。通りを見やる。人々が公園を散策し、一日を楽しんでいる。家族が連れ立って動物園のほうへ歩いていく。

一時間後に電話が鳴った。キンテーロだった。

「これから電話番号を教える」キンテーロは言った。「今回かぎりの措置だ」

「早く番号を言え」

メイソンは番号を聞き、無言で通話を切った。激しい脈動を喉《のど》もとで感じながら、いま聞いた番号を押して待った。

「だれだ」声が聞こえた。

「あの人と話したい」

「メイソンか」男の声のどことなく甲高い響きが、あの日、あの中庭に迎えにきた小柄な看守を思いださせた。一年ほど前、ダライアス・コールからのはじめての招待を伝えにきた看守だ。

「話をさせてくれ」メイソンは繰り返した。

「そのまま待ってろ」男は言い、それから電話機を口もとから離してしゃべる遠い声が聞こえた。「十分間です、ミスター・コール」

メイソンは二百マイル南にいる男の姿を思い描いた。読書用眼鏡をはずして、携帯電話を耳にあてる男の姿を。

「賢明な電話とは言えないな」コールは言った。「用件はなんだ」

「もうこんなことはつづけられません」

「そういう取り決めじゃないだろう、ニック」

「命じられたことは全部やりました」メイソンは言った。「自分がやるなんて想像もしなかったことを」

「ゆうべまではな」コールは言った。「どういうつもりだ」

「自分自身のためです」メイソンは言った。「いまはもう、あなたと対等だと思えます。どんな借りがあったにせよ、もう返し終えました」

「わかっていないな、ニック。きみには〝対等〟など存在しない。〝終わり〟もだ」

「聞いてください……」

「いや、きみこそよく聞け」コールは言った。「きみにはこれまでどおり仕事をしてもらう。もしまた逆らうことがあれば……」

「できません」メイソンは携帯電話をきつく握りしめた。「もしそれで刑務所に逆もどりすることになっても」

「あとひとことでも口にする前に」コールは言った。「自分が何を言おうとしているのか、よく考えることだ」

「いまから残りの刑に服するつもりです」

「ほんとうにここにもどったら、何が起こるかわかっているのか」

「刑期をつとめあげます。一日ずつ、ほかのみなと同じように」

「いや、ひとつ教えてやろう。以前にわたしは言ったな。きみは白人、黒人、ヒスパニックのあいだで自分を曲げずに動きまわることができる、そしてわたしはそれを高く買っている、と。覚えているか？」

「覚えてます」

「こんどこっちに来たらそういかない。三つの世界すべてがきみに牙《きば》をむく。白人たちもだ。いや、特に白人たちがだ。おまえは絶好の獲物になる。どんな連中にとっても、どんなときにもな。わたしが愉快なゲームをはじめよう。だれであれ、きみをいちばん痛めつけた者に目をかけてやることにする。そいつが望むものを、その家族が望むものを、なんでも与えてやる。聞いているのか、ニック。ここにもどったら、きみはトイレットペーパー並みに扱われて、あちこち引きまわされる。毎日毎日、人生の最後の一日までだ。誓って言うが、一生ここから出られなくしてやる。わたしが死んでも、けっしてここから出られない」

「あなたにだって、できないことがある」メイソンは言った。「必要なら、おれは残りの二十年をつとめあげて、出ていきます」

「ニック、きみがした最初のふたつの仕事は、だれが罪をかぶると思う？　まさか、わたしがなんの手も打っていないとでも？　きみの首にはあのふたつの仕事が蝶《ちょう》ネクタイのようにしっかり巻きついているんだよ。二十年の刑期は二百年に変わる」

「一か八か試してみますよ」

「きみの先妻が同じ賭《か》けに付きあってくれるとは思えないな、ニック」

メイソンは胃の底が抜けるのを感じた。片手をハンドルに置き、腕の筋肉が張りつめるほどきつく押しつけた。

「ジーナは関係ない」言いながらも、そうではないとわかっていた。

「当然、関係あるとも」コールは言った。「きみの娘もだ。そもそものはじめからな。いいか、よく聞くんだ、ニック。きみの身に起こることは、そのふたりにも倍になって降りかかる。きみがぶちのめされるたび、辱められるたびに、まったく同じことがふたりの身に起こる。寸分たがわぬ同じことが、倍になってな」

メイソンは目を閉じた。息ができない。声が出ない。

「わたしのために働くことになっていた二十年は、たったいま一生に変わった」コールは言った。「二度と電話してくるな」

37

メイソンは車からおりた。そして、息を吸おうとした。肺へ空気を取りこんで、とにかく呼吸しようとした。

だめだ。心のなかでつぶやいた。同じことばを何度も言い、百回以上繰り返す。湖の岸に沿って歩き、百ヤード進んだところで、まだ手に携帯電話を握っていることに気づいた。

それを湖へ向かって力いっぱいほうり投げる。

そして歩きつづけた。遊歩道はやがてノース・アベニュー・ビーチで大きくカーブし、行き止まりになった。体の向きを変え、湖面の向こうにそびえ立つビル群を見るともなくながめる。

しばらくそこに立ったたまま、先ほどの会話を思い返し、別の進め方ができなかったかと悔やんだ。そしてまた歩きはじめた。足を速める。遊歩道を引き返し、湖岸を逆にたどって公園を抜ける。車にもどった。

中へ乗りこんで、急発進させる。街を横切ってウェストサイドへ向かい、スポールディングの一角をめざした。大きな倉庫、アスファルトの空き地、板が打ちつけられた家々の前を通り過ぎる。日中のいまは、以前より周囲がよく見えた。ここはクック郡拘置所が影を投げかけるほど近くにある。

車の解体工場だ。

入口の前に車を停め、クラクションを鳴らしつづけると、やがてシャッターがあがりはじめた。メイソンは車を中へ入れ、駐車スペースに停めた。ヒスパニックの男がふたり立っていて、こちらを見ていた。

「やつはどこだ」メイソンは車からおりて言った。

ふたりが作業をしていたホンダ・アコードは、すでにかなり解体が進んでいた。前の半分がすっかりフレームからはずされ、ドアやフロントガラスも取り払われている。座席を外へ出し、ダッシュボードを切り開き、エアバッグを取りだす。そうした作業を毎日繰り返しているのだろうが、いまはただメイソンを見つめていた。

そのとき、ふたりの視線が動き、メイソンはだれかが背後にいるのを悟った。

右肩に手が置かれた。振り向くと、キンテーロのこぶしが口もとを襲ってきた。メイソンは早くも口のなかに血の味がひろがるのを感じながら、相手の喉もとをつかんで車体に突き飛ばした。

キンテーロがふたたび殴りかかってくると、メイソンは身をかがめて胸に頭突きを食らわし、作業台に突き倒した。工具が音を立てて床に散らばった。

「それで終わりか？」メイソンは言った。「中学の喧嘩《けんか》相手でさえ、もっとたくましかったぞ。それでもギャングの端くれか？」

キンテーロは立ちあがり、頭を殴ると見せかけてすばやく腹にこぶしを突きこんだ。立てつづけに顔にも食らわせようとしたが、メイソンは腕をあげて防ぎ、隣の駐車スペースまで追いつめて、そこにあった車体にキンテーロを押しつけた。ふたりはつかみあったまま、しばらく動かなかった。顔を突きあわせているので、メイソンには相手の白髪や顔の皺《しわ》が隅々までよく見えた。ひとりの男に尽くしてきたきびしい歳月ゆえのものだろう。その瞬間、自分自身の未来を見ているのではないかと感じずにはいられなかった。

「能なしの小僧《グエロ》め」キンテーロは言った。「ここに連れてきたしょっぱなから、おまえは腹に据えかねるろくでなしだった。くだらない質問。その態度。留置場にまでぶちこまれる。だが、きょうというきょうは、越えてはならない一線を越えた」

メイソンは上体を起こし、息を整えた。

「また命令にそむくつもりなら……」キンテーロは言った。「またあの人に電話をかけて無礼な物言いをするつもりなら……どんな命令であれ、受けたとおりのことをおまえにしてやる。それも二倍の時間をかけてな。聞いてるのか」

「聞いてるさ」メイソンは言った。「あんたはしゃべってばかりだ」

「おまえは無視してばかりじゃないか。言ったろう、問題が起こったらおれのところに来いと。そのためにおれはここにいる。なぜそれだけのことがわからない？」

メイソンはじっと見返した。なんだ、この男は、と思った。まるで、本気で心配していたのが、裏切られて腹を立てているかのように見える。

「おれには近づくな、キンテーロ。おれの家族にも近づくんじゃない。やつがあんたに何を命じようが知ったことか。とにかく、家族に少しでも近づいたら、あんたを殺す。怪我じゃすまないぞ。殺してやる」

「家族に近づかれるのがいやなら、原因を作らないことだ」

「だまれ」メイソンは口もとの血をぬぐった。「原因があろうとなかろうと、きょうも、あすも、あんたの生きているかぎり、家族には指一本ふれさせない。手を出したら、人生はそこで終わりだ」

キンテーロはシャツをなでつけた。「おれたちはふたりとも、あの人のものだ。それがわからないのか」

「ちがう」メイソンは言った。「冗談じゃない」

「ソモス・エルマノス。おれとおまえは」キンテーロは言った。「兄弟なんだよ」

ふたりは解体工場のなかでじっと立ちつくした。ほかのふたりが作業にもどっていく。

「別の車が必要だな」ついにキンテーロが口を開き、カマロの割れた窓を顎《あご》で示した。

ついさっき、ふたりが体を押しつけて決死の取っ組み合いをしていた車も、漆黒の頑丈そうな高性能車だった。

「一九六四年型のポンティアックGTOだ」キンテーロは言った。「ボブキャット・エンジンを積んである」

そして、キーを投げてよこした。

38

ニック・メイソンはベッドの端に腰かけて、外の雨音を聞きながら、コールが気を変えて今夜〝兄弟〟を刺客として送りこんでくるのを待ち受けていた。刃向かってはならない男に刃向かった。それでも逃げるつもりはない。隠れるつもりもない。契約の延長だけでは罰し足りないとコールが判断したなら、受けて立つ。手もとにはまだM9と銃弾四発が残っている。それでじゅうぶんだ。

ひたすら待った。雨がやんだ。ついにメイソンは立ちあがり、外へ出てプールに向かった。角を曲がったとき、頭の後ろに衝撃が走った。銃を取り落としてかがみこんだとたん、手の届かない場所へ銃が蹴飛《けと》ばされた。

顔をあげると、ジミー・マクマナスがすぐそばでこちらを見おろしているのが目にはいった。右手に銃を持っている。

いつもどおりタンクトップと細身のジーンズというでたちで、首にははじめて見る金の鎖をかけている。右手の銃は、ひとつのアクセサリーだと言わんばかりに、いくぶんぞんざいに握られている。そうやって、自分は映画から抜け出てきたような男、一目置かれる男であると主張しているかのようだ。しかし、両の目のまわりの痣《あざ》やメイソンが砕いた鼻が説得力を失わせていた。

「いいとこに住んでるじゃねえか」マクマナスは銃身でプールやまわりの建物を示した。

「なんの用だ」メイソンは立ちあがり、頭の後ろをさすった。

マクマナスは一歩距離をとった。

「決着をつけにきた。このあいだ言ったとおりにな。ほころびは命とりになるんだよ、ニッキー。おまえがそのほころびってわけだ」

メイソンは一歩前へ踏みだした。マクマナスはひるみ、銃を握る手に力をこめてメイソンの胸に向けた。

かつて、この男がパニックに陥って銃を乱射するのを見た。あの港でトラックから逃げたときのことだ。だが今回は状況がちがう。

相手としっかり向きあう。その命を奪う。たいがいの人間はそんなことができない。できるのは、ごく一部の人間だけ。

殺し屋だけだ。

いまのメイソンにはわかっている。

「やれよ。おまえにできるならな」

を定める。


メイソンはジミー・マクマナスの目を見据えて待った。

マクマナスは唾《つば》を呑《の》み、銃をきつく握りなおした。目の高さに銃を持ちあげ、狙いを定める。

メイソンは待った。

自分の命を奪う銃撃の音は聞こえないと言われるが、メイソンの耳には銃声が鳴り響いた。

マクマナスは動かなかったが、一瞬ののち、首が奇妙な角度に倒れた。両目のあいだから血があふれ、顔をしたたり落ちる。マクマナスは体ごと前のめりにプールに落下した。

死体が水中で時計まわりに回転しながら薄赤い渦をひろげていくのをメイソンは見守った。そして、視線をあげた。

二十フィート先に、銃を右手に握ったマーコス・キンテーロが立っていた。

キンテーロはメイソンを見てかすかにうなずいた。

メイソンはそれを長らく見つめ、やがてうなずき返した。

39

シカゴ・サン-タイムズ

シカゴ市警の刑事が麻薬不祥事で起訴

共同謀議、強盗、財物強要、誘拐、麻薬取引などの嫌疑

（デニー・キルマー記者）

連邦地検は本日、シカゴ市警のエリート部隊である特別捜査課（ＳＩＳ）の刑事七名を、ＲＩＣＯ法違反共謀、強盗、恐喝、財物強要、誘拐、麻薬取引その他の容疑により起訴した。本件はＦＢＩ、ＤＥＡ、およびシカゴ市警内務調査部による五か月にわたる合同捜査を経て起訴されたもので、シカゴ市の歴史上有数の大がかりな汚職事件となる。捜査の進展により、容疑者は今後さらに増えると予想される。

この捜査により、いまだ解決されていないレイ・ジェイムソン部長刑事（ＳＩＳ）の射殺事件や、ソーントン採石場の地下排水トンネルでウォルター・レーガン、ジェイソン・ファウラー、ジョン・コニチェック刑事（いずれもＳＩＳ）の射殺死体が発見された事件にも新たな光が投げかけられるものと見られる。この三名の殺害については、現在イリノイ州警察による捜査がつづけられているが、現場の不可解な状況ゆえにメディアの大きな関心を呼んでいる。

逮捕、起訴された刑事は以下のとおり。

ヴィンセント・ブルーム部長刑事（58）在職二十九年、ＳＩＳ勤務七年
ジョン・フェアリー刑事（42）在職十七年、ＳＩＳ勤務五年
ウィリアム・スピラー刑事（35）在職十二年、ＳＩＳ勤務五年
マイケル・ハリソン刑事（34）在職八年、ＳＩＳ勤務三年
ブライアン・ジェインズ刑事（31）在職七年、ＳＩＳ勤務二年
ヘイワード・ベイラー刑事（29）在職六年、ＳＩＳ勤務二年
エドワード・コールマン刑事（29）在職五年、ＳＩＳ勤務二年

起訴された七名の刑事は、全員が特別捜査課に所属している。ＳＩＳとしても知られるこの組織は、街に蔓延《まんえん》する悪質な麻薬関連犯罪に対処するため、二〇〇七年に設置された麻薬捜査官の精鋭部隊である。強大な捜査権限を与えられ、設置後は毎年高い検挙率を達成してきた。現在、そうした検挙の多くに疑義が生じており、二〇〇七年の組織発足以来、所属する刑事による不法押収や過剰暴力の申し立てが市民から多数寄せられていたことも明らかになりつつある。

本件の捜査担当者によると、起訴の根拠となった重要証拠は、シカゴ市警のある刑事によって提供されたものだという。この刑事の名前は公表されていないが、匿名の情報筋によると、「その証拠は、不正行為の明確で一貫した手口に加え、逮捕や告発を見逃す代償として麻薬取引の元締めたちから刑事に現金が定期的に支払われていた事実をも明らかにしている」という。

同情報筋によると、この証拠には、刑事と密売人による取引の詳細記録のほか、数時間ぶんの会話の音声も含まれる。「ＳＩＳの複数の刑事とある元締めの会話の音声からわかるのは、最高額の賄賂《わいろ》を用意した者に刑事たちが便宜を与えていたという恐ろしい事実である」とのことである。

シカゴ市警のギャリー・マッカーシー本部長は次のように声明を発表している。

「わたしはリヴェラ部長およびエマニュエル市長とともに、これらの警察官たちの腐敗した行為に強い憤りを感じる一方、こうした行為が、日々誠意と誇りをもって任務に取り組んでいる一万二千人以上のシカゴ市警の同胞たちに悪影響を及ぼしかねないことを大変遺憾に思う。こうした犯罪を暴くための情報を提出してくれた警察官に感謝を捧《ささ》げるとともに、市警の全同胞には、これを教訓とすべき先例ととらえ、引きつづきFBI、DEA、当市警の内務調査部と連携して、汚職にかかわった者の洗いだしに尽力することを求めたい」

この発表につづいておこなわれた記者会見で、ギャリー・マッカーシー本部長はこう述べた。「SISによる捜査活動および関連業務はすべて即刻中断され、本件の決着を待つことになる」さらにこうつづけた。「現在のところ、SISはすでに休止状態にある」

地検はシカゴ市警に対し、訴追裁量によって、ブルーム部長刑事、フェアリー、スピラー、ハリソン、ジェインズ、ベイラー、コールマン刑事のこれまでの証言には信用性なしと見なすことを通達した。このため、これらの刑事がかかわる裁判はすべて審理が中断されている。

今回の嫌疑でどれほどの刑期が科されるかについて、連邦地検の関係者たちからは明確な回答が得られなかったが、これらの嫌疑を量刑基準に照らすと、有罪が宣告された場合、連邦刑務所で文字どおり数百年を過ごすことになると考えられる。

本件の証拠を閲覧した情報筋は、最終的な決着についてこう予想している。

「この街には多すぎるほどの悪徳警官がいる。しかし、最も性質《たち》が悪いのがこの七名だ。彼らは残りの悪徳警官すべてを合わせたよりも長い服役生活を送ることになるだろう」

エピローグ

メイソンは濡《ぬ》れた歩道を歩いていった。雨のなかに黒々としたシルエットが浮かび、なめらかな路面に無数の光が反射している。空気が冷たくよどみ、何枚重ね着をしても肌寒い夜だった。

雨が降りつづいている。メイソンはひとりきりで、歩きながら何かに取りつかれた目で前方を見ていた。戦場へ行ってきた兵士の目、多くを見すぎた男の目だった。二度ともとにはもどれない男。

服のなかまでずぶ濡れだが、気にならなかった。今夜はどうでもいい。歩きつづけて、ブロックの端にある店へたどり着いた。店内の明かりが漏れ、闇のなかで窓が輝いている。

はじめに気づいたのはマックスで、メイソンが一歩足を踏み入れるや、すでに尻尾《しっぽ》を振っていた。胸に白いシャツを張りつかせたまま、メイソンはしずくを垂らして戸口で立っていた。

ローレンがカウンターから目をあげた。ちょうど店を閉めようとしていたところで、この日最後の客に対する詫《わ》びのことばが早くも口から出そうになった。そのとき、メイソンの顔を見た。

ローレンは息を呑《の》んだ。メイソンの左目のまわりには新しい痣《あざ》があった。顎《あご》の線に沿って擦り傷もある。しばらくのあいだ、どちらもひとことも発しなかった。

「マックスを引きとりにきた」ようやくメイソンが言った。仕切りの柵《さく》へ行き、犬に手を置く。マックスはずっと尻尾を振っていた。

「あなたが買った犬よ」ローレンが言った。「どうぞ好きにして」

「きみがここにいてよかった。きみに――」

「ほんとうは何が起こってるの？　それだけ言って」

それを聞いてメイソンは押しだまった。

「会うときはいつも痣だらけなのね」

「説明したいが」メイソンは言った。「できないんだ。いまはまだ」

「じゃあ、マックスを連れてって」

「ローレン、聞いてくれ」メイソンはローレンへ近寄った。「きみが自分の人生へおれを立ち入らせまいとするのは当然だ。でも、できれば……」

ことばを切った。ローレンを巻きこむのをあんなに恐れていたのに――いまはとどまらせるためのことばが必要だった。けれども、そんなものは頭に浮かばない。

ローレンは耳を傾けながらも、メイソンと目を合わせたくなかった。ともに過ごした一夜のことも思いだしたくない。あれ以来、あまりにもメイソンのことばかり考え、窓へ目を向けながら、また会えるのかと思った瞬間が何度会ったことか。

「まちがいだったんだ」やっとメイソンは言った。「おれはただ――」

「麻薬を売ってるの？　それでお金を稼いでるの？」

メイソンは無理に笑ってかぶりを振った。そういう人生のほうがよほど簡単だろう。

「なら、ほんとうのことを言って」ローレンは言う。「だれのもとで働いてるの？」

「それは答えられない」

ローレンは自分の両手を見て、しばらくだまっていた。

「あなたの逮捕のこと……」ようやく言う。「読んだの。二十五年の刑って新聞に書いてあった。早期仮釈放なしのね。なのに、いったいなぜここにいるの、ニック？　どうやって出られたの？」

「誤認逮捕だった」メイソンは言った。「釈放は当然だ」

「誤認というのは、あなたがその夜そこにいなかったってこと？　それとも……」

「おれはだれも殺さなかったよ、ローレン」

それはほんとうだ、とメイソンは思った。少なくとも、あの夜についてはほんとうだ。おれは人殺しじゃなかった。あのときは。

〝自由〟の身になってから殺したやつらについては、知ったことじゃない。「その夜に殺されたもうひとりのほうは」ローレンは言った。「逃げようとしたそうだけど……」

「友達だった」

メイソンの目を見ればローレンにはわかった。いまだにつらい記憶であることが。

「知りたいだけなのよ。あなたのことを何も知らないから」

「きみを危ない目に遭わせはしない」メイソンは言った。そう信じたかった。

「そんな約束はできないんじゃないかしら、ニック。あなたの暮らしぶりでは」

ローレンが何より不安なのは、ニックがとんでもないことに巻きこまれているのではないかということだった。とうてい理解できない、とうてい受け入れられない何かに。そうではないと信じられることばはまだひとことも聞いていなかった。

「あなたがわたしたちの行く末をどう考えているにせよ」ローレンは言った。「うまくいくはずがない。わかるでしょう？」

「きみといっしょにいたいんだ、ローレン。ほかに言いようがない。おれの暮らしの別の部分とは……なんとか縁を切ろうとしてる。毎日少しずつ」

方法はまったくわからないが、しっかり見つづけ、待ちつづけ、そしてどうにか自分の人生を取りもどす道を探しだす。

「そんなことができる？　いつか抜けだせるの？」
「わからない」
「だって、できたとしても」ローレンは言った。「もしほんとうにできたとしても……」

ローレンが言い終える前にメイソンは手を伸ばし、その手にふれた。ローレンに多くを求めすぎているのはわかっていた。いっしょにいれば、同じ契約をコールと交わしたに等しい。契約書はどこにもないし、つぎからつぎへと何が起こるかわからない。そんな人生を送ってくれと頼む権利はなかった。自分と同じ人生を。

メイソンは棚からリードをとり、仕切りの柵をあけた。マックスが店の真ん中の、ちょうどメイソンが首輪にリードをつけられるあたりまでやってくる。メイソンはドアをあけ、雨のなかへ犬を連れだした。半ブロック離れたとき、後ろから足音が聞こえた。

振り向くと、ローレンがいた。もう顔が雨で濡れている。

両腕でローレンを抱き、歩道に立ったままキスをした。いっしょにグラント・ストリートを歩き、マックスもリードで連れていく。タウンハウスに着くころには、ふたりと一匹はすっかり濡れていた。

メイソンはローレンを寝室へ連れていき、ふたりは濡れた服を脱いだ。

「わたしには正直でいてもらいたいの」そう言ってローレンはメイソンの胸に手をふれた。「言えないことは言わなくてもいい。でも、嘘はいや」

メイソンはしっかりうなずいた。それから両腕でローレンをかかえあげ、ベッドにおろした。互いに体をからませる。一回目よりもよかった。五年間飢えて待ち焦がれていたときとはちがう。相手といっしょに持続させようとする営みだった。

はじめにローレンが目を覚ました。メイソンの寝室の窓から日が差している。嵐の雲は去った。しばらく横になったまま、メイソンの寝姿に見入る。それから起きあがり、キッチンへ行って朝食の用意をした。

ダイアナが階段をおりてきた。仕事へ出かける服装だ。黒っぽいスーツに、きょうは白のシャツ。髪はピンでまとめてあった。

「おはよう」ダイアナが言ったが、初対面のときと同じく、声には用心深さと冷たさと鋭さが入り混じっていた。ほかに言いたいことが山ほどあるのに口にしないのがわかる。

ダイアナが黒い革のバッグを手にとって階段へ向かうのを、ローレンは見守った。朝食もなし、会話もなし。添えるひとことすらない。つづいて聞こえたのは、ダイアったナのBMWのエンジンがかかり、ガレージがあいて閉まり、車が通りへ出ていく音だった。

ローレンは思った。何も女子学生クラブの仲間ってわけじゃないけれど、ここに住んでいるかぎり……まあ、ちょっとややこしい問題だ。うまくやっていくには、これもなんとかしないと。

自分は何か思いちがいをしているのかもしれない。何もかもありえない話だ。けれども、キッチンにいると、ニックが現れた。後ろから近づいて両手を腰にまわし、きつく抱きしめてくる。

ふたりでやってみるしかない、とローレンは自分に言い聞かせた。ばかげた混乱のただなかにあっても、そこでほんとうの人生を見つけるしかない。

ふたりはその日の残りをずっといっしょに過ごし、やがてノース・アベニュー・ビーチへ行って、〈キャスタウェイズ〉の屋外に設けられたハンバーガースタンドまで歩いた。〈キャスタウェイズ〉は青い大きな蒸気船を模して建てられたレストランだ。これもまた昔ながらのシカゴの一面であり、そのおかげでメイソンは、ほんの一瞬ではあるが、この街には新しい人生を見つけられるだけの大きさと豊かさがあると感じられた。

それに、エイドリアーナを自分の人生に加える手立てさえ見つかるかもしれない。いつの日か、きょうに劣らず申し分のない日に、娘をこのビーチに連れてこよう。泳ぐのを見守り、それからタオルでくるんでやろう。砂浜にすわって、湖の向こうに日が沈むのをながめよう。

ひとりの男として、それは高すぎる望みだろうか。

ふたりでタウンハウスへ帰る途中、メイソンは携帯電話をちらりと見た。そして人生の現実へと引きもどされた——何を想像しようとかまわないが、ひとたびこの電話が鳴れば、すべてが消える。

五週間後かもしれない。五日後かもしれない。

いや、五分後かもしれない。

メイソンは携帯電話をしまったが、ローレンはその表情を見てとった。どちらも口には出さなかったものの、それは一日が終わるまでふたりのあいだに漂っていた。

夜になってともに夕食をとり、またベッドで愛を交わした。ふつうのカップルがふつうの夜を過ごすかのように、ソファーにおさまって大きなテレビで映画を観た。

携帯電話はほんの数フィート離れたテーブルの上にある。電話は鳴らなかった。

だが、そこにあることをふたりとも忘れずにいた。

夜半過ぎにメイソンは目を覚まし、ローレンにふれようと手を伸ばした。いない。起きあがって外へ行き、プールのそばにすわっているローレンを見つけた。ローレンはメイソンのローブにくるまって椅子で体をまるめ、夜空を見あげていた。メイソンの手をとって立ちあがる。メイソンはキスをしてから椅子にすわり、ローレンを引き寄せた。しっかりと抱きしめたので、体のぬくもりが冷たい夜気を追い払った。同じ星々をながめていると、やがてローレンが口を開いた。

「これからどうなるの？」

メイソンは答えなかった。いつの日か話さざるをえないのはわかっている。自分のしたことすべてを。あの男を銃で殺し、あの男をナイフで殺した、と。その日までに何をすることになるかは、神のみぞ知る。何もかも永遠に胸にしまってはおけないだろう。

だが今夜のところ、話せることは何もなかった。自分の世界へローレンを案内するのは、その世界の一員にするのに等しい。

メイソンにはまだその覚悟ができていなかった。

いまはまだ。

つぎの日、アディスン・ストリートの店のテラス席でふたりは昼食をとっていた。

メイソンは通りの向こうをながめ、停車中の黒いエスカレードに目を留めた。運転席側の窓がさがり、キンテーロの顔が見えた。

「だれ？」メイソンの視線を追って、ローレンが言った。車内の男を見、タトゥーとサングラスを見、さりげなくハンドルに腕をかけているさまを見た。キンテーロは気づかれるのもかまわずにふたりの様子をうかがっている。

それからキンテーロはサングラスをはずし、ローレンに向かってうなずいた。ローレンは唾《つば》を呑《の》んで目をそらした。

メイソンはキンテーロに目を据えながら、これがどういうことなのかと考えた。ローレンといっしょにいるのをあいつは知っている。そして、ローレンの家の近所まで尾《つ》けてきた。彼女が人生の一部となったのを承知している。

「あの人も同じ世界にいるのね」別の人生をはじめて目にしたのを実感しながら、ローレンは言った。いまでは自分たちふたりともが接している別の人生だ。

「そうだ」約束を守ってメイソンは言った。もう嘘はつかない。


つぎの朝、目覚めたとき、ローレンはメイソンの隣に横たわったまま、指でメイソンの顔の皺《しわ》をなぞって記憶にとどめた。自分がこの相手を選んだことについて考える。この人は善良な人間で、悪い立場に置かれただけだ。この人といっしょにいたければ、不安や疑念と付きあわざるをえない。

そのとき、携帯電話が鳴った。

メイソンの目があいた。はじめにローレンを見て、それから体を起こしてナイトテーブルの電話をつかむ。背を向けてすわり、ひとことも発せずに耳を傾ける。通話が終わり、電話を置いた。

ローレンはベッドから起きあがった。「ニック……」

メイソンは立ちあがり、無言のまま服を着た。

ローレンは寝具にくるまったまま、ひとつひとつの動作を見守った。これが恐れていた瞬間か、と心のなかで言う。どこへ行くのかも、何をするのかも尋ねるわけにはいかない。自分にできるのは、いつまでかかるのか、帰ったときにはどんな新しい傷を負っているのかと案じることだけだ。

帰ってくればの話だが。

メイソンが近寄ってキスをした。しばらくそこに立ち、ベッドにいるローレンを見ていた。

腕時計で時間をたしかめる。

「仕事に行かなきゃ」

そして、メイソンは出かけた。

解説

大《おお》矢《や》博《ひろ》子《こ》

振りほどけない枷《かせ》がある。
撥《は》ねのけられない運命がある。
執拗《しつよう》に自分を苦しめる過去がある。
それでも守りたいものがある時、人は何を思い、何をするのだろう。

声を持たない若き天才金庫破りの、クールな犯罪と切ない恋愛を圧倒的な筆致で描いた『解錠師』(ハヤカワ・ミステリ文庫)が日本に紹介されてから五年。多くの読者が待ち望んでいたスティーヴ・ハミルトンの新シリーズが、満を持してスタートした。
主人公は刑務所から出てきたばかりのニック・メイソン。タイトル通り、出所後のメイソンの第二の人生を描いたものである。メイソンは釈放されても、決して自由になったわけではない。彼を支配し拘束するものが檻《おり》から別のものに変わる——それが彼の選んだ第二の人生だ。

本書は、メイソンがその支配と拘束のもとで悩み、足掻《あが》き、闘う物語である。まずは粗筋を紹介しよう。

物語は、メイソンがテレホート連邦刑務所を釈放され、五年と二十八日ぶりに外の世界へ出る場面から始まる。彼は連邦捜査官を殺した罪で収監され、二十五年の刑期が与えられていたのだが、刑務所にいながらにしてシカゴの裏社会を支配するダライアス・コールとある「契約」を交わし、五年で出所することになったのだ。

彼を迎えに来たのはキンテーロと名乗るヒスパニックの男。キンテーロはメイソンに豪華な住まいと携帯電話を与え、何かあったら自分に連絡すること、何をしてもいいが揉《も》め事は起こさないこと、呼び出しには必ず応《こた》えて自分の指示どおりのことをすること、を命じる。それがコールとの「契約」だ。そして数日後、その「指示」が来た――。

と、簡単にまとめたが、実はこれだけの輪郭が判明するまでに全体の四分の一を費やしている。

最初は刑務所を出たメイソンがなぜか初対面の男の車に乗り、謎めいた命令を下されるだけだ。正直なところ、読者もメイソンとともに振り回されるだけで、何が起きているのかまったくつかめない。そこから一章ごとに時間が行き来し、刑務所内でのメイソンとコールとの会話が紹介されたり、メイソンの過去が語られたり、メイソンを追う刑事が登場したりして、前述のようなことが少しずつわかっていく仕組みになっている。

本書の特徴のひとつは、この構造にある。今、何が起きているのか、過去に何があったのか、これから何が起きるのか。見えそうでなかなか見えない。喩《たと》えていうなら、一枚のジグソーパズルの一部のピースを、あちらこちらとバラバラに少しずつ見せられているようなものなのだ。だから全体が気になる。引きつけられる。少しずつヒントを撒《ま》き、読者が焦《じ》れながらも自ら考えるように仕向けてくる。実に上手《うま》い。

それゆえに、「指示」の内容とそれが示唆するものがわかる12章を読んだときのカタルシスは大きく、そこから動きだす物語に読者はしっかり乗せられてしまうのである。あとは一気呵成《いっきかせい》だ。

だから本当は、前述のように設定をまとめてしまうこと自体、読者の楽しみのひとつを奪っているわけだが、そこはご寛恕《かんじょ》いただきたい。

もしもあなたが最初の数章を読んで焦れったさに耐えられなくなったら、12章だけ先に読んでみるのもいい。ターニングポイントの場面であるとともにとても緊張感に満ちたエキサイティングな章で、わかりやすさとエンタメを重視する作家なら、この章をプロローグに持ってくることも充分にあり得る。ハミルトンがそうしなかったのは、既刊からもわかるように、彼が段階を踏んで徐々に高まっていく静かな緊張感を重視する作家だからだろう。

この12章から、それまで行きつ戻りつしていた物語が一点を目指してまっすぐ進み始める。読者の中で膨れ上がった疑問がようやく突破口を与えられ、一気に形をとり始める。いわばそこまでは仕込みの章であり、読者にとっての準備の章なのだ。だがこの仕込みの中に、のちの展開の伏線がすべて収められている。

コールがなぜメイソンを外に出したのか。なぜそんなことが可能だったのか。コールとの「契約」と「指示」の背後にあるものは何なのか。ハミルトンの腕が光る構造と言っていい。


本書のもうひとつの読みどころは何と言ってもニック・メイソンその人だ。

刑務所の中で五年間、ひとりの面会者もない生活。心と体の安全のために自分にルールを課し、それを守り、群れず、かといって敵も作らず、目立たず、ただ淡々と日々を送る。メイソンは二十五年の刑期を真面目に勤め上げるつもりでいた。

なのにコールの指示に従うことと引き換えに出所を決意した――つまり、刑務所の外にいても実質拘束されていることに変わりはない――のは、ただひとつ、別れた妻と娘に会いたいがためだった。

12章より前に出てくるのでここで明かしてしまうが、メイソンの妻はすでに再婚しており、九歳になった娘は新しい父親と絵に描いたような幸せな家庭生活を送っている。元妻に拒絶され、娘をただ遠くから眺めてその成長を喜ぶメイソン。そのくだりは実に切なく、ときに温かく、メイソンの行き場のない思いに感情移入せずにはいられないのだが、そんなメイソンがコールの「指示」で仕事をする場面との対比が素晴らしい。その仕事が何なのか、もう本書のかなりの部分を明かしているのでそれはここには書かないでおくが、かなり重大な犯罪行為であるとだけ言っておこう。初体験の犯罪に最初はおののき、無我夢中だったメイソンも、二度目にはいやいやながらも冷静に策を練るようになる。

娘に幸せでいてほしいと願う父親としてのメイソンと、犯罪者としてのメイソン。センチメンタルとクールが絶妙なバランスで同居している。硬質な文体、ハードな展開、だがその中を常に流れ続ける一筋の感傷。それは『解錠師』でも読者を魅了したハミルトンの持ち味だ。

その密《ひそ》やかな感傷を生んでいるのは、メイソンの懊悩《おうのう》である。こんな生活を望んだわけではなかった。どこで道を間違ったんだろう。どこまで戻ってやり直せば、こんな人生にならずに済むんだろう。最初は些細《ささい》なことだった。問題ないと思った。それがいつの間にか、のっぴきならないところまで自分を追い込んだ。自分で決めたはずなのに、いつしか支配されていた。ひとつの選択ミスから、全身を拘束されていた。

終盤、メイソンはその支配から抜け出し、自分自身を取り戻す闘いに打って出る。それがどんな結末を迎えるかは、どうか本編で確かめられたい。

メイソンは縛られている。過去に苦しめられている。そこから抜け出す術《すべ》はない。だがそれでも守りたいものがある。大切なものがある。ニック・メイソンの第二の人生は、そんな静かな、だが激しい闘いの日々なのである。

個性的な脇役や仇役《かたきやく》の魅力にも触れたかったが、紙幅が尽きた。昔の仲間のエディー、メイソンを追い続ける宿敵・サンドヴァル刑事、謎の男キンテーロ、メイソンと同居するダイアナ、メイソンの新たな恋人候補など、それぞれに見せ場があるのでそこも楽しみに読まれたい。

最後に著者について。

スティーヴ・ハミルトンは一九六一年、ミシガン州出身。一九九八年に〈私立探偵になりたくなかった私立探偵〉アレックス・マクナイト・シリーズ第一作『氷の闇を越えて』でデビュー。エドガー賞の処女長編賞とシェイマス賞の新人賞を受賞したこの作品は、日本には二〇〇〇年四月に紹介された。

その後、シリーズは『ウルフ・ムーンの夜』『狩りの風よ吹け』（すべてハヤカワ・ミステリ文庫）と続いたが、そこで訳出は中断。本国では十作を数える人気シリーズとなったが、日本では長らく入手できない状態が続いていた。

それが二〇〇九年の『解錠師』がエドガー賞、スティール・ダガー賞、バリー賞の三冠に輝き、日本でも大ヒット。読者の声に応える形で『氷の闇を越えて』が復刊されたのは、実に嬉《うれ》しいことだ。

そして今回の新シリーズの登場である。本国で発売されたのは今年の五月半ばとつい最近だが、発売前から書評家筋の評価は高く、早くもシリーズ次作を望む声が高まっている。その気持ちはよくわかる。私自身も、既にこの先を読みたくてたまらなくなっているのだから。

クールで、センチメンタルで、そして力強い、新たなヒーローの登場である。これまでのハミルトンの持ち味と新たな魅力が融合したこの新シリーズを、どうか存分に堪能《たんのう》されたい。

著者略歴　スティーヴ・ハミルトン（Steve Hamilton）
1961年、ミシガン州デトロイト生まれ。98年のデビュー作『氷の闇を越えて』は、アメリカ探偵作家クラブ（MWA）賞、アメリカ私立探偵作家クラブ（PWA）賞の最優秀新人賞などを受賞。以後、『ウルフ・ムーンの夜』『狩りの風よ吹け』と、「探偵アレックス・マクナイト」シリーズを発表している。2009年の『解錠師』では、MWA賞最優秀長編賞、英国推理作家協会（CWA）賞スティール・ダガー賞、バリー賞、全米図書館協会のアレックス賞に輝いた。現在ニューヨーク州に在住。

訳者略歴　越前敏弥（えちぜん・としや）
1961年生まれ。翻訳家。訳書にダン・ブラウン『天使と悪魔』『ダ・ヴィンチ・コード』『インフェルノ』、スティーヴ・ハミルトン『氷の闇を越えて』『解錠師』など多数。

ニック・メイソンの第二《だいに》の人生《じんせい》

スティーヴ・ハミルトン　越前敏弥《えちぜんとしや》＝訳

平成28年 6月25日　初版発行

発行者●郡司 聡

発行●株式会社KADOKAWA
〒102-8177　東京都千代田区富士見2-13-3
電話 0570-002-301（カスタマーサポート・ナビダイヤル）
受付時間 9:00〜17:00（土日 祝日 年末年始を除く）
http://www.kadokawa.co.jp/

角川文庫 19825

印刷所●株式会社暁印刷　製本所●本間製本株式会社

表紙画●和田三造

ISBN978-4-04-102716-5　C0197